先度繼陵

선도계능

선도계능 4
정영교 판타지 장편 소설

초판 1쇄 찍은 날 § 2005년 11월 21일
초판 1쇄 펴낸 날 § 2005년 11월 28일

지은이 § 정영교
펴낸이 § 서경석

편집장 § 문혜영
편집책임 § 서지현
편집 § 장상수 · 최하나

펴낸곳 § 도서출판 청어람
등록번호 § 제1081-1-89호
등록일자 § 1999. 5. 31
어람번호 § 제1-0654호

주소 § 경기도 부천시 원미구 심곡1동 350-1 남성B/D 3F (우) 420-011
전화 § 032-656-4452   팩스 § 032-656-4453
http://www.chungeoram.com
E-mail § eoram99@chollian.net

ISBN 89-5831-834-1 04810
ISBN 89-5831-675-6 (SET)

先度繼陵

선도계능

정영교 퓨전 판타지 소설

완결 ④

진실(眞實)

도서출판 청어람

Contents

■20장■
당신을 위하여

당신을 위하여

예술의 본고장으로 알려진 페안 제국의 성도에 있는 건물들 중에서 규모가 가장 큰 것을 꼽는다면 바로 세공전을 들 것이다. 10년 전부터 관리되어 오던 세공전은 제국의 가장 큰 수입원이었다. 이곳에서 나는 세공품들은 기본적으로 백 골드 이상 하는 사치품이기 때문에 귀족들이 아니면 사기 힘들다. 귀족들의 특유의 심리 때문인지 그런 사치품인데도 이곳에서 만들어진 세공품들은 각지 귀족들의 인기 품목이 되어 매년 재고량이 남지 않을 정도이다.

이런 성과의 뒤에는 당연히 남모를 비리가 있었다.

뚝딱뚝딱!

세공전의 1, 2층은 세공품을 만드느라 쉴 새 없는 세공사들의 땀 냄새가 훈훈하게 났다.

"자자! 오늘까지 세공품이 완납되지 않으면 안 된다고! 서둘러!"

질릴 정도로 닦달하는 감독관들의 고함 소리에 세공사들이나 인부들은 내심 화가 났으나 그들의 손에 들린 채찍들을 보며 군말할 수가 없었다. 까딱 잘못했다가는 맞아죽기 십상이기 때문이다.

끼이익!

세공전의 대문이 열리며 화려한 비단옷을 입은 키가 짜리몽땅한 중년인이 들어왔다. 그는 꽤 신분이 높은지 들어오는 순간부터 감독관을 비롯해 세공사, 인부들이 일을 멈추고 고개를 숙이며 인사를 했다.

"하던 일들이나 해."

짧지만 기분이 나쁜 말이었다, 잠시의 숨 돌릴 틈도 줄 수 없다는.

"어떻게 진행은 잘 되어가나?"

중년인이 감독관들 중 한 명을 잡고 물었다.

"별다른 문제 없이 진행 중입니다."

"그녀는?"

"드디어 새 세공품을 만들고 있습니다."

"간만에 영감이 떠올렸나 보군. 넉 달 가까이 세공품을 만들지 않아서 걱정이었는데. 케케케."

새로운 세공품을 만든다는 말이 뭐가 기쁜지 중년인은 괴기스럽게 웃어댔다. 상관임에도 불구하고 감독관은 속으로나마 '뭐 이런 놈이 다 있어' 하며 비웃을 정도였다.

"감독관."

"네."

"근래에 들어서 주문이 밀리고 있어."

"네?"

중년인의 표정이 의미심장해졌다.

"전보다 물량을 좀 더 늘려야겠어. 인부들과 세공사들을 좀 더 닦달해. 알겠지?"

"하, 하지만 요 몇 달간 이들은 쉬지 않고 일만……."

아무리 일을 시키는 입장에 있다지만 근래에 들어서 쉼없이 일을 하는 이들을 더욱 재촉한다는 것은 그로서도 자신이 없었다. 상부의 명령이나 생계가 걸린 일이 아니었으면 옛날에 때려치웠을 것이다.

"어허! 시키면 시키는 대로 할 것이지, 무슨 잔말이 많아!"

"…알겠습니다."

"오늘 내로 물량을 늘리지 못한다면 자넨 해고야!"

중년인의 목소리가 워낙 큰 탓이라 주위에 있는 인부들과 세공사들의 얼굴이 창백해졌다. 지금의 일만으로도 벅차 있는데 물량을 늘린다면 어떻게 될까?

죽어나가는 것이었다. 말 그대로 이들은 노동의 과업이 전보다 훨씬 강도가 높아지는 것이다.

"쳐다보지 말고 일들 해!"

너무도 쓰면서 잔인한 말이다.

세공전의 건물은 제국의 성도의 어떤 곳보다도 높다. 유일하게 현자의 탑보다 높은 17층이었으니 가히 최고라고 할 만했다. 그러나 13층부터 16층까지는 비워져 있고 아무도 쓰지 않는다. 이 층계들의 역할은 무언가를 위해서가 아니라 단순히 방음을 위한 것이다.

세공전의 17층에는 묵묵히 보석을 세공하고 있는 한 인영이 있었다. 특이하게도 방 전체를 어둡게 하고 눈을 감은 채였다.

화르륵!

횃불에 불이 붙으며 어두운 방 안이 환해지며 세공을 하던 인영의 모습이 드러났다. 단발의 파란 머리카락에 단아한 모습을 한 여인이었다.

"쉬엄쉬엄 하는 게 어때?"

"한 번 떠오른 영감을 놓치고 싶지 않아요."

방 안에 있는 것은 그녀만이 아니었다. 기척조차 느껴지지 않았는데 긴 흑발의 잘생긴 청년이 벽에 기댄 채 서 있었다.

"갇혀서 이런 걸 만드는 게 지겹지도 않나?"

"지겨워요."

"그런 얼굴로 지겹다고 말하면 별로 믿어지지 않아."

입가에 맴도는 미소를 보면 누가 봐도 지겨워한다고 믿지 않을 것이다.

"지겹지만 세공을 할 때면 저도 모르게 웃음이 나와요. 마음이 포근해진다고 해야 할까요."

그 말에 흑발의 청년은 뭔가 불만인 듯 뾰로통한 얼굴이 되어 창문 쪽으로 다가가 문을 활짝 열어젖혔다.

쏴아아아!

순간 차가운 밤바람이 열린 문 사이로 들어와 횃불을 흔들었다.

"추워요."

"잠시만 쉰다고 할 때까지 닫지 않을 거야."

찬바람에 몸이 시린 듯 그녀는 몸을 웅크렸다. 몸이 많이 약해 추위를 잘 타는 여인이다. 약간은 안쓰러운 듯한 표정이었지만 이내 그것을 싹 지우고 쉴 것을 강요했다.

"하아, 알았으니까 창문 좀 닫아주세요."

"크큭, 진작 그럴 것이지."

탁!

창문을 닫으면서 찬바람이 더 이상 들어오지 않았지만 이미 추위에 젖어 오들오들 떨고 있는 그녀였다. 손은 차가웠고 볼은 붉어져 있었다.

"짓궂어요."

"다 네 몸을 생각해서야."

"심심해서라는 말은 절대로 하지 않는군요."

그녀의 말에 약간 찔리는 듯 흑발의 청년이 머리를 긁적였다.

"독심술이라도 익혔나?"

"후훗."

그들이 만난 지도 벌써 넉 달이라는 시간이 흘렀다. 감았던 눈을 뜬 그녀는 흑발의 청년을 바라보다 잠시 넉 달 전을 회상했다.

'어라?'

세공전의 건물 뒤편 화단에 쓰러져 있는 그를 발견했다.

피투성이로 화단에 쓰러져 있는 그를 처음에는 어찌할 바를 몰라 당황해하다 그녀는 남다른 행동을 했다.

쿡쿡.

손가락으로 찔러본 것이다.

"저기… 살았어요, 죽었어요?"

기절해 있는 사람이 대답을 할 수 있을 리 만무. 몇 번을 찔러보고 대답이 없자 그녀는 잠시 동안 고민하다 자신이 머무는 세공전의 맨 끝 층으로 몰래 데려와 나름대로 치료를 했다.

다른 이들에게 알려봐야 그를 살리려고 하기보다는 그대로 죽게 내 버려 둘 것이 뻔했기에 취한 조치였다.

이틀 후 쓰러져 있던 긴 흑발의 청년이 정신을 차렸다.

"넌 누구지?"

깨어나자마자 그가 처음으로 한 말이었다.

누구냐고 묻다니… 그건 오히려 그녀가 묻고 싶은 말이었다.

하지만 흑발의 청년과 눈을 마주치는 순간 흑요석과 같은 깊은 눈동 자에 빠져 답을 했다.

"렌 시스… 세공사 렌 시스라고 해요."

"이름이 독특하군. 아? 머리카락이… 파랗군."

뭔가 신기한 것을 발견했다는 듯이 쳐다보는 그.

"양인인가?"

"…그게 무슨 말이죠?"

무슨 말을 하는지조차 이해가 가지 않았다.

그렇게 만나게 되었는데 벌써 이만큼의 시간이 흐른 것이었다. 이곳 생활에 완전히 익숙해진 청년은 가끔 밖을 나가지만 항상 이곳에 머물 렀다.

"여긴 네가 머무르기에는 너무 좁아."

흑발의 청년은 안쓰러운 눈빛으로 렌을 쳐다보며 말했다.

이곳 세공전에 갇혀서 살아가는 그녀의 생이 너무나도 안타까웠고 나가게 해주고 싶었다.

"제겐 해야 할 일이 있어요."

이 방 안에서 세공품을 만드는 것만이 그녀가 해야 할 일의 전부였다. 기계처럼 쉬지 않고 영감을 떠올려 더 나은 최고의 것을 만드는 것이.

"네가 아니더라도 할 사람들은 많아."

세공전에 있는 세공사들만 하더라도 오백 명이 넘는다. 그 정도라면 충분하지 않은가. 하지만 그녀는 그 많은 세공사들보다 훨씬 뛰어난 세공술을 지니고 있다는 이유 하나만으로 이렇게 갇혀 있는 것이었다.

"마음 한구석에는 나가고 싶은 소망이 있을 거야."

'아아……'

겉으로 내색은 하지 않았지만 그녀도 바깥으로 나가고 싶었다. 하지만 그녀는 제국에 얽매여 있는 몸이다. 세공품 하나만으로도 국가의 수 년 치 분의 재정을 전부 채울 수 있는 그녀를 어찌 제국에서 놓아주겠는가.

그녀의 눈망울이 떨리고 있었다.

"잠깐 나갔다 온다고 해서 네게 뭐라고 할 이는 아무도 없어."

악마의 속삭임이라도 듣는 듯 그녀의 마음을 잡아당기는 말이었다. 렌의 얼굴은 한순간 고민으로 가득 찼다. 잠시 생각하는 것 같던 그녀가 조심스럽게 말을 꺼냈다.

"한 번만… 나가 봐도 될까요?"

조심스러운 물음에 흑발의 청년은 빙그레 웃으며 답했다.

"그거야 네 자유지."

"나가 보고 싶어요."

"크큭. 그 소원, 들어주지."

탁!

흑발의 청년은 곧바로 그녀를 안아 들었다.

"무, 무슨 짓이에요?"

적잖이 당황한 듯 그녀는 얼굴이 붉어졌다. 외간 남자에게 안긴 것이 처음이기 때문이다.

흑발의 청년은 그녀를 안아 든 채 창문 쪽으로 걸어갔다.

"무슨 짓이긴. 이렇게 하려고 그러지!"

팍!

창문을 열어젖힌 청년은 그대로 몸을 밖으로 날렸다. 물론 그녀를 안아 든 채 말이다.

창문으로 뛰어내릴 거라곤 생각지 못한 그녀는 당황한 나머지 소리를 질렀다.

"꺄아아아… 우읍!"

"쉿! 들키고 싶어?"

"……!"

그 말을 듣고서야 그녀는 곧 잠잠해졌다.

잠시 후 자신이 허공에 떠 있다는 사실을 알게 되자 얼굴이 하얗게 질려 버렸지만 말이다.

사악!

창문 밖으로 뛰쳐나가는 순간 떨어질 듯하던 흑발의 청년은 한순간 허공을 마치 계단을 밟듯 내려가는 것이 아닌가.

"......!"

속으로나마 놀람의 탄성을 내뱉는 그녀였다.

'하늘을 걷고 있어!'

허공답보, 말 그대로 허공을 걷는다는 것을 말하는데 경공의 최고 경지에 해당하는 것으로 무림에서도 이것을 할 수 있는 이는 극소수였다. 이런 진귀한 경험을 렌이 하고 있는 것이다.

"아니다. 굳이 밑으로 내려갈 필요 없지. 위로 올라간다."

쒸아아!

흑발의 청년이 허공으로 발을 힘차게 내딛자 몸이 화살처럼 튕겨 나가 높이 떠올랐다. 궁신탄영의 수법이었다.

창문을 열어젖혔을 때만 해도 싸늘하게 느껴졌던 바람이 이렇게 시원하고 친근하게 느껴졌던 적이 있던가.

"아아……."

세공을 하는 동안에도 은은하게 퍼져 나왔던 그녀의 미소가 밤하늘을 밝게 비추는 보름달처럼 환해졌다.

피식!

그렇게 그들은 달과 함께 밤하늘을 노닐었다. 그녀에게 있어선 생애 최고의 순간을 만끽하는 것이라 할 수 있었다.

이날 이후로는 이렇게 환한 미소를 짓지 못했으니…….

한 달 후.

제국에서 최고의 화젯거리는 렌 시스의 새로운 세공품에 관한 것이었다. 그녀의 스물일곱 번째 작품이면서 현 최고의 평가를 받고 있는 이 세공품은 어느 때보다도 생기와 기쁨이 느껴진다 하여 대륙의 수많은 귀족들이 가장 갖고 싶어 하는 보물로 자리매김하고 있었다.

"하하하하! 역시 그녀는 우리 제국의 홍복이오!"

"이번 경매만 잘된다면 당분간은 재정 걱정은 없겠구려."

"당연하지요. 이게 다 제국을 위한 일이 아니겠소."

정말로 입바른 소리들이다.

세공전에서 만들어진 일반 세공품들만으로도 제국의 재정을 충분히 감당할 수 있다. 실질적으로 렌의 세공품을 팔아서 번 돈은 제국의 발전을 위해서 쓰이기보다는 그들의 사치와 향락을 위한 사적인 돈이 되고 만다.

페안 제국의 수도의 한 건물에서는 경매가 시작되려 하고 있었다. 직접 세공을 한 렌 시스를 비롯해 제국의 많은 인사들이 모여 있었다.

렌의 짧은 소감을 끝으로 경매가 시작되었다.

그녀는 구석에 있는 좌석에 털썩 앉더니 멍한 눈빛으로 경매를 쳐다보았다.

"하아……"

뭔가 한이 찬 듯한 숨소리가 내뱉어졌다.

"네가 직접 저것을 처분할 권리 따윈 존재하지 않는구나."

그녀의 옆에 앉아 있는 사람은 다름 아닌 그 흑발의 청년이다. 그는 멍하니 경매를 보는 그녀를 안쓰러운 눈빛으로 쳐다보았다.

"…이렇게 팔리는 것이 아니라… 정말 내 작품을 알아주는 사람이 가졌으면 좋겠어요."

이런 소박한 소망조차 이뤄지지 않는 것이 그녀에겐 불행이었다.

흑발의 청년은 마음 같아선 그녀의 작은 소망을 들어주고 싶었으나 자신은 그녀에게 얹혀 사는 처지고, 할 수 있는 것이라고는 위로해 주는 정도에 불과했다.

"1억 3000만 골드 나왔습니다. 이상의 가격 제시 있습니까?"

경매 진행원의 말에 사치스러운 장신구로 온몸을 장식한 한 귀부인이 손을 살짝 들었다.

"1억 4000만 골드 나왔습니다. 1억 4000만 골드입니다. 이 이상은 안 계십니까?"

평민들이나 일반 귀족들은 생각도 못할 어마어마한 가격대의 경매였다. 렌의 세공품의 가격은 계속해서 올라가고 있었다. 각국의 귀족들이나 상계의 거부들이 참가한 만큼 그 열기가 엄청났다.

"이곳 시세에 어두운 내가 봐도 과하다 싶을 정도로 엄청난 돈이 움직이는 경매로군."

흑발의 청년은 이 엄청난 경매에 혀를 내두르고 있었다. 이곳 세계에 어느 정도 적응을 했기 때문에 말은 그렇게 했어도 시세에 어두운 편은 아니었다. 적어도 1골드만으로 평민이 1년간 생활을 하는 데 부족함이 없다는 것을 잘 알기에 더욱 놀란 것이었다.

'내가 마교를 세울 때도 저렇게 많이 써본 기억은 없는데… 하긴, 렌이 만든 거라면 충분히 그 정도 가치가 있지. 아냐, 어쩌면 천금을 주고도 사지 못할지도…….'

마교를 세운 자, 그는 바로 천마였다.

무림 역사상 최고의 강자이면서 최악의 마도인으로 불린 자.

천계의 백호와의 싸움으로 행방불명된 그는 강제로 이곳까지 오게 되었고, 처음 만난 사람이 바로 렌이었다.

무림에선 냉혹하면서도 광포한 그였지만 이곳에 와서 렌을 만난 후로 안정을 되찾았다.

아무것도 모르는 이 세계에서 유일하게 위안이 되어준 사람이었으니 지금 천마에게 있어서 그녀는 삶의 이유였다.

잠시 생각에 잠겨 있던 사이,

"첫 경매라 즐기려 했는데, 사정상 그럴 여유가 없어졌군요."

부드러운 목소리가 경매장 전체로 울려 퍼졌다.

'응?'

천마를 비롯한 모든 사람들의 시선이 한곳으로 모아졌다. 경매석의 중앙에 정장을 입은, 새하얀 백색 머리카락을 올백으로 올린 미청년이 서 있었다.

'백발이라… 특이하네.'

"30억 골드. 이 이상의 가격을 제의한다면 더 이상 살 생각은 없지만."

"3, 30억 골드?"

"웅성웅성!"

순식간에 경매장이 어수선해졌다. 30억 골드라면 천문학적인 수치의 돈이다. 아무리 그녀의 작품이 세기의 명작이라 할지라도 이건 너무 과했다, 성 한 채가 8천 골드에서 2억 골드 사이의 가격대라 본다면.

"가격 제의가 없다면, 세공품은 내가 가져도 상관없겠죠?"

"여, 열을 셀 동안에 더 이상의 제의가 없다면 낙찰입니다."

누구도 손을 들 수 없었다. 30억 골드 이상을 낼 수 있는 자가 과연 세상에 몇이나 된단 말인가. 황제라고 해도 그건 불가능할 것이다.

'이상해. 저자는 대체 누구지?'

천문학적인 돈을 지녔다는 것보다는 천마의 관심을 끄는 것은 바로 미청년 그 자체였다.

경매장에 들어와서 한 번도 그의 존재를 눈치채지 못했다. 물론 신경 쓰지 않은 것도 있었지만 그러기에는 거리가 너무 가까웠다. 각국의 귀족들이 경매에 참석했다고 하나 그래 봐야 40여 명도 채 되지 않는 인원이니 아무리 떨어지려 하더라도 5미터 내였다.

'아무것도 느껴지지 않다니… 자연스러운 것도 아닌데……'

이상하게 생각하고 있을 때였다.

우연이었을까? 천마와 백발의 미청년의 눈이 한순간 마주쳤다.

씨익!

'웃어?'

자신이 쳐다보고 있다는 것을 알고 있다는 듯한 표정이다. 무림이었다면 누구도 꿈도 꾸지 못할 행동이었다. 그의 앞에서 저런 득의만면한 웃음을 짓는다는 것이 말이다.

하지만 곧 백발의 미청년에게서 시선을 뗄 수밖에 없는 천마였다.

"비싸게 팔렸는데… 왜 이렇게 허무한 걸까요?"

렌의 한쪽 눈에서는 눈물이 뺨을 타고 흘러내리고 있었다. 한 번도 눈물 흘리는 모습을 보지 못한 천마였기에 순간 가슴을 못으로 찌르는 듯한 느낌을 받았다.

'렌의 눈에서 눈물이 흐르다니……'

누구도 그녀에게서 눈물을 흘리게 할 순 없었다. 그것이 바로 지금 천마의 심정이었다. 무림에 있을 때조차 느껴보지 못한 감정이었다.

'너무 순수하고 여려서……'

미련을 보이고 있다. 단순히 흥정이나 경매에 의해 팔려 나가는 혼신을 다해 만든 세공품을 보며 눈물을 흘리는 것이었다.

"낙찰되었습니다."

결국 세공품은 30억 골드를 제의한 백발의 미청년에게로 돌아갔다. 보통 경매라면 입찰자들의 이름을 밝히겠지만 워낙 천문학적인 돈이 움직이는 경매이다 보니 이들의 이름을 밝히진 않는다. 이들의 신상 보호를 위해서였다.

"그럼 이번 세공품 경매를 마치겠습니다."

경매가 끝나자 사람들이 한번에 일어나 우르르 몰려나갔다.

자존심들이 센 귀족이나 상계의 거부들이라서 그런지 서로 먼저 나가려 했다. 물론 그것을 표시 낸 것은 아니었지만 적어도 천마의 눈에는 그렇게 보였다.

'쓸데없는 자존심들이로군. 응? 저 녀석은……?'

경매장 밖으로 나가는 다른 이들과 달리 백발의 미청년은 가만히 사람들이 빠져나가는 것을 바라보고 있었다.

스윽!

"이런, 아직 계셨군요."

부드러우면서 예의 바른 말투였지만 왠지 모르게 소름이 끼칠 정도로 속을 알 수 없는 놈이었다. 비록 생사경의 경지에 오른 천마였지만 마심이 강한 그로서는 심안을 가질 수 없었다. 단지 살아온 세월로 인해 상대의 눈을 바라보는 것으로 속을 알아차릴 수 있는 것이다. 하지만 이 백발 녀석은 달랐다.

'무슨 생각을 하는지 전혀 알 수가 없어.'

"출구가 꽉 막혀서 말이지."

"그렇죠. 억지로 나가려고 해봐야 쓸데없는 짓이지요."

'별 뜻도 없고 공손해 보이는데 말 한마디 한마디가 가시가 돋은 것 같군. 건방져.'

워낙 감정에 충실한 그이다 보니 인상을 찡그려 기분 나쁘다는 것을 여지없이 드러냈다. 그걸 알아챘는지 백발의 미청년은 더 더욱 알 수 없는 미소를 지었다.

"저번에도 렌 시스님의 세공품을 구하러 왔었는데, 뭔가 답답한 느낌 때문에 사지 않았었습니다. 그런데 이번 것은 전보다 훨씬 생기가 느껴지더군요."

그 말에 눈물까지 글썽일 정도로 상심했던 그녀의 얼굴이 갑자기 환해졌다. 눈앞에 있는 백발의 미청년은 작품을 정확하게 파악하고 있었다. 물론 본뜻은 아니더라도 적어도 생기가 넘친다는 것을 발견한 것만으로도 충분했다.

'한번 시험해 보는 것도 좋겠지.'

기분이 좋아진 그녀와 달리 천마는 혹시나 하는 마음에 그를 시험해 보기로 마음먹었다.

슉!

대륙의 소드 마스터의 수준으로도 볼 수 없을 만큼 빠른 주먹이었다. 어떤 식으로든 반응을 한다면 그의 보통 사람이 아닐 것이라는 예상이 들어맞는 것이었다.

팍!

둔탁한 소리가 울렸다.

"이… 런?"

그의 주먹을 막은 것은 백발의 청년이 아니었다. 그 옆에 수행원으로 보이는 짧은 적발의 사내였다. 막은 것 또한 놀라웠는데 별다른 충격을 받지 않은 듯 그 얼굴에는 어떠한 변화도 없었다.

'내 주먹을 막아? 허어……'

내공을 실지는 않았지만 절대로 반사 신경만으로 막을 수 있는 주먹이 아니다. 내색을 하진 않았지만 천마로선 놀랄 수밖에 없었다.

그러나 주먹을 막는 것만으로 끝낼 생각이 없는지 적발의 사내의 눈에 살기가 감돌았다.

"주인님을 해하려는 자는 용서할 수 없습니다!"

쇄악!

언제 자신의 허리춤으로 손을 가져갔는지 발검술까지 펼치려 했다.

팍!

"아아……."

적발의 사내의 입에서 신음이 흘러나왔다. 아직까지 그의 손은 검의 손잡이로 가 있었는데 검은 검집에서 반조차 모습을 드러내지 못했다. 그것은 천마가 검을 뽑으려는 순간 그것을 강제로 눌러 다시 검집으로 들어가게 했기 때문이었다.

"크큭, 네 주인을 해할 생각 따윈 없으니 오해하지 마라."

"크윽!"

이번만큼은 적발의 사내도 어쩔 수가 없었다. 단순히 막힌 걸로 끝난 것이 아니라 팔이 갑자기 저려왔기 때문이다.

'내 앞에서 용서를 운운했으니 이 정도면 충분하겠지. 크크큭.'

이백여 년에 가까운 세월을 살아온 천마의 입장에선 적발의 사내는 새파란 어린 놈이었다. 그런데 그놈의 입에서 용서니 뭐니 하는 소리가 나오니 건방지게 보이는 것이 당연했다.

"대단하군요. 발검의 달인인 유드가 검조차 뽑지 못할 정도의 실력자라… 과연 렌 시스의 경호원일만도 하군요."

"겨, 경호원?"

실력 한번 보였다가 졸지에 경호원 취급을 받은 천마는 어이가 없어졌다.

"응? 경호원이 아니었습니까?"

분명 보는 사람을 하여금 포근하게 보일 정도로 부드러운 미소를 짓고 있었으나 그것은 천마에게 있어 비웃음으로밖에 보이지 않았다. 경호원이 아님을 알고 있음에도 그렇게 말하고 있는 듯 보였다.

"뭐, 경호원도 겸하고 있지."

"다른 일을 하시나 보죠?"

"물론."

뒤에서 그 말을 듣고 있던 렌는 그게 무슨 소린지 궁금해 고개를 갸우뚱거렸다.

"실례가 되지 않는다면 물어봐도 괜찮겠습니까?"

"크큭, 내가 그녀의 연인이라면."

화끈!

순식간에 렌의 얼굴이 장미처럼 붉어졌다. 어찌 보면 장난 같으나 그녀의 귀에는 매우 진지하게 들려왔다. 말없이 항상 세공만을 해오던 그녀에게 자유를 만끽하게 해준 사람, 그리고 자신의 말을 항상 즐겁게 들어줬던 그 사람이었으니.

"멋진 커플이로군요. 사랑이 영원하기를 진심으로 기원합니다."

렌은 너무 부끄러워서 아무런 말도 하지 못했다. 보통의 여자들이라면 아니라면서 한마디 정도는 할 텐데 그녀는 부끄러움을 많이 타기 때문에 아무 말도 하지 못했다. 그 모습에 천마 역시 심장이 두근거렸다.

"아일러너 상단을 운영하고 있는 다르마 이느타크라고 합니다."

잘 알려지지 않은 상단이다. 대륙의 사정에 밝지 않은 천마라고 해도 간혹 거부의 상단에 대해선 들어왔다. 하지만 아일러너 상단에 대해서는 깜깜무소식이었다.

'다르마? 어디서 많이 들어본 듯한데……'

묘하게 많이 들어본 것 같은 이름이다. 익숙한 느낌의 이름이지만 다르마와는 첫 대면이었기 때문에 천마는 기분 탓이라고 여겼다.

"좀 더 얘기를 나누고 싶지만 이번 연금술사 회합 때문에 바쁘군요."

"연금술사인가요?"

상단을 운영하는 대거부이면서 연금술사 회합에 참여한다는 말에 의아해진 렌이 물었다. 대답을 한 것은 다르마가 아니라 그의 경호 수

행원인 유드였다.

"다르마님께서는 연금술사 길드의 부총장입니다."

연금술사 길드의 부총장이라면 연금술사들에게 있어 굉장한 영향력을 가진 지위였다. 더군다나 그 정도 자리에 있으려면 실력 또한 받쳐 줘야 한다. 그러나 아쉽게도 대륙의 정세에 대해선 잘 알지 못하는 천마나 렌은 그다지 놀라지 않았다.

"상단을 운영하면서 연금술사라는 직업까지 가졌으니 꽤 힘들겠어."

"뭐, 그런 감이 없지 않지요. 그래도 꽤 할 만합니다."

"다르마님, 이제 곧 회합이 시작됩니다."

대화가 길어질 것을 염려한 유드가 재촉을 했다.

"아아… 죄송합니다. 더 대화를 나누고 싶지만……."

그 말을 끝으로 다르마는 인상을 찡그린 채 급히 경매장 밖으로 나갔다. 아무래도 회합이 늦었다는 것 때문인 듯했다.

그렇게 자유에 대한 열망을 담은 그녀의 세공품은 천문학적인 금액에 낙찰되었다. 하지만 그녀에게 있어 가장 큰 수확은 세공품을 알아준 사람과 자신을 지켜봐 주는 이가 있다는 것이었다.

세월이 흘러 벌써 5년이라는 시간이 흘렀다.

여전히 세공전은 분주히 돌아가고 있었다. 전과 달리 세공전의 16층까지 전부 작업실로 변해 있었다. 렌 시스의 작업실은 사라진 지 오래였다.

5년 전 경매에서 사상 최대가의 세공품을 만들어낸 렌 시스는 그 이

후 세공품을 만들지 않았다.

아무리 닦달해도 세공을 하지 않던 그녀는 몇 개월 후 세공품을 만들지 않겠다고 선언해 버렸다.

비록 감금하고 있지만 최고의 세공품을 만드는 세공사답게 강제로 시키지는 않았으나 상황이 달라졌다.

제국에서는 그녀를 회유, 혹은 강제로라도 세공을 하게끔 만들도록 명령을 내렸다. 그것마저도 여의치 않을 경우는 목숨을 거둬서라도 페안 제국 외에 어느 곳에서도 그녀의 세공품이 만들어지지 않도록 조치를 취하라는 명령과 함께 말이다. 탈출할 가능성조차 없는 그곳에 가둬놓고 말이다. 그러나 16층에서 묵묵히 세공을 해야 할 그녀는 이미 사라지고 난 뒤였다.

세공전의 12층은 페안 제국의 수뇌부들이 간혹 회의를 하기 위해 모이는 곳이기도 하다. 물론 이곳에서 논하는 것은 대개 세공품을 어찌 팔까, 물량을 어떻게 할까에 관한 문제이다.

"역시 5년 전에 비해 세공품의 주문량이 떨어졌습니다."

"쯧쯧. 갈수록 세공으로 벌어들이는 수입이 적어지니……."

"그녀의 부재 때문에 타격이 큽니다."

"부재는 무슨… 도망친 계집년 따위가! 제기랄, 배은망덕한 그 계집년 얘기는 더 이상 꺼내지 마시오!"

그들의 말은 렌이 들었다면 정말 가관이 아닌 소리들이었다. 렌은 세공을 하면서 감금당한 것도 모자라서 무보수로 일을 했던 것이다.

별 의미 없는 탁상공론만 되어가고 있을 때 한 중년인이 조용하게 그들을 타이르며 말한다.

"자자, 그녀가 도망간 지도 벌써 5년이나 되었는데 그걸 논해서 뭘 하겠소. 다들 진정하시구려."

"크흠."

모두가 헛기침만 해댔다. 스스로들의 행동이 볼썽사나웠다는 것을 알기라도 한 것일까.

좌중이 조용해지자 중년인이 조심스럽게 이야기를 꺼낸다.

"간만에 희소식을 말해 주리다."

"……?"

희소식이라는 말에 좌중의 시선이 모두 중년인에게로 향했다. 한동안 세공에 관해선 좋지 않은 소식만을 들어왔던 수뇌부들인지라 희소식이라는 말에 귀가 띄는 것은 어쩔 수 없는 노릇이었다.

"여러분들이 그렇게 원하고 있는 렌 시스에 대한 정보요."

"아니, 그녀를 찾았단 말인가?"

"아직 확실한 것은 아니지만… 그녀의 세공품으로 추측되는 물건이 시중에 돌고 있습니다."

"그럴 리가? 그녀 스스로가 세공품을 만들지 않겠다고 선언하지 않았나?"

"괘씸한 계집년이구만."

웅성웅성!

그녀의 세공품으로 보이는 물건이 등장했다는 것은 그들로서는 생각지 못한 충격일 수밖에 없었다. 그렇지 않아도 최근에 들어서 페안 제국의 세공품 주문이 전보다 훨씬 떨어지고 있는 판국에 렌 시스가 만든 세공품이 시중에 돌고 있다는 말은 그들에게 위협적이지 않을 수 없는 것이다.

"그렇다면 그녀가 다른 곳에 정착해 세공을 하고 있단 말이오?"

"그건 아닌 듯하네. 모두 이걸 보시오."

중년인은 품속에 갈무리해 두었던 무언가를 꺼내 들었다. 엄지 손가락만한 크기의 에메랄드 빛깔의 독특한 문양의 반지였다.

"오오!"

"멋지군."

수뇌부들은 반지를 보면서 감탄을 금치 못했다.

재질은 상당히 소박했으나 디자인에 문양이 매우 독특해 진귀해 보이는 데다가 가지고 싶다는 욕구마저 자극하는 것이었다.

"이 문양은 그녀만이 새길 수 있는 것이오. 이것으로 보아 확실히 그녀가 만들었다는 것을 알 수 있소."

"이런 것이 시중에 나돌아다니니 사람들이 세공전의 물건을 사지 않는 것이 아닙니까?"

수뇌부들 중 상당히 젊어 보이는 이가 흥분했는지 얼굴이 붉어져서 목소리를 높였다.

"어허, 내 말을 끝까지 듣게나."

"죄, 죄송합니다."

괜히 한마디 꺼냈다가 본전도 건지지 못하는 젊은 수뇌부였다. 계속해서 중년인이 말을 이어나갔다.

"이 물건은 시중에 매우 싼 가격에 돌고 있어 평민들에게 인기있는 품목이지요. 물론 간혹 귀족들 중에서 이 반지를 구하는 이가 있긴 하지만."

중년인이 말하는 요지는 바로 이랬다.

렌이 만든 세공품은 귀한 재료가 아닌, 시중에서 쉽게 구할 수 있는 값싼 재료로 만들어진 물품이었다. 그런 데다가 대량으로 싼값에 유통되면서 평민들조차 쉽게 구할 수 있었던 것이다.

그러나 간혹 작품을 제대로 알아보는 귀족들이 있어 세공품을 사 가긴 했으나 허례허식이 강한 귀족들은 대개 비싸지 않은 세공품은 관심조차 갖지 않았고 평민들조차 쉽게 가질 수 있는 물건에는 더 더욱 관심을 가지지 않았다.

그런 점에서는 세공전에 전혀 타격을 입힐 수 없었다. 세공전에서 나오는 세공품은 본래부터 귀족, 거부들을 대상으로 만들어졌고, 가격이 비싸다 보니 평민들은 살 엄두를 내지 못한다. 그런 점에서 서로의 시장이 다른 만큼 세공전에 미칠 영향 따윈 전혀 없었다.

"그런 걸로 미루어보아 생계 유지를 위해 만든 물건이 아닌가 싶소."

"생계 유지를 위해 만든 물건치고 디자인이 너무 섬세하지 않나?"

"그야, 아무래도 그녀의 자존심이 용납을 하지 않았겠지."

중년인의 추측에 반론을 제기한 것은 세공전의 총책임을 맡고 있는 칠십 줄을 바라보고 있는 노쇠한 귀족 영감이었다. 연로한 나이에도 불구하고 눈빛만큼은 여전히 탐욕에 물들어 있었다.

"클클, 아니야, 아니야. 그 계집아이는 자존심 때문에 그렇게 만든 게 아니야."

"네? 그게 아니란 말입니까?"

"그 계집아이는 내가 어렸을 적부터 보았기 때문에 잘 알지. 나름대로 소박하게 만들려고 한 것 같은데 그놈의 천부적인 재능이란 게 이런 소박함조차도 놀라운 세공품으로 바꿔 버린 게지."

렌 시스는 어렸을 적부터 세공의 천재라 불릴 만큼 대단한 세공 능력을 지니고 있었다. 참신하고 정교한 세공은 보잘것없는 재료라고 할지라도 최고의 세공품으로 만들어낼 정도였다. 그러니 본의 아니게 생계 유지를 위해 만든 작은 세공품일지라도 그것은 보는 이로 하여금 감탄을 금치 못하게 하는 것은 당연했다.

"이, 이게 소박하게 만든 솜씨란 말입니까?"

현 세공사들 중 어느 누구도 이런 솜씨를 지니지 못했다. 역사 이래 최고라는 명성에 걸맞는 실력이었다.

"클클, 역시 그녀를 잡아두는 것이 좋겠지."

"총책임자님의 말씀이 옳습니다."

"회유를 해도 되지 않을 경우는 없애는 편이 낫겠군요."

수뇌부들의 회의는 만장일치로 그녀를 찾아 회유하거나 제거하는 쪽으로 결론이 났다. 그들은 탐욕에 젖어 렌을 한 사람의 인격체보다는 '가질 수 없는 보물'로 취급하고 있었다.

반면, 음모가 난무하는 제국의 세공전과 달리 레테우드 산맥 부근의 숲은 한적하면서 조용하기만 했다.

싱그러움이 가득한 울창한 숲의 한복판엔 아담한 오두막이 자리잡고 있었다. 꽤나 서툴게 만든 것처럼 보였지만 한 가족이 살기에는 부족함이 없었다.

"헤헤헤~ 아빠 그것 하나 못해?"

"녀석아! 아빠도 그 정도는 할 수 있어!"

오두막 안에선 단란한 가족이 모여 풀잎을 엮어 가락지를 만들고 있었다.

태어나서 한 번도 머리카락을 자른 적이 없는지 허리까지 길게 기른 어린아이와 짧은 흑발의 사내는 서로가 만든 가락지를 비교해 가며 즐거운 시간을 보내고 있었다.

"엄마한테 물어볼까?"

"너 임마, 그런 건 엄마한테 물어보는 게 아니야."

확실히 사내가 풀로 엮어 만든 가락지는 볼품이 없는 반면에 아이가 만든 것은 꽤나 그럴듯해 보였다.

"헤헤~ 자신없어서 그러는 거 아냐?"

어려서 그런지 앳된 목소리를 지니고 있었다. 귀여운 외모에 흑요석처럼 빛나는 눈을 보면 크면 여자깨나 울릴 그런 상이었다.

"엄마아아아아~"

"어이어이!"

'그걸 꼭 말해야 되냐?'

부엌으로 쪼르르 달려가는 아들을 보며 흑발의 사내는 고개를 절레절레 흔든다. 그래도 그는 마냥 좋기만 했다. 무림에 있을 적엔 꿈도 꿔보지 못한 이런 따뜻한 정으로 넘치는 가족애가 말이다.

'이 행복이 영원히 깨지지 않았으면 좋겠다.'

어느 누구도 자신의 행복을 앗아갈 수 없다. 그것이 지금 그에게 있어선 가장 굳은 의지였다. 누구라도 그의 행복을 앗아간다면 그자를 비롯해서 세상을 용서할 수 없을 듯했다.

"아이가 만든 것보다도 이상해요."

부엌에서 독특하게 엮인 가락지를 만지작거리며 파란 머리칼의 조용하면서 성숙한 분위기의 여자가 걸어 나왔다.

"렌!"

그녀는 바로 대륙 최고의 세공사, 렌 시스였다. 5년 전에 행방불명된 그녀는 이곳에 정착해 단란한 가족을 꾸리고 살아가고 있었던 것이다.

"헤헤헤~ 그것 봐."

"끄응."

성격이 급한 천마가 어찌 섬세한 솜씨를 필요로 하는 가락지를 잘 만들 수 있겠는가. 약간은 무안했는지 머리를 긁적일 뿐이다.

그런 천마의 모습이 재미있는지 렌은 작은 미소를 지었다.

스슥!

"응?"

문득 천마는 집으로 다가오는 정체 모를 기척을 느꼈다. 몰래 다가오는 것도 아니었는데 감각권의 범위 내로 들어와서야 눈치를 챘다는 것은 상대가 제법 실력을 갖추었다는 것을 의미하는 것이다.

'이곳을 아는 자는 아무도 없을 텐데… 대체 누구지?'

분명히 자신의 오두막으로 오는 것이 틀림없었다, 적의나 긴장 따윈 전혀 느껴지지 않은 채.

'렌을 찾아온 건가?'

대륙의 모든 제국이나 왕국, 거부들이 눈에 불을 켜고 렌을 찾는다는 사실을 잘 알기에 인적이 드문 이곳에 자리를 잡고 살아가고 있는 것이었다. 레테우드 산맥은 산맥이 험준하고 위험한 몬스터들 때문에 함부로 올 수 있는 곳이 아니었다.

"렌."

"왜 그러세요?"

"누군가 이곳으로 오고 있어."

"⋯⋯!"

한동안 행복하고 조용한 시간을 보내온 그녀에게 낯선 이의 방문은 걱정이 되지 않을 수가 없었다.

"두려워요."

"걱정 마. 내가 알아서 해결할게."

렌의 떨리는 눈빛을 보며 천마는 안심시키듯 부드러운 목소리로 그녀를 다독였다. 적어도 말뿐만이 아니라 그에겐 충분히 그럴 능력이 있었다. 예전처럼 그런 잔인한 모습을 보이고 싶진 않았지만 그녀를 위해서라면⋯⋯.

이젠 기척만이 아니라 문밖으로 발걸음 소리가 점차 다가오고 있었다.

똑똑!

문 앞까지 다가온 낯선 존재가 오두막의 문을 정중히 두드렸다.

"문은 열려 있소. 들어오시오."

끼이익!

오두막의 문이 열리며 낯선 존재의 정체가 드러났다.

짧은 적발에 회색 망토를 걸치고 있는 사내였다. 그를 보는 순간 천마와 렌은 놀람을 감추지 못했다. 그는 다름 아닌 아일러너 상단의 주인인 다르마의 호위를 맡고 있던 유드라는 자였다.

"자넨?"

"오랜만에 뵙는군요. 그동안 안녕하셨습니까?"

"그때 그 경매에서 보았던……."

5년 전 일인지라 잠깐 스친 인연에 이름까지 기억한다는 것은 힘들었다. 하지만 워낙 인상이 깊었던지라 첫눈에 경매장에서 만났던 것을 기억하고 있는 천마였다. 물론 렌 마찬가지였다.

"기억하시는군요. 유드라고 합니다."

"자네가 대체 여긴 어떻게 알고?"

놀란 것도 잠시, 천마는 그가 어떻게 이곳을 알았는지 의문이 생겼다. 분명 짓고 있는 표정을 보아선 자신들을 찾아온 것이 우연이 아니라는 것을 알 수 있었다.

"글쎄요."

"글… 쎄요?"

엷은 미소를 머금은 채였지만 천마에게 있어선 도발성 발언이었다. 5년이라는 세월 동안 웃음 속에서 지내며 예전만큼의 날카로운 기세는 중화되었으나 새파란 애송이의 도발을 참을 만큼 녹록하지 않았다.

쏴아아!

순식간에 온몸이 찌릿해져 올 만큼 강렬한 살기가 피어올라 왔다. 애써 태연한 척하려 해도 유드의 얼굴은 점차 평정심을 잃어가고 식은 땀마저 흘러내리고 있었다.

반면 천마의 뒤에 서 있던 렌은 영문을 모르는 듯 의아한 표정을 지었다. 천마는 무공이 그 끝에 이르렀다 보니 살기마저도 능수능란하게 다룰 수 있었던 것이다. 그러니 렌은 살기를 전혀 느끼지 못하고 있었다.

"크으으."

자존심이 강한 유드는 어떻게든 살기를 견뎌보려 했지만 이미 오장 육부가 들끓어 올라 몸을 지탱하는 것조차 힘들었다.

털썩!

결국은 무릎을 꿇고 말았다.

"생각보다 자존심이 센 녀석이군. 꽤 버티는 걸 보니 말이야."

기혈이 들끓는 상태인지라 뭐라 대답할 수 없는 처지인 유드는 인상을 구긴 채 천마를 노려보았다.

그 모습에 천마의 오른쪽 눈썹이 꿈틀거렸다.

"목적이 뭔지는 몰라도 내게 앙금이 있는 듯하군."

'성질 같아선 발로 한 대 차버리고 싶은데⋯⋯.'

예전의 그라면 성이 풀릴 때까지 유드를 발로 차고 밟아 반쯤 죽여 놨겠지만 뒤에서 지켜보는 처자식이 때문에 차마 그리하진 않았다.

"무슨 일이기에 이런 곳까지 찾아온 거지?"

질문을 바꿔서 물었다. 이곳을 어떻게 찾아왔는지보다 그 목적이 더 궁금해졌기 때문이다. 목적을 알게 된다면 그 뒤 사정이야 어떻게든 알아낼 수 있기 때문이었다.

"⋯전 모릅니다."

"두 번씩이나 자비를 바라지 말아라."

"정말입니다. 단지⋯⋯."

"단지?"

"주인님께서 이것을 전해 드리라고 해서."

유드는 품 안에서 세 번 정도 곱게 접혀 있는 양피지를 꺼내었다. 이상하게 평범한 양피지였는데 그것을 보는 순간 천마는 묘한 감정에 사로잡혔다.

'갑자기 왜 이렇게 가슴이 떨리는 걸까?'

"편지인가?"

"직접 보시면 알 거라고 하시더군요."

말에 약간 가시가 있었으나 천마는 그것을 무시하고 양피지를 받아들었다. 묘하게 익숙한 느낌이 양피지에서 풍겨져 나왔다.

접힌 양피지를 펴는 순간 천마의 얼굴에 놀라움이 번졌다. 두 눈을 부릅뜬 채, 양피지에 적혀 있는 무언가를 뚫어지게 쳐다보고 있었다.

이때 양피지로 가려진 뒤에 유드의 알 수 없는 미소가 걸려 있었다.

한참 동안을 양피지에 적힌 무언가를 보던 천마가 입을 뗐다.

"이걸 쓴 자가 누구지?"

"주인님께서 전해드리라고만 하셨습니다."

'이건 도대체……'

양피지에 적힌 내용이 도대체 무엇이기에 천마의 마음을 흔들어놓는 것일까?

천마(天魔), 우현.

양피지에 적힌 내용은 바로 그러했다. 천마라는 이름은 그렇다 치고 근 이백여 년 만에 보는 본명이었다. 거의 잊고 지내다시피 한 본명이 양피지에 적혀 있었다.

　오두막의 문 앞에 천마가 짐을 꾸린 채 서 있었다. 그런 천마의 앞에 그의 어린 아들이 울먹이는 얼굴로 그를 바라보고 있었다. 그 모습에 얼마나 가슴이 저려오는지 천마는 어린 아들의 손을 꼭 잡고 달래듯이 부드러운 목소리로 말했다.

　"미안하구나. 엄마 말씀 잘 듣고 있어라."

　"아빠, 꼭 가야 해?"

　아이는 아비와 떨어진다는 것이 싫은지 눈물을 글썽거리고 있었다.

　"아빠가 최대한 빨리 올 테니 걱정 마라. 선물도 사 올게."

　"정말?"

　'…선물이 더 좋은 게냐.'

　역시 다섯 살 배기 어린아이인가. 선물에 더 관심을 가지는 것은 당연했다. 어느새 글썽거리는 눈물은 없어진 지 오래고, 웃음꽃이 활짝 피었다.

　단발이었던 렌의 푸른 머리카락이 오 년 동안 많이 자라 등허리까지 내려왔다. 그 덕분인지 예전보다 훨씬 성숙해 보이고 여성스러웠다. 한 아이의 어머니여서 그런 것일지도 모른다.

　잠시 동안 보지 못하는 것임에도 불구하고 이상하게 마음이 아팠다. 지금 헤어지면 다시는 보지 못할 것 같은 그런 느낌.

　'너무 불길해.'

　"렌? 왜 그래?"

　"…아니에요. 단지… 걱정이 돼서요."

자신을 배웅하는 아내의 얼굴이 수척해 보이면서 불안해하는 것 같아 안쓰러웠다. 그 모습을 보니 마음 같아선 '그곳'으로 가지 않고 집에 남고 싶었다. 하지만 잊고 지냈던 과거와 연결된 작은 실 가닥이 눈에 띈 이상, 그것을 주저하지 않고 잡아야만 했다.

"확인 후에 금방 돌아올게. 걱정하지 마. 그리고……."

주르륵!

"울지 마."

그녀의 볼을 타고 흘러내리는 눈물을 닦아주는 천마의 눈에도 눈물이 글썽이고 있었다. 차가움의 대명사로 불려지던 그의 눈에 눈물이 맺혔다. 참으려 했지만 이상하게 맺힌 눈물을 막을 수가 없었다.

'헤어지는 것이 아닌데.'

'이별하는 것이 아닌데…….'

'당신을 보지 못할 것 같아서.'

'어째서 이런 불길한 느낌이…….'

서로를 쳐다보면서 알 수 없는 불길함과 영원한 이별에 대한 두려움에 휩싸였다.

연인들은 헤어질 때가 되면 그것을 마음으로 느끼는 것일까.

"빨리 돌아올게, 최대한……."

'불안해요, 당신을 다시는 보지 못할까 봐. 꼭 돌아오세요.'

그녀는 말없이 천마의 얼굴을 쳐다보기만 했다. 어떤 말을 하든 그는 분명히 떠날 것이다. 그런 그녀의 눈빛에 담긴 뜻을 알아챘는지 천마는 그녀를 안아주었다.

잠시 후 천마는 가족들의 배웅을 받으며 유드와 함께 길을 떠났다.

유드의 주인인 다르마를 만나기 위해서 말이다.

"어디로 가야 다르마를 만날 수 있지?"

유드의 안내를 받으면서 가는 것이지만 적어도 가고자 하는 곳이 어디인지는 알고 싶은 천마였다.

"다르마님은 아일러너 상단의 총본단에 계십니다."

"그렇게 말하면 내가 알아들을 수가 있나."

"서쪽의 시아스 왕국에 총본단이 있습니다."

레테우드 산맥이 대륙의 동쪽에 위치해 있는 걸 생각한다면 굉장히 먼 거리다. 아무리 빠른 기간 내에 다녀오려 한다 하여도 적어도 6개월 정도는 걸릴 것이다.

'멀어.'

인적이 드문 레테우드 산맥에 있다곤 하지만 렌의 안위가 걱정되었다. 시간이 지나면 지날수록 노출될 확률이 높아진다. 그동안은 약간의 인기척이 느껴지기만 해도 좀 더 깊은 곳으로 은신을 하거나, 천마가 해결했었는데 그가 자리를 비우게 된다면 그런 것을 방비하지 못할 것이다.

'그래도 진을 쳐놨으니 적어도 일 년 정도는 안전하겠지.'

정파 전체를 적으로 삼고 있는 마교는 십만 대산이라는 험준한 지세만이 아닌 무궁무진한 변화를 일으키는 진으로 적의 침입을 막았다. 그랬기에 천 년이라는 세월 동안 한 번도 그 위치가 무림에 노출되지 않았던 것이었다.

'천화만변진이라면 충분히 괜찮을 거야.'

물론 이곳 대류의 사람들은 진법에 대한 상식이 전혀 없었기에 그것이 뚫릴 염려는 없었다. 들어서는 순간부터 변화가 천차만별인 그 진을 통과한 자는 무림에서도 극소수였다. 그렇기에 천마는 충분히 처자식을 보호할 수 있을 거라 여겼다.

4개월이라는 세월이 유수처럼 흘러갔다.

울창한 숲과는 전혀 관련이 먼 황량한 사막이 펼쳐진 대륙의 서쪽은 극한의 더위 때문에 여행자들이 가급적이면 오기를 꺼려하는 곳이었다.

죽음의 사막, 혹은 황금의 대지라 불리는 이곳을 대륙인들은 헤시아드 사막이라 부른다.

이 뜨겁게 달궈진 황금빛 사막을 건너고 있는 두 사내가 있었다. 바로 천마와 유드였다. 그들이 아일러너 상단으로 향한 지도 4개월째, 이 사막을 횡단하기만 하면 아일러너 상단이 위치하는 사막의 왕국, 시아스에 도착한다.

초절정의 고수이긴 하나 무더운 사막의 열기만큼은 어쩔 수 없는지 천마의 이마에선 굵은 땀방울이 쉴 새 없이 흘러내리고 있었다.

"젠장, 삼 일 내내 걸어도 오아시스 하나 없다는 게 말이 돼?"

연 삼 일간을 사막에서 보내다 보니 불쾌지수가 올라갈 대로 올라간 천마는 연신 투덜거리고 있었다. 본래 과묵한 성격이 아닌 천마이다 보니 짜증이 나면 날수록 불평이 많아졌다.

'시끄러워…….'

유드는 겉으로 내색 하지 않았지만 속으로 천마를 욕하고 있었다. 보통 사람들은 더위를 조금이라도 극복하기 위해 사막에선 가급적 말을 삼가하는데 천마는 불만거리가 얼마나 많은지 사막에 온 지 이틀째 되는 날부터 잘 때를 제외하곤 입을 다물지 않았다.

'확실히 오아시스를 만나지 못해서 그런지 낙타들이 지쳐 가고 있어.'

"잠깐! 뭔가가 움직이고 있다."

"네? 그게 무슨 말씀이시죠?"

한참을 투덜거리던 천마가 갑자기 유드를 제지하자 의아해진 그가 물었다.

"모래 속을 돌아다닌다."

"설마 샌드웜?"

사막에서 모래 속에서 움직이는 것은 단 하나뿐이다. 사막의 포식자, 모래 속에 숨어서 여행자들이나 생명체를 노리는 몬스터 샌드웜이었다. 모래 속을 자유자재로 돌아다니기 때문에 상대하기 까다로운 몬스터다.

콰콰콰!

아니나 다를까, 샌드웜이 가까이로 다가왔는지 모래 속을 돌아다니는 소리가 들려왔다. 뛰어난 검사였지만 이런 적을 상대하는 것엔 익숙지 않은 유드는 어쩔 줄 몰라 했다.

"위험한 놈인가?"

"까딱하다간 낙타와 함께 잡아 먹힐 겁니다."

낙타들도 본능적으로 그것을 예감했는지 움직이지 않고 조용히 서 있었다.

"그럼, 죽여야겠군."

"네?"

탁!

낙타에서 내려온 천마는 조용히 유드에게서 떨어져 천천히 앞으로 걸어나갔다.

"무, 무슨 짓입니까?"

알 수 없는 천마의 행동에 당황한 유드가 외쳤다. 작은 소리에도 민감한 샌드웜을 상대로 모래를 밟는다는 것은 자살 행위였다.

콰콰콰!

예상대로 모래를 파며 빙빙 주위를 맴돌던 샌드웜의 소리가 서서히 속도를 내며 천마가 움직이는 방향으로 향했다.

"예상대로군. 크큭."

천마는 허리춤에 차고 있던 검집에서 검을 뽑아 모랫바닥을 향해 내리찍었다.

"천마대폭검!"

콰콰쾅!

순식간에 모래 속에 꽂힌 검이 붉게 달아오르더니 지진이라고 여겨질 만큼 주위 반경이 심하게 흔들었다. 덕분에 낙타들이 동요를 하는 바람에 그것을 진정시키느라 정신이 없는 유드였다.

탁!

"됐다."

천마가 모래 속에서 검을 뽑자 그 주위의 모래가 붉게 물들기 시작했다. 샌드웜이 방금 전의 일검으로 죽은 것이다. 적어도 날렵한 용병 전사 스무 명 정도가 달려들어야 상대가 가능한 샌드웜을 단숨에 죽여 버린 것이다.

'단지 소리만으로 샌드웜의 위치를 파악해 죽이다니……'

4개월 동안 몬스터들과 조우할 때마다 질리도록 보아왔지만 천마의 강함은 새삼 감탄을 불러왔다. 물론 그와 동시에 질투심을 느끼기도 했다.

"아! 저긴?"

생각에 잠겨 있던 유드의 귓가로 천마의 목소리가 들려왔다. 뭔가를 발견한 듯 천마는 어딘가를 쳐다보고 있었다.

"무슨 일이시죠?"

"이곳에서 상당히 떨어져 있긴 하지만 성이 보인다."

"성? 성이라뇨? 제 눈에는 아무것도 보이지 않습니다만."

절세고수인 천마의 시야와 평범한(?) 검사인 유드의 시야가 같을 리가 만무했다.

"안력에 좀 더 집중을 하고 봐봐."

'방법을 알아야지. 제기랄.'

자존심이 강한 유드는 차마 안력을 집중하는 방법을 모른다는 말을 하지 못했다. 단지 그저 그렇다는 표정만을 지을 뿐이었다.

"크큭, 보이지?"

"그, 그렇군요."

'바보가 된 기분이군. 제기랄.'

마나를 끌어 모아 눈으로 집중해 보니 좀 더 시야가 넓어지긴 했으나 여전히 아무것도 보이지 않았다. 사실상이 보이지 않는 것은 당연지사였다. 천마는 생사경의 경지에 오르면서 시야가 굉장히 넓어져 보

통 사람들의 수십 배에 이르는 안력을 갖게 되었으니 어찌 유드가 그
것을 따라 할 수 있겠는가.

"성의 빛깔이 보이지요?"

성을 제대로 확인할 수 없는 유드는 의도적으로 그렇게 물었다. 그
것을 눈치채지 못할 천마가 아님에도 불구하고 말이다.

"회색 빛깔의 성이로군."

"시아스 왕국에 드디어 도착했군요."

"시아스 왕국?"

"회색 성, 디아도가 둘러싸고 있는 곳. 그곳이 바로 시아스 왕국이
죠."

시아스 왕국에 도착했다는 말에 천마의 얼굴이 밝아졌다. 드디어 목
적지에 도착한 것이다. 시아스 왕국에 자리잡고 있다는 아일러너 상단
에서 궁금해하던 모든 것이 풀리게 될 것이다.

"좋아. 어서 서둘러서 가자구."

4개월간의 여행 끝에 그들은 아일러너 상단이 자리잡고 있는 사막의
왕국, 시아스에 도착했다.

시아츠 왕국은 사막에 자리잡고 있다 보니 건축 양식이 다른 지역에
비해서 매우 독특했다. 집집마다 햇빛을 가리기 위해서인지 야자수 등
활엽수 나무들이 집 옆에 자리를 잡고 있었고 성의 곳곳마다 크고 작
은 오아시스들이 자리잡고 있었다.

지나가는 사람들은 백색 터번으로 두르고 있었는데, 햇빛이나 사막
의 열기로부터 보호해 주기 때문이었다. 그런 점에서 천마와 유드의
복장은 시아스인들과는 확연히 달라 이방인이라는 것을 한눈에 알게

했다.

시아스는 사실 다른 제국이나 왕국들에 비하면 실질적인 영토가 매우 작았다. 사막 전체가 그들의 영토이긴 했으나 풀뿌리 하나 찾기 힘든 황폐한 사막 대지에 누가 살겠는가. 사람이 사는 곳이라고는 성 디아도, 그리고 오아시스를 둘러싸고 있는 작은 촌락뿐이었다.

"성도인데도 마을 같군."

"사막에선 큰 건물이나 화려함은 전혀 필요가 없지요. 더위를 막아 주고 밤의 추위로부터 보호해 줄 집이 필요할 뿐입니다."

"뭐, 그렇긴 하지. 그런데… 어디까지 가야 하는 거지?"

"저곳입니다."

"엥? 저건 탑?"

유드가 손가락으로 가리킨 곳에는 상당히 높은 탑이 보였다. 상단의 총본단이라는 곳이라면서 탑이 웬 말인가.

"무슨 상단이……."

"저 탑은 아일러너 상단의 총본단이면서 연금술사의 탑이기도 합니다."

"연금술사? 아아, 그러고 보니……."

"다르마님은 연금술사이시죠."

"그랬지? 잊고 있었어."

그제야 기억이 나는 천마였다.

탑에 도착한 천마는 기대감에 가득 차 있었다. 양피지를 쓴 자가 과연 누구인지 궁금했던 것이다. 분명 익숙한 느낌을 주었던 양피지의 글에 담긴 의념을 떠올리며 탑의 입구로 들어갔다.

"탑의 맨 끝 층에 다르마님이 계십니다."

"양피지를 쓴 자도 같이 있는가?"

"아마도 그럴 겁니다."

천마는 양피지를 받았을 때부터 궁금해하긴 했으나 다르마 본인일지도 모른다는 의혹도 지니고 있었다.

연금술사의 탑은 위층으로 걸어가는 번거로움을 없애기 위해서 마법진을 통해 올라갈 수 있도록 안배되어 있었다.

"같이 올라가지?"

"아뇨. 저는 다르마님의 방에는 출입할 수가 없습니다."

"크큭, 비밀이 많나 보군. 호위조차 들여보내지 않는 걸 보니."

"그런 말은 삼가해 주시기 바랍니다."

울컥했는지 유드는 상기된 얼굴로 목소리에 힘을 주며 말했다. 그에 천마는 희미한 미소를 지으며 고개를 끄덕이며 마법진에 올라탔다.

"이거… 처음 타보는데 무슨 주문이라도 필요하나?"

마법이라는 것에 대해 들어본 적은 있으나 진을 직접 보는 것은 처음이었다.

"주문 따윈 필요없습니다. 층수만 말하면 되지요."

"그는 몇 층에 있지?"

"7층에 계십니다."

"그래? 7층!"

위잉!

천마의 말에 반응했는지 진이 붉은빛으로 물들더니 순식간에 그를 삼켰다. 눈 한 번 깜빡할 사이에 7층에 도착한 천마는 처음 경험하는 마법진에 정신이 없어하다 이내 주위를 이리저리 둘러보았다.

바로 눈앞에 있던 유드가 붉은빛에 휩싸이는 순간 사라진 것이나 주위의 배경이 바뀐 것을 보니 분명 이곳은 탑의 1층이 아니었다.

"여긴가?"

분명히 탑의 1층은 아닌 게 확실한데 뭔가 이상했다. 연금술사나 상단의 상주라는 자의 방치고는 분위기가 너무 칙칙했다.

"불도 하나 안 켜두다니… 음침하기 짝이 없군."

"어두운 게 편하거든."

흠칫!

인기척을 느끼지 못했는데 그의 바로 뒤에서 목소리가 들려왔다. 무림에서는 누구에게도 등을 보인 적이 없었는데 기척조차 느끼지 못한채 뒷모습을 보이게 되자 당황한 천마는 싸늘해진 눈으로 뒤를 돌아보았다.

"누구… 응?"

뒤를 돌아보았지만 그 자리엔 아무도 존재하지 않았다. 싸늘한 정적만이 감돌뿐이었다.

"날 찾는 거냐?"

또다시 그의 뒤에서 목소리가 들려왔다. 귀신이 곡할 노릇이었다. 언제 또다시 천마의 뒤로 움직였단 말인가.

"나랑 놀아보자 이거냐!"

성질이 급한 천마는 상대가 자신을 가지고 논다는 생각에 화가 치밀어 올랐다.

휙!

화가 난 천마는 뒤를 향해 내공을 끌어올려 일장을 쳤다. 굉장히 쾌속해 정체 모를 상대가 맞았을 거라 생각했지만 예상과 달리 손은 빈 허공을 휘저었을 뿐이다.

"제기랄!"

"내 얼굴을 보고 싶나?"

상대는 처음부터 그에게 얼굴을 보일 생각 따위 없었는지 역시나 그의 뒤로 몸을 빼 있었다. 천마가 일장을 날리기 전에는 그 기세가 워낙 거세어 어지간한 무인들은 그것에 질려 꼼짝 못할 정도인데, 정체 모를 이자는 전혀 신경 쓰지 않는 것 같았다.

'나와 동수를 이루거나 아니면 그 이상의 상대다.'

천마는 본능적으로 상대가 강하다는 것을 느꼈다. 처음부터 등 뒤를 빼앗기긴 했으나 움직이는 모습을 포착할 수 없을 정도의 실력자. 지금 그는 무림에서조차 한 번도 만나지 못한 절대적 존재를 만나게 된 것이었다.

"천마교의 대종사… 약관이 되기 전에 당시 절정의 무인인 노야사에게 검법을 사사받고 삼 년 만에 그것을 자신만의 검으로 승화시킴. 나이 서른이 되기까지 삼백예순두 번의 비무를 치러 한 번도 패한 적이 없음. 나이 서른 때 스승인 노야사가 적의 암수로 인해 죽으면서 이 년간 잠적해 있다 무림에 재등장. 천마교의 개파식을 열어 당시의 절정의 무인 서른 명을 군중들이 보는 앞에서 일검에 양단하면서 정도에서 마도인으로 각인. 십대고수로 등극. 그 후 이십여 년 동안 마교를 대표하는 무공 천여 가지를 창안. 오 년 후 절세 검법인 천마검을 창안해 십대고수들을 퇴패시켜 무림 일인자로 군림."

거침없이 과거사를 말하는 목소리에 어이가 없었는지 천마의 얼굴은 차츰 싸늘해져 가고 있었다.

'이놈이 대체 내 과거를 어떻게 알고 있는 거지?

뭔가 자신의 옛일을 아는 자일 거라고는 예상했지만 직접 두 귀로 듣게 되니 마음이 뒤숭숭하기 짝이 없었다. 희비의 교차는커녕 오히려 화가 나는 이유가 무엇일까?

"뭐, 그 다음에 얘기는……."

쾅!

거대한 굉음이 방 안에 울려 퍼졌다. 강한 충격으로 인해 바닥 전체에 균열이 갔다.

천마의 발을 중심으로 방 끝까지 바닥은 갈라져 있었다.

"이런, 화가 많이 났나 보군."

"나와 인연이 있는 자인 건 틀림없군."

"그렇지."

"그렇지만… 조금 패도 상관없겠지?"

"뭐?"

천마는 뒷말을 잇지 않고 갑자기 손을 들어올렸다. 그리고 그가 손을 천천히 내리는 순간 강한 압력이 방 전체를 누르며 중력장을 일으키는 것처럼 몸의 움직임을 둔화시켰다.

고오오오!

뒤를 빼앗긴 이상 얼굴을 보는 것을 포기한 천마는 방 전체를 강한 일장으로 누르는 방법을 쓴 것이었다. 천마 정도의 실력이라면 일 장의 범위를 충분히 방 전체의 영역까지 넓힐 수 있다. 이 정도라면 적은 방의 어떤 곳으로든 움직이는 것이 힘들 것이다.

"하아압!"

휘익!

하나 이상하게도 그런 압박감에도 상대는 뒤에서 움직이지 않았다. 언제든지 피할 수 있다는 자신감이라도 있는 것일까?

무궁무진한 공력으로 누른 상태에서 천마는 그대로 자신의 뒤로 다시 한 번 일장을 날렸다. 이번에는 단순한 일장이 아닌 그의 의념이 깃들어 있었다.

콰콰콰쾅!

방의 한쪽 벽이 큰 굉음과 함께 그대로 날아가 버렸다.

어두웠던 방에 부서진 벽을 통해 빛이 들어왔다. 애꿎은 벽만 부서진 걸로 보아 상대는 분명 그의 일장을 피한 것이 틀림없었다.

"느리군."

"제기랄!"

끝까지 얼굴을 보여줄 생각이 없는지 역시나 목소리는 천마의 뒤에서 들려왔다.

"이렇게 된 이상 진짜로 싸워보자!"

슝!

천마의 신형이 순식간에 사라져 버렸다. 본래 자신의 힘을 전부 발휘할 생각 따윈 전혀 없던 천마이지만 더 이상 상대를 봐주고 자시고 할 위치가 아니라는 것을 깨달았다.

'제대로 할 모양인가 보군. 훗.'

천마의 신형이 사라지는 순간 그 뒤에 있던 존재는 마치 그림자라도 되듯 동시에 사라져 버렸다.

파파팍!

육안으로 확인할 수 없는 짧은 시간 속에 수십 번의 손이 맞부딪쳤다.

콰콰쾅!

눈에 보이지 않는 싸움의 여파는 상당했다. 탑의 꼭대기 층의 벽과 천장을 비롯한 방 전체가 거의 다 허물어져 하늘과 바로 맞닿아 있었다.

사악!

사라졌던 천마는 뒷짐을 진 채 서 있었다. 그 앞으로 백발을 올백으로 넘긴 미청년이 서 있었다. 그는 다름 아닌 다르마였다.

이때까지 천마와 손속을 나누고 있었던 것은 아일러너 상단의 주인인 다르마였던 것이다. 천마는 전혀 예상하지 못한 듯 눈에 이채를 띠고 있었다.

"백발… 네놈이었냐?"

백발이라는 말이 우스웠는지 다르마의 입꼬리가 올라갔다.

"여전히 재미있는 말투를 쓰는구나, 어리석은 친구여."

"언제 봤다고 친구라는 말을 지껄이는 거냐!"

촤악!

다르마의 말이 거슬렸는지 천마는 그의 면상에 검기를 날려 버렸다.

우웅!

물론 검기는 다르마의 무형지기에 막혀 쉽게 사라지고 말았다. 무형지기만으로 검기를 막을 정도의 실력자라면 적어도 그 무위가 현경 이상 급의 실력자임을 뜻한다.

"하긴 긴 세월 동안 만나지 못했으니 나를 몰라보는 것도 당연지사겠지."

다르마의 영문 모를 말에 천마는 이해가 가지 않는 듯 묘한 표정이 되었다.

"무슨 말을 지껄이는 거냐?"

"우현이라는 네 본명을 내가 어떻게 알고 있을까?"

"그 양피지를 쓴 놈… 네 녀석이었군."

자신의 본명이 거론되자 꽤 놀란 듯 천마는 두 눈을 부릅떴다. 대체 다르마는 누구이기에 자신의 본명을 알고 있단 말인가. 그것도 모자라서 무림에서 있었던 과거사까지 알고 있다.

"너… 설마?"

백발의 미청년의 얼굴을 뚫어지게 쳐다보던 천마는 뭔가 떠오른 듯 더욱 놀란 듯한 표정을 지었다.

대충 눈치챘다고 여긴 다르마의 얼굴에 묘한 미소가 감돌았다.

"이제 좀 짐작이 가는가 보구나, 어리석은 친구여."

"그 재수없는 말투… 너 혹시 장인탁?"

"의외군. 쉽게 날 알아보다니……."

백발의 미청년, 다르마의 정체는 유빈과 더불어 친했던 네 명의 친구 중 하나인 장인탁이었다. 그들과 마찬가지로 어디론가로 사라졌던 그가 다시 나타난 것이다. 웬수처럼 여겼지만 그래도 보고 싶었던 친구들 중 한 명인 장인탁.

오랜 세월이 흘러서 혼동될 거라 생각했는데 천마 우현이 쉽게 알아보자 의외였는지 다르마, 인탁은 어깨를 으쓱였다.

"살아 있었구나, 네놈."

말은 거칠었지만 그 속에는 반가움이 깃들어 있었다.

"절대 죽을 수 없는 이유가 있었거든."

반면 인탁의 목소리에는 왠지 모르게 가시가 박혀 있었다. 표정은 분명히 반가운 듯 미소를 짓고 있었지만 눈빛은 사나운 맹수와 같이 노려보고 있었다.

그것을 눈치채지 못할 우현이 아니었다.

"그건 무슨 눈빛이지?"

"뭐 이상한 것이라도 있나?"

말 한마디 한마디가 마치 도발을 하는 것과 같았다. 예전의 인탁의 성격을 흐릿하게나마 기억하고 있는 우현으로서는 이상하게 느껴졌다.

"너 내게 무슨 원망이라도 있는 거냐?"

"원망? 글쎄, 원망이라면 원망이겠지."

"그때 일을 말하는 건 아니겠지?"

한순간 우현은 무림에 가게 되었던 과거를 떠올렸다.

세명과 투닥거리며 싸우던 그는 산이 미약하게나마 흔들린다는 느낌을 받고 급히 유빈과 인탁을 찾았다.

그들이 있던 환인의 제단에 도착한 세명과 우현은 경악에 빠졌었다. 이상한 빛덩어리가 유빈과 인탁을 삼키려 하고 있었던 것이었다. 그들이 알 수 없는 위험에 빠졌다는 생각에 무작정 끌어내리기 위해 제단으로 뛰어들었지만 불행하게도 같은 신세가 되어 과거의 무림으로 가게 되었던 것이다.

당시에 분명 인탁은 당황해하며 소리쳤었다.

"이, 이봐! 여긴 이제 들어오면 안 돼!"

그리고 그들이 들어가자 멀쩡하던 빛덩어리가 왜곡되고 말았다. 그 뒤에 인탁은 허탈하면서도 원망이 섞인 목소리로 말했었다.

"…너희들 때문에 전부 같이 죽게 생겼군."

이제야 그때의 일이 완전히 기억난 듯 우현은 짧은 신음을 흘렸다.
"기억이 난 듯하군."
"그래… 네 녀석은 그때 그곳으로 들어오지 말라고 했었어."
당시에는 타지에서 살아남기 위한 일념 때문에 잊고 있었는데 분명 인탁은 그 빛덩어리에 대해 뭔가를 알고 있었다. 그렇지 않고서야 그런 경고를 했겠는가.
"내 말을 무시해서 이런 결과가 빚어졌지."
"너… 그 빛이 뭔지 알고 있었구나."
"당연한 소리를 하는군."
"역시 네 녀석이!"
우현의 얼굴에도 노한 기색이 드러났다. 반가움의 감정은 싹 가신 지 오래였다.
"공간이 왜곡되어 과거로 가게 된 것이니 내 탓으로 돌리지 마라."

"그게 무슨 말이냐?"

한 번도 그 일에 대해서 생각해 본 적이 없는 우현에게는 전혀 생뚱맞은 소리와도 같았다.

"덕분에 나는 긴 세월을 다시 기다려야 했지. 지금도 말이야."

"난 네가 무슨 소리를 하는 건지 전혀 이해할 수 없다, 장인탁!"

구구구구!

우현의 몸에서 강한 살기가 뿜어져 나왔다. 그 기운이 얼마나 대단한지 탑 전체가 흔들렸다. 탑이 흔들리자 당황한 사람들은 소리를 지르며 물러났다. 탑의 출구로 많은 이들이 밖으로 나가고 있었다. 그들의 복장을 보아선 연금술사 혹은 상인들인 듯했다.

"네 녀석이 진으로 들어오지만 않았더라도… 우리가 서로 얼굴을 붉힐 필요도 없었겠지."

"일단 네놈을 좀 패대기 쳐야 분이 풀릴 것 같다!"

우현이 손을 내밀자 그의 검이 검집 밖으로 출도되었다. 붉은 빛이 발하며 강렬한 검기 한줄기가 인탁을 꿰뚫을 기세로 날아갔다.

"흥!"

우현의 기세가 담긴 검기였건만 인탁이 코웃음을 치는 순간 무형지기에 부딪친 듯 깨끗이 소멸되고 말았다.

'인신합일의 검기를 단순히 무형지기로 막다니?'

"어리석은 짓 하지 마라."

"네 녀석, 보통 실력이 아니구나."

"네 실력으로 내게 상처를 입힐 수 있다고 생각하냐?"

인탁의 말은 너무나도 광오했다. 무림에서 무패의 전적을 가지고 있는 우현 앞에서 지나친 자신감을 보이고 있었다. 생사경의 경지에까지 오른 우현을 상대로 대체 무슨 생각으로 그런 말을 하는 것일까?

"네놈의 그 잘난 면상을!"

슈우욱!

우현의 검이 인탁의 미간을 향해 날카로운 예기를 뿜으며 쇄도했다. 싸움에 임해서는 진심으로 하는 우현의 검이었기에 그 기세가 하늘을 가를 듯했다.

"막아봐라!"

일검이 인탁에게로 닿으려고 하는 찰나였다. 우현은 경악했는지, 약간 입을 벌리고 있었다. 심검에는 미치지 않지만 본신의 공력을 끌어올린 일검이었는데, 그것을 인탁이 막았다. 그것도 단 두 손가락으로 말이다.

우우웅─

그의 검은 인탁의 검지와 양지 사이에 끼어 부르르 떨고 있었다.

"어, 어떻게 이런 일이?!"

"날 죽일 기세로 했어야지. 그러지 않고서야 상처 하나라도 낼 수 있겠나?"

"죽일 기세?"

"초식의 굴레에선 벗어난 것 같지만 방금 일검엔 담긴 전의가 부족했다."

본래 우현의 검법은 마도 쪽에 가까운 성질을 띠고 있어서 상대를 죽일 마음을 가져야 그 위력을 제대로 끌어낼 수 있다. 더군다나 친구라는 생각에 공력은 담겨 있어도 진심이 담겨 있지 않은지라 일검의 위력을 전부 끌어낼 순 없었다.

"흥!"

탁! 쨍그랑!

인탁이 손가락에 힘을 주자 검날이 너무도 쉽게 부러지고 말았다. 부러진 검날은 바닥으로 힘없이 떨어졌다. 하지만 그것에 담긴 공력이 워낙 컸던지라,

촤촤촤악!

검날이 바닥에 떨어지는 순간, 그것에 심어진 공력이 바닥에 스며들며 탑이 허물어져 내려갔다.

쿠르르릉!

부러진 검날에 실린 공력에 탑마저 부서질 정도였는데, 그 공력이 실린 일검을 두 손가락으로 막은 인탁은 대단하기 그지없었다.

그래도 공력의 영향을 완전히 받지 않은 것은 아닌 듯, 올백으로 올린 인탁의 백발이 힘없이 바람결에 흩날리고 있었다.

탁!

탑이 무너지면서 발을 디딜 곳이 없어진 두 사람은 경공을 이용해 사뿐히 지상으로 내려왔다.

'상상을 불허한다. 적어도 내가 쌓은 공력을 쉽게 막을 만큼 대단해.'

한 번도 누군가에게 공력으로 밀려본 적이 없는지라 우현으로서는 내심 어떻게 해야 할까 고민하고 있었다. 인탁의 눈빛을 보아선 절대로 쉽게 끝낼 생각 따윈 없어 보인다. 마치 원수를 보는 듯한 그런 눈빛을 하고 있었다.

"어째서 날 죽일 듯한 눈으로 쳐다보는 거냐?"

"긴 세월 동안 난 네놈을 정말 죽이고 싶었다."

진득한 살기가 담긴 말에 우현은 인탁의 말이 거짓이 아님을 알았다. 목숨도 함께할 수 있다고 믿었던 옛 친구가 아니었다.

"너… 정말?"

"그러나… 네놈을 쉽게 죽일 순 없지. 내가 맛보았던 고통을 너도 느껴봐야 해, 연인을 잃는 고통이 뭔지를."

인탁의 의미심장한 뒷말에 우현의 얼굴이 일그러졌다.

＊　　　＊　　　＊

"아빠 언제 오는 거야?"

흑발의 꼬마 아이가 엄마에게 물었다. 긴 푸른 머리칼을 지닌 꼬마의 엄마는 부드러운 미소를 지으며 한결같이 말했다.

"곧 오실 거야. 조금만 더 기다리자."

그 말을 지금까지 해오고 있었다. 벌써 4개월째였다. 대륙의 서쪽 끝에 있는 왕국에 들렀다 온다고 했으니 꽤나 오랜 여정 길이 될 것이지만 벌써 그가 보고 싶은 것은 아이 못지않았다.

푸른 머리카락의 싱그러움을 지닌 이 여인은 바로 우현(천마)의 아내인 렌이었다. 아이를 달래는 그녀의 눈은 그리움으로 가득 차 있었다.

"치, 곧이 왜 이렇게 길어?"

투덜거리는 아이를 보며 렌이 미소를 지었다.

"엄마도 같이 기다리잖아."

"헤헤~ 그래."

어느새 해맑은 미소를 짓고 있는 아이였지만 언제 그것이 그리움으로 변할지 모른다.

우현이 평소 때 해놓은 장작이 많아서 일 년 내내 풍족한 상태였고, 식량 역시도 그가 떠나기 직전에 일 년 분의 양식을 준비해 놓아서 걱정은 없었지만 근래에 들어서 이상하게 뭔가 불안했다.

'무슨 일이라도 생길 것만 같은 기분이야.'

우현이 떠나면서 이곳에 진을 설치해 놓아 누구도 들어올 수 없다고 했었다. 남편의 말을 굳게 믿고 있었지만 조금씩 그 믿음이 흔들리고 있었다.

그 예감이 들어맞은 것일까?

쿠르르르!

지진이라도 난 듯 오두막 전체가 심하게 흔들렸다. 높은 곳에 놓아두었던 가재기구들이 흔들리면서 바닥으로 요란스럽게 떨어졌다.

겁이 난 아이는 렌의 품으로 숨어들었다. 그녀 역시도 겁이 나긴 마찬가지였지만 아들을 꼭 안고 그 자리를 지켰다.

곧이어 흔들림은 수그러들었다.

'끝났나?'

그녀는 방금 전의 흔들림이 지진으로 인한 것이라 여겼다.

그러나 실상 그 원인은 다른 것에 있었다.

오두막에서 약간 떨어진 숲에서 회색 가면을 쓴 한 존재가 서 있었다. 회색 가면을 쓴 존재의 손에는 붉은 피가 묻은 검이 들려 있었다. 그 앞에는 두 동강이 나 있는 바윗덩어리가 있었다. 반듯하게 베인 걸로 보아 회색 가면의 존재가 검으로 바위를 벤 듯했다.

"주인님의 말씀대로 진이 깨졌구나. 나머지는 지켜보기만 하면 되는 건가?"

슈숙!

순식간에 회색 가면의 존재의 신형이 사라졌다. 그가 어디로 사라졌는지는 알 수 없으나 이것만큼은 확실했다. 렌과 아들을 보호하기 위해 설치된 진이 파괴되었다는 것.

*   *   *

한편 같은 시각.

시아스 왕국의 한복판에선 엄청난 살기가 사방으로 폭사되고 있었다. 그 살기가 어찌나 강한지 지나가던 이들이 꼼짝 못하거나 혹은 숨을 쉬지 못해 쓰러지는 이들마저 발생할 정도였다.

"연인을 잃는 고통이라니, 그게 무슨 소리냐?"

"안 보는 사이에 결혼까지 하고 귀여운 자식까지 두었더군."

"너, 너, 설마?"

"별 짓은 안 했다. 단지 귀찮은 천화만변진 정도만 없앴을 뿐이다."

천화만변진을 파했다는 말에 우현의 얼굴은 급속도로 구겨졌다. 그것은 그의 가족들을 보호하기 위해 설치해 놓은 진이다. 천화만변진이 파훼되었다면 언제 제국의 병사들이 들이닥칠지 몰랐다.

"왜… 왜 그런 짓을 한 거지?"

우현의 분노는 극에 달하고 있었다. 더 이상 친구라는 감정에 얽매이지 않는 듯 눈에는 그를 찢어 죽일 듯한 기세가 가득했다.

"너도 그 고통을 알아야 하기 때문이다."

"내가 대체 뭘 어쨌다고 네놈에게 가족들의 안위를 위협받아야 하냔 말이다!"

촤악! 콰콰콰콰콰!

결국 분노를 참지 못한 우현은 손을 쓰고 말았다. 분노로 인한 우현의 힘은 가히 상상을 초월했다. 순식간에 시아스 왕국의 한복판에 폭풍우라도 몰아친 듯 사방의 건물들이 전부 무너져 내려 버렸다.

"제법이군."

그런 강렬한 여파 속에서 인탁은 아무런 타격을 입지 않은 듯 멀쩡히 서 있었다.

"이제 진짜로 할 생각이 드는 거냐?"

생사경의 경지에 오른 우현의 날카로운 기세 속에서 태연하게 서 있는 인탁의 얼굴에는 비웃음마저 흐르고 있었다.

'절대 허장성세가 아니다. 내 기세를 넘기기보다 맞받아 치고 있다.'

겉보기에는 화가 나서 앞뒤를 가리지 않는 그런 표정을 짓고 있었지만 실상 머리 속으로는 인탁의 전력을 계산하고 있는 우현이었다. 무림을 누빈 백전노장다운 자세였다.

"천마검, 제삼초식 패검마세(敗劍魔勢)!"

촤아아악!

인탁의 도발에 넘어가지 않고 우현은 곧장 실력을 드러냈다. 마치 도로 내려치는 듯한 기세로 검을 내려치는, 단순하지만 천지를 박살 낼 것만 같은 패도적인 초식이었다. 어찌 본다면 겉치레를 싫어 하는 우현에게 가장 어울리는 초식이었다.

"패도적인 기세야. 전의까지 넘쳐 나니 천지를 가를 것 같아. 좋아!"

그리고 짧은 찰나의 순간 믿을 수 없는 일이 일어났다. 인탁이 가벼운 손짓을 하자 천지를 베어버릴 것만 같은 기세의 우현이 튕겨 나가는 것이 아닌가.

파팍! 콰콰콰쾅!

"크으으윽!"

우현은 검세가 막히는 동시에 내공을 끌어올려 급히 막으려 했으나 가벼운 손짓에 담긴 그 알 수 없는 힘이 어찌나 강한지 멀리까지 튕겨져 나가 인가 건물 벽에 처박히고 말았다.

"생사경의 경지에 올랐으면서 자연검이나 심검을 연마하지 않다니… 멍청하군. 우물 안의 개구리란 딱 네놈을 두고 하는 말이다."

인탁의 말은 일리가 있었다. 우현은 다른 친구들과 마찬가지로 시공간을 넘나들면서 환골탈태와 기연을 맞게 되어 측량할 수 없을 만큼 심후한 내공을 지니게 되었다.

덕택에 무공을 배우게 되면서 천하제일이라는 노선을 걷게 되었지만 우현이 심각하게 여길 정도의 실력자는 세상에 존재하지 않았다는 것이 문제였다. 때문에 우현은 심검이나 자연검 이상의 경지에는 별다른 관심조차 보이지 않고 익힐 가치조차 느끼지 못했던 것이다.

쾅!

"쿨럭쿨럭!"

허물어진 건물 더미 사이에서 우현이 기침을 하며 나왔다. 단순한 기침이 아닌 각혈이었다. 심한 내상을 입어 오장육부가 상한 것이었다.

'제길… 수련을 게을리 한 탓인가.'

우현 스스로도 스승이 적의 간계로 인해 당했을 때를 제외하곤 진지하게 수련을 한 적이 없었다. 기껏해야 교를 위한 새로운 무공 창안에만 신경 썼을 뿐이었다.

'렌……'

스스로의 실력이 모자란단 생각을 해본 적이 없었다.

하지만 이런 난관에 부딪치게 되자 우현의 머리 속에는 온통 렌으로 가득 찼다. 떠나기 직전 다신 볼 수 없을 것 같다는 불길함이 현실로 다가오고 있었기 때문이다.

"왜, 걱정이 되나?"

"장인탁… 대체 내게 왜 이러는 거냐?"

"말했잖아, 똑같은 고통을 맛보게 해주겠다고."

"정말… 미쳤구나."

지금 눈앞의 모습이 진짜 모습인지는 모르겠지만 너무나도 섬뜩한 눈빛을 지니고 있었다.

'지금의 나로서는 이 녀석을 어떻게 할 수가 없다. 렌… 렌에게로 가야 해.'

그를 상대할 수 없다면 어떻게든 이곳을 벗어나 렌에게 가야만 한다. 마음을 굳게 먹은 듯 우현은 호흡을 가다듬었다.

"후우웁!"

"아무 소용 없다."

어떤 식으로 공격하든지 절대로 인탁에게 상처를 줄 수가 없다. 닿을 수조차 없다.

'네놈을 공격하려는 게 아니다!'

"틀렸어!"

"뭐?"

콰콰쾅!

우현이 노리는 것은 인탁이 아닌 바로 맨바닥이었다. 내상을 입었다곤 하나 본신의 내공 자체가 워낙 심후한지라 땅을 내려치는 순간 굉음과 함께 먼지와 함께 흙더미가 일어났다.

"이런 잔꾀를?"

심계가 깊은 인탁이라도 이런 것은 예상하지 못한 듯 뒤로 한 발자국 물러섰다. 무형지기로 물리적인 것을 막을 수는 있었지만 뿌연 먼지를 굳이 막을 필요는 없다고 여긴 탓이었다.

'어디로 간 거지?'

흙먼지로 인해 일시적으로 시야가 차단되자 곧바로 공력으로 바람을 일으켜 먼지를 날려 버렸다.

"이런……."

급히 주위를 둘러보았지만 이미 우현의 종적은 사라진 지 오래였다. 현재 인탁의 실력엔 미치진 못하지만 우현은 무림에서 천하제일이라고 불렸었다. 남은 내력은 전부 끌어올려 경공에 전력을 다했으니 찰나의 순간이라 하여도 왕국 밖으로 도주할 수 있었던 것이다.

"자존심이 센 녀석이라 좀 더 덤빌 줄 알았는데… 의외로군. 역시 소중한 이가 있어서 그런가?"

인탁은 이미 예상이라도 하고 있었다는 듯 담담하다.

"후후후, 가서 네 정인의 최후를 지켜봐야지. 너도 그 고통을 느껴봐."

긴 세월 동안 어떤 이유로 인탁이 이렇게 변했는지는 모르나 그의 눈에 담긴 광기를 본다면 그것이 하루 이틀 사이에 쌓인 것이 아님을 알 수 있었다.

주위는 아수라장이었고, 탑은 허물어져서 폐허나 마찬가지였다.

"유드."

"네, 주군!"

어느새 적발의 그의 호위인 유드가 옆에서 대기하고 있었다는 듯이 나타났다. 우현과 같이 있을 때와는 사뭇 다른 분위기를 지니고 있었다.

"천화만변진은 어떻게 되었지?"

"이미 파괴되었다고 합니다."

"제국에 정보는 흘렸나?"

"지금쯤이면 아마도 레테우드 산맥으로……."

바로 그랬다. 렌이 살아 있다는 것과 그 위치를 퍼뜨린 것은 다름 아닌 인탁이었던 것이다. 이 모든 것이 5년 전 경매장에서부터 계획된 일이었다. 인탁은 첫눈에 그를 알아보았고 당시에는 농담 반으로 했던 연인이라는 말을 기억했던 것이었다.

"그럼 우리도 출발하자."

"네?"

"녀석이 괴로워하는 얼굴을 보고 싶군."

주군의 명이기에 믿고 따랐지만 유드는 선뜻 대답을 하지 못했다. 자존심이 강한 그로서는 이런 행동을 한다는 것이 납득이 가지 않았다.

"주군, 굳이……."

"녀석 때문에 겨우 찾았던 것을 다시 잃었지. 난 놈이 괴로워하는 모습을 꼭 봐야 해."

"……."

인탁의 눈에 담긴 광기 서린 분노를 읽은 유드는 더 이상 묻지 않았다.

한편 같은 시각, 열기가 넘치는 사막 한가운데를 뚫고 지나가는 이가 있었다. 그 신형이 얼마나 빠른지 폭풍이 한차례 지나가는 것과 같았다. 쉼없이 사막을 지날 것만 같은 정체불명의 신형이 갑자기 모래 언덕 위에서 돌부리에 걸려 넘어진 것마냥 갑자기 쓰러졌다. 그는 다름 아닌 우현이었다.

우현의 입가에서는 피가 흐르고 있었다. 오장육부가 상할 정도로 내상이 심한 상태에서 억지로 내력을 끌어올려 경공을 펼쳤으니 몸에 무리가 오는 것은 당연했다.

"크으윽!"

'역시 무리였나.'

인탁의 손아귀에서 벗어나기 위해서는 무리를 해서라도 경공을 극성으로 펼쳐야만 했다.

'녀석의 강함은 대체…….'

인탁의 무공은 상식적인 강함을 넘어섰다. 마치 태산 앞에 서 있는 듯한 느낌을 받았다.

우현이 비록 심검이나 자연검을 연마하진 않았다곤 하나 생사경 경지에 오른 반선이나 마찬가지였는데 육체적인 타격을 심하게 받은 것이다.

'강해진 건 그렇다 치고 왜 그렇게 변한 거지?

예전의 그의 성격과는 판이하게 다르다고 느꼈다. 약간 잘난 체하는 감은 있었지만 눈에 광기가 있지는 않았다.

'녀석의 연인이 도대체 누구기에······.'

분명히 인탁은 연인을 잃는 슬픔을 똑같이 맛보게 해주겠다고 했었다. 우현은 이해가 가지 않았다. 언제 자신이 인탁의 연인을 잃게 했단 말인가.

"…렌이 위험해. 어서 가야 하는… 크윽!"

내상이 심해져 더 이상 경공을 펼치기에는 무리가 있었다.

"제기랄! 서둘러야 해."

털썩!

어쩔 수 없다고 느낀 우현은 자리에 털썩 주저앉아 운기조식에 들어갔다. 최대한 빨리 내상을 회복해야만 했다.

우현이 이렇게 내상을 회복해 가고 있을 무렵,

안타깝게도 렌은 제국의 손아귀에 붙잡혀 있었다. 페안 제국은 반역죄로 몰아 그녀를 제국 최고 법정에 넘겼다. 죄목은 얼토당토않게도 제국의 세공사인 렌이 계약을 어기고 다른 국가의 세공품을 만들었다는 것이었다.

달칵!

"크흠!"

어두운 습기가 넘치는 제국 성의 지하 감옥이었다. 한 중년의 귀족이 죄수들이 감금되어 있는 방 중 유일하게 독방인 곳의 문을 열고 들어갔다.

"어때, 지낼 만한가?"

"……."

독방에 감금되어 있는 이는 바로 렌이었다.

습기가 넘치고 환경이 좋지 않은 지하 감옥에 오래 갇혀 있었는지 얼굴이 초췌하고 힘이 없어 보였다.

"렌, 재판이 시작되기 전에 마지막 기회를 주려고 왔다."

"……."

내일이 바로 재판이 있는 날이다. 그녀의 생사 여부를 쥐고 있는 재판.

"지금까지 일은 불문에 부칠 테니 다시 제국을 위해 세공을 해라."

"……."

"아무 말도 하지 않을 거냐?"

렌은 아무 대답도 하지 않고 멍하니 다른 방향으로 시선을 돌리고 있었다. 그녀의 머리 속에는 온통 두 사람으로 가득했다.

'당신과 린아를 보지 못할 것 같다는 불길함이…….'

온통 우현과 아들에 대한 걱정으로 가득 차 있으니 중년의 귀족이 뭔 말을 한다 한들 귀에 들어올 리가 만무했다. 그나마 다행은 자신만 붙잡히고 아들은 숨겼다는 것만이 위안이었다.

"흥! 결국 죽음을 택하겠다는 거냐? 어리석은 년!"

무슨 말을 하든지 아무 말도 하지 않는 렌에게 화가 난 중년의 귀족은 그녀에게 욕을 하며 감옥에서 나가 버렸다.

"한 번만… 나가 봐도 될까요?"

"그거야 네 자유지."

"나가 보고 싶어요."

"크큭. 그 소원, 들어주지."

"무, 무슨 짓이에요?"

왜 하필 그때가 떠오르는 것일까? 그녀는 가슴 한구석이 저려와 참을 수가 없었다. 눈시울이 붉어졌다.

뚝뚝!

그녀의 창백한 뺨 위로 눈물이 흘러내렸다.

끼이익!

"죄수는 나오시오."

감옥지기로 보이는 병사 두 명이 옥문을 열고 렌을 데리러 왔다. 제국 재판 회의에 들어가게 된다면 필시 그녀는 극형을 면치 못할 것이다. 죽음 앞에 놓이게 된 것이었다.

밤새 울었는지 그녀의 얼굴은 상기되어 있었고 눈 역시도 충혈되어 있었다. 그것은 절대 죽음을 두려워해서가 아닌, 더 이상 그와 아들의 얼굴을 보지 못한다는 것에 대한 슬픔 때문이었다.

"어서 나오지 않고 뭐 해!"

매정한 감옥지기가 그녀의 슬픔을 알아줄 리가 만무했다. 단순히 자신이 할 일만을 할 뿐이었다. 그녀는 힘없이 자리에서 일어났다.

'지금 당신은 무얼 하고 계시나요?'

마음속으로 그를 애타게 찾았지만 과연 그것이 우현에게 닿을 수 있을 것인가.

렌이 제국의 지하 감옥에서 나와 재판장으로 옮겨지고 있을 무렵이었다.

"웅성웅성!"

"말도 안 돼!"

"어떻게 이런 일이?!"

제국의 동쪽 성벽 위에서 정찰을 하던 병사들은 무언가로 인해 난리가 나 있었다. 상관으로 보이는 자들조차 당황한 나머지 어찌할 바를 모르고 있었다.

콰콰콰콰!

거대한 폭풍과도 같은 것이 회오리를 일으키며 엄청난 속도로 성을 향해 다가오고 있었다. 그 위력이 어찌나 강하고 사나운지 주위의 모든 것을 삼키는 것이다.

그 중심에 흐릿한 인영이 보였다. 그는 다름 아닌 우현이었다. 내상을 회복했는지 얼굴에 혈색이 돌아와 있었으나 쉬지 않고 왔는지 눈이 붉게 충혈되어 있었다.

'막아야 해!'

오직 렌을 보호해야 한다는 일념 하나로 달려오던 그는 레테우드 산맥에 도착도 하기 직전에 렌이 대역 죄인으로 잡혀 있다는 소문을 듣자마자 렌을 구하기 위해 급히 페안 제국으로 향한 것이다.

'성벽을 부수고라도 들어간다!'

그의 눈에는 지금 보이는 것이 없었다. 어떻게 해서든 그녀를 구해야 한다는 일념이 물불을 가리지 않게 만들고 있었다.

회오리가 성벽을 뚫을 기세로 직전까지 다가오자 병사들은 지체하지 않고 도망치기에 바빴다. 그들의 상관들 역시도 마찬가지였다.

"으아악! 부딪친다!"

"피해라! 모두 피해!"

콰콰콰쾅!

순식간에 우현의 주위를 둘러싸고 있던 회오리가 성벽에 부딪쳤다. 철벽과도 같이 페안 제국을 지키던 성벽이 우현이 일으키는 회오리에 맥없이 뚫리고 말았다. 한쪽 벽면이 무너져 내렸다.

휘이이잉!

성벽 한쪽이 무너지는 것에서 멈추지 않고 회오리는 굉장히 빠른 속도로 제국의 황성을 향해 향했다.

워낙 빠른 속도이다 보니 일반 사람들이 뛰면 반나절가량이 걸릴 거리를 순식간에 도착한 것이다. 물론 지나온 길은 거의 초토화가 되다시피 했다.

'렌!'

조금만 더 가면… 조금만 더 가면 그녀가 있는 곳에 도착한다. 늦기 전에 그녀에게로 가야 한다. 바로 눈앞이 황성이다.

쾅!

"크헉!"

거대한 벽에 가로막힌 듯 우현이 뭔가에 막혀 그대로 튕겨 나가고 말았다. 내상이 거의 회복되어 온몸을 진기의 회오리로 둘러싼 그가 어떤 힘에 의해 허무하게 튕겨져 나간 것이다.

"이런… 쫓아오지 않았다면 큰일날 뻔했군."

그를 튕겨낸 목소리의 주인은 바로 인탁이었다.

우현은 비릿한 미소를 짓고 있는 인탁의 얼굴을 보며 한순간 절망을 느꼈다. 자신의 행로를 미리 파악한 듯한 그의 행동에 모든 것이 치밀한 계획 하에 세워진 일임을 눈치챘다.

"네놈……."

"지금쯤 한참 재판 중이겠지. 네가 난입하는 것은 용납하지 못한다."

태산처럼 가로막고 있는 인탁은 전혀 빈틈을 보이지 않았다. 어떠한 초식이라도 파고들 수 없는 난공불락의 존재였다. 분노가 치밀어 올랐지만 섣불리 공격했다간 역으로 당할 확률이 높았다.

"비켜!"

"싫다면."

"강제로 비키게 해주마!"

콰쾅!

우현이 심후한 공력이 실린 장력이 그의 가슴에 꽂혔다. 그러나 타격은커녕 오히려 내상을 입은 것은 바로 우현이었다. 장력을 꽂는 순간 우현은 피를 토했다.

"커헉!"

아주 천천히 우현은 자신이 무릎을 꿇고 있다는 사실을 느끼고 있었다. 절망이 그를 짓누르고 있었다.

평생 아래를 내려다본 적은 있지만 위를 쳐다보며 절망하기는 처음이었다. 비굴하다는 느낌보다 어깨를 짓누르는 절망감에 눈시울이 붉어졌다.

패배는 자존심을 긁히는 것만으로 끝날지 모르나 렌을 잃는다면 그는 평생 가슴에 상처로 남을 것이다. 아니, 어쩌면 삶의 의욕을 잃게 될지도…….

"연인의 죽음을 목전 앞에 둔 기분이 어떻지?"

"네… 놈……."

"괴롭지? 가슴이 답답하고 터질 것만 같지?"

부릅!

그것을 알면서 자신을 이렇게 대하는 까닭이 무어란 말인가.

"나의 눈빛과 비슷해졌구나."

우현은 느끼지 못했지만 그의 눈빛은 광기까진 아니더라도 인탁과 많이 흡사해져 있었다.

그 말에 뭔가 충격을 받은 듯 우현이 숙연히 고개를 숙였다.

나락으로 빠진 듯 멍한 표정으로 바닥을 내려다보는 우현의 모습에 기분이 좋아진 듯 인탁이 광소했다.

"결국 포기로군."

절망으로 인해 모든 것을 포기했다고 생각한 인탁은 비웃음을 흘렸다. 바로 그때였다.

"틀렸어. 난 렌을 구한다!"

멍한 눈빛으로 바닥을 내려다보던 우현이 고개를 드는 순간 날카로운 안광이 번쩍였다. 순간 당황한 인탁은 저도 모르게 뒤로 물러섰다.

"심검지도(心劍之道) 천마검, 제칠초 악불검비(惡佛劍悲)!"

'시, 심검? 서, 설마 이 짧은 순간에 그걸 깨달았단 말인가?'

인탁을 둘러싸고 있던 무형지기는 심검 앞에서는 아무런 소용이 없었다. 더군다나 우현의 날카로운 눈빛에 당황해 뒤로 물러나는 바람에 무방비 상태였다.

촤아악!

서둘러서 초식을 막아보려 했으나 심검으로 펼치는 검결까지 막을 수 있는 것이 아니었다.

"큭!"

오른쪽 어깨에서 횡선으로 복부까지 일자로 인탁은 베이고 말았다. 어째서인지는 모르겠지만 그를 죽일 기세로 심검을 펼친 것이었지만 베이는 것에 그쳤다. 하지만 내상과 큰 출혈을 피하진 못할 것이다.

'됐다!'

퍽!

"크윽! 이놈!"

우현은 더 이상 그를 상대할 생각 따윈 없는지 그를 밀치고 황성으로 급히 들어갔다. 물론 그를 제지하는 황궁 기사들과 병사들의 제지를 단박에 뿌리치고 말이다.

'렌… 기다려, 곧 갈게.'

두근두근!

제발 늦지 않게 도착하길 간절히 바라며 우현은 황성을 무단 침입을 했다. 빠른 신법으로 그들을 지나치며 한 명 한 명씩 수혈을 눌러가며 위층으로 올라가고 있었다.

황성 1층에서 지나가던 문관들 중 한 명을 잡아 최대한 겁을 주자, 하얗게 질린 창백한 얼굴의 젊은 문관 청년.

"흐에엑!"

"재판… 렌 시스의 재판은 어디서 하고 있지?"

"화, 황성 3층에서……."

"고맙다. 잘 자라!"

"흐에엑! 주, 죽이지는……."

콕!

'겁먹기는.'

짜증나긴 했지만 일일이 죽일 만큼 시간이 많지 않아 수혈만 눌렀다. 잘 자라는 말에 죽이는 줄 알고 겁을 먹었던 놈은 바닥에 쿵 하고 쓰러지며 곯아떨어졌다.

파파팍!

굉장히 빠른 속도로 위층으로 올라가면서 부딪치는 놈들마다 전부 수혈을 짚고 있는 우현. 지금 1층에서 2층까지 부딪친 자들은 전부 잠이 들어 있었다. 귀찮은 일을 피하기 위해서였다.

재판이 시작되고 있다는 3층 계단을 오르고 있다. 점점 심장이 요동을 치고 있었다. 그녀와 가까워지고 있다는 의미일까.

"웅성웅성!"

3층에 도달했을 무렵 많은 귀족들이 문으로 나오고 있었다. 그들은 뭐가 그리 할 말들이 많은지 약간은 창백해진 얼굴들로 속삭이고 있었다.

'설… 마?'

우현의 얼굴에 그림자가 드리워졌다. 그들이 하는 말을 듣고 싶지 않았지만 발달한 청각으로 인해 듣게 된 것이다.

"안타까워요, 더 이상 그녀의 세공품을 볼 수 없다니."

"왜 마지막 그 제안을 받아들이지 않은 건지… 쯧, 알다가도 모르겠군. 살 수 있는 기회를 쉽게 놓치다니."

"그렇다고 보는 앞에서 갑자기 공개 처형을 하다니… 속이 울렁거려."

"그러게 말이에요. 굳이 목을 벨……."

촤아아아악!

순식간에 벌어진 일이었다. 황성의 3층 전체가 온통 피로 물들었다. 일검에 방문으로 나오던 많은 귀족들이 이등분이 되어 처참하게 죽어나갔다. 그것도 모자라 죽은 자들의 시체가 공중으로 부웅 떠오르더니 갈기갈기 찢어지고 말았다.

우현의 눈은 굉장히 붉어져 있었고 온몸을 부들부들 떨고 있었다. 계속 혼자서 뭔가를 중얼거리고 있었다.

"렌… 렌… 제발… 제발……."

쾅!

재판장의 문을 걷어차고 들어가는 순간 우현은 그 자리에서 그대로 털썩 주저앉을 뻔했다.

"커… 커헉……."

호흡이 곤란해질 만큼 숨이 차 올랐다. 부들부들 떨리는 다리를 재촉해 앞으로 걸어갔다. 그의 붉게 충혈된 눈이 심하게 흔들리고 있었다.

야윈 얼굴에 근심이 서린 채, 긴 파란 머리카락의 렌이 눈을 감지 못하고 그를 바라보고 있었다.

"헉헉… 헉."

심장이 멈출 것만 같았다.

호흡이 거칠어졌다.

숨을 쉬지 못할 것만 같았다.

그녀와 이렇게 마주하고 있으나 더 이상 그녀는 자신을 향해 웃어줄 수 없다.

탁자 위에 그녀의 수급이 반듯이 놓여 있었다. 마치 자신을 기다렸다는 듯이 말이다.

주르륵!

붉어진 눈에선 결국 눈물이 흘러내렸다. 눈물은 붉게 물들어가고 있었다.

우현의 뺨 위로 피눈물이 흘러내리고 있는 것이다.

"넌 누구지?"

"렌 시스… 세공사 렌 시스라고 해요."

"이름이 독특하군. 아? 머리카락이… 파랗군."

그녀를 처음 만났을 때를 비롯해 지금까지의 일들이 머리 속에 한줄

기 영상으로 그려졌다. 그리고 마지막은 비극으로 결말이 나고 말았
다.

"크아아아아아아악!"

황성 밖으로 슬픔에 젖어 오열하는 소리가 울려 퍼졌다. 이상하게
황성 밖에 있는 이들이나 안에 있는 이들이나 그 소리를 듣는 순간 자
신들도 모르게 감정이 북받쳐 올라 슬픔에 잠겨 눈물을 흘렸다.

내공이 심후한 그의 감정에 휩쓸린 탓이었다.

"크큭… 크하하하하하하!"

그의 오열하는 목소리에 모두가 슬퍼하건만 단 한 사람만은 미친 듯
이 웃고 있었다. 웃고 있는 사내의 눈은 괴롭기 짝이 없었다. 소리 내
웃는다 하더라도 일그러지는 얼굴을 막을 순 없었다.

"크으윽."

인탁은 우현과 같은 심정을 느껴본 적이 있었다. 그렇기에 그 고통
을 맛보게 해주었다는 것에 광소했으나 우현의 감정을 접하게 되자 자
신의 연인이 떠올라 가슴이 쓰렸다.

휘리릭!

"주군!"

그때 인탁의 앞으로 회색 가면을 쓴 성별을 알 수 없는 한 존재가 나
타났다. 망토를 걸치고 있었는데 그는 양손에 뭔가를 들고 있었다.

"아일러너… 수고했다."

"감사합니다. 그런데… 작은 문제가……."

"손에 들고 있는 건 뭐지?"

망토를 들추자 회색 가면이 존재가 들고 있는 것이 밝혀졌다. 흑발

의 조그마한 소년이었는데 수혈이 짚였는지 잠이 들어 있었다.

"웬 아이지?"

"그자의 아들입니다."

"뭐?"

"그녀가 제국에 잡히기 전에 아들을 레테우드 산맥에 있는 한 동굴
에다 숨겨놓았습니다."

"아들?"

미처 우현의 아들이 있다는 사실을 염두해 두지 않았었는지 인탁은
잠시 아이를 쳐다보았다. 연인의 죽음으로서 억지에 가까운 복수는 하
였으나 아이를 보니 왠지 모르게 화가 치밀어 올랐다.

'자식까지 가졌었나, 네놈은……'

단순히 심술이고 시기에 가까웠다.

"좋아. 이 아이는 우리가 데려간다."

"네?"

"저 녀석의 아들이니 재능은 있겠지. 어딘가에 쓸모가 있을 거다."

그렇게 우현의 아들을 데리고 그들은 사라져 버렸다.

그날 페안 제국은 갑작스럽게 황제를 비롯한 귀족 수뇌부들의 죽음
으로 인해 분열이 되고 말았다.

우현은 그녀의 시신을 레테우드 산맥에 안장시키고 오두막으로 돌
아왔다. 처분하기 위해서였다. 더 이상 그녀와 자식을 볼 수 없는데 그
것이 무슨 소용이 있단 말인가.

렌과의 추억이 담긴 오두막을 마지막으로 둘러보던 우현은 뜻밖의

무언가를 발견했다. 전에 그녀와 함께 만들던 가락지들 사이에 편지가 적혀 있던 것이었다.

마지막으로 당신을 한 번 보고 싶었지만 하늘이 허락하지 않는군요. 보이지 않음에 더욱 보고 싶습니다. 영혼으로나마 당신과 함께하겠어요. 린아는 당신과 자주 갔던 그 동굴에 피신시켜 놓았습니다. 제가 없을 때 당신이 돌아오신다면 아이를 잘 보살펴 주세요. 제 생애 최고의 작품이니까요.

다른 여인들과 달리 말수가 적은 그녀였다. 편지는 눈물이 범벅이가 되어 있어 글씨가 흐릿했다. 편지는 다시 한 번 젖어가고 있었다.
우현은 아들인 린아가 전에 있던 동굴에 있다는 말에 급히 그곳을 향했다. 하지만 동굴은 텅 비어 있었고 인영조차 발견되지 않았다.
'린아마저도……?'
남은 작은 희망마저도 보이지 않자 또다시 슬픔에 잠기게 된 우현이었지만 문득 동굴 앞 땅바닥에 찍힌 작은 흔적을 발견했다.
'이건?'
"발자국… 보폭을 보아서 성인 남자인데… 내가 계열의 고수다."
동굴 앞에서 발자국을 하나 발견했다. 자신의 아들을 데려간 자가 누구인지 짐작을 하게 해주는 발자국이었다. 경공을 펼친 흔적이 남아 있는 걸 보아 중원의 무학을 배운 듯했다. 그렇다면 분명 인탁과 관련이 있는 자일 것이다.
'장인탁… 이젠 내 아들마저 네놈이……!'

분노로 인해 온몸이 화끈거렸지만 지금 자신의 힘으로는 린아를 구할 방도가 없었다. 적어도 인탁과 동수를 이룰 정도의 실력이 되어야만 가능했다.

 '분명 내 아들을 이용해 흉계를 꾸밀 것이다. 내게 다시 한 번 슬픔을 주려 하겠지. 이젠 네놈의 뜻대로 되지 않을 것이다!'

 우현은 레테우드 산맥의 한 동굴에서 천지신명에게 맹세를 했다. 자신의 아내인 렌을 죽이고 아들을 납치해 간 인탁을 반드시 죽일 것임을.

 끈끈했던 우정은 산산조각이 나고 말았다.

■21장■
다시 돌아가는 톱니바퀴

다시 돌아가는 톱니바퀴

은발의 청년이 경악한 채, 눈앞에 서 있는 사내를 보
았다.

"네가 천마?"

쾅!

굉음 소리와 함께 은발의 청년이 인상을 찡그리며 뒤로 밀려 나갔
다. 은발의 훤칠한 청년은 다름 아닌 유빈이었다. 그의 오른손에서는
뿌연 연기가 올라오고 있었다.

'갑자기 장력을 날리다니…….'

순간적으로 엄청난 공력이 실린 장력에 당황했지만 유빈은 장력을
맞받아 치면서 그 힘을 땅바닥으로 전가시켜 버렸다. 그 덕분에 그의
발밑은 상당히 패어 있었다.

"이게 무슨⋯⋯?"

"그 녀석의 수하냐?"

"대체 그게 무슨 말인지?"

천마라는 이름을 듣고 놀라는 반응을 보이자 갑자기 장력을 날리는 것이었다. 영문을 전혀 모르는 유빈으로서는 당황스러울 따름이었다.

'내 모습 때문에 날 몰라보는 건가?'

천마가 자신의 친구인지는 확신할 수 없으나 알아보지 못할 확률은 높았다, 옛날의 모습이 아니기에.

"잠깐! 그만 해!"

천마의 내력은 보통이 아니었다. 방금 전에는 힘을 다른 곳으로 가중시켜 피했으나 더 이상 그 수법은 통하지 않을 것이다.

산발한 머리에 털이 텁수룩한 천마는 다시 한 번 일장을 날렸다. 유빈은 이형환위로 일장을 피하려 했다.

퍽!

하지만 천마 역시 신법에는 능했는지 순식간에 이형환위 상태의 유빈에게 일장을 먹였다, 유빈이 실력을 발휘했음에도 불구하고.

'보통 실력이 아니야!'

한 번도 자신과 동등한 실력자를 만나보지 못했던 유빈으로서는 자신의 정체를 밝히려는 생각보다 이 순간만큼은 겨뤄보고 싶다는 생각이 들었다.

"패검무쟁!"

슈우욱!

순식간에 천마의 손에서 유형의 다섯 검이 생성되어 유빈의 요혈을 향해 찔러 들어왔다. 마교의 검법인 천마검법에 대해선 무림에 있을 때 마교 교주와 겨뤄봤기 때문에 어느 정도 알고 있었는데 이것은 전혀 달랐다. 마치 살아 있는 듯하면서도 날카로운 기세.

일격필살!

한 초식에도 모든 것을 파괴할 만큼 강렬한 기세가 뿜어져 나오고 있었다.

'이런 말도 안 되는 초식은?!'

말 그대로 그것은 파멸을 불러오는 초식이었다. 겨뤄보고 싶은 생각은 들었지만 지금 이 초식을 눈앞에 두게 되자 온몸이 소름이 끼칠 만큼 섬뜩했다.

'날 죽일 셈인가?'

섣불리 대응하다간 목숨을 잃을지도 모른다는 생각에 유빈은 침착해졌다.

'최근에 깨달은 걸 써먹을 기회로군.'

쇄아아악!

유빈의 손이 마치 안개처럼 유유히 원을 그리자 그의 몸이 흐릿해져 가며 마치 안개처럼 흩어져 버렸다.

'사라졌다. 어디로 간 거지?'

유형의 다섯 검은 뿌연 안개를 향해 쇄도했다. 하지만 그것은 오히려 더욱 뿌옇게 흩어져 시야를 가릴 뿐이었다.

"수작 부리지 마라!"

파아아악!

유형의 다섯 검을 거둬들인 천마의 왼손에서 붉은 기운이 치솟았다.

이 상황에서는 검결이 아무 소용 없다는 것을 깨달았기 때문이다.

"광폭장!"

쾅!

순식간에 뿌연 안개가 천마의 손에서 폭사되어 나오는 붉은 장력에 밀려 나갔다. 바로 그때였다. 천마의 왼손 주위로 안개가 급속도로 둘러쌌다.

"이건?"

"검운쇄경(劍雲碎勁)!"

촤촤촤악!

천마의 왼손을 비롯해 검기가 회오리를 쳤다. 한 번도 듣도 보도 못한 뜬구름과도 같은 검세에 순식간에 그의 왼팔이 잘려 나갈 듯했다.

"천마권경!"

파광!

잠시 당황했지만 천마는 이내 권경을 일으켜 팔을 회오리처럼 휘둘러 베어드는 검운쇄경의 검기를 막아냈다. 하지만 검기가 워낙 날카로운지라 팔에 검흔이 남는 것을 막을 수가 없었다.

"크윽!"

천마는 재빨리 몸을 뒤로 빼냈다. 후초식이 남았는지 푸른빛의 유형검이 자신을 향해 쇄도하는 것을 발견했기 때문이다.

"역시 대단해. 최근의 깨달음으로 만든 초식인데… 팔에 권경을 실어 막다니, 제법이야."

"이런 초식을 만들다니… 너야말로 대단하군."

천마는 진심으로 감탄했다. 자신 역시도 수많은 무공을 만들었지만 이런 기묘한 초식은 처음이었다.

그때의 치욕스러운 패배 덕분에 백 년간 레테우드 산맥에 틀어박혀 무공 연마에만 빠져 있었다. '그자'와 달리 초식만으로 자신을 물러서게 했다.

"그놈과는 전혀 다른 무공인 듯한데."

무공이란 어느 정도 나름대로의 흔적이 존재한다. 유빈이 펼친 검초식은 전혀 '그'와는 관련이 적다. 다짜고짜 공격하긴 했지만 '그'와 관계가 없다고 여겨지자 천마는 더 이상 공격해야 할지 말아야 할지 망설여졌다.

'누군가와 날 혼동했었나?'

심안을 가진 유빈이 그것을 눈치채지 못할 리가 없었다. 더 겨룰 기분이 아니란 생각에 사실을 밝혀야겠다고 판단했다.

"그놈이 누군지는 모르겠지만 난 널 안다."

단도직입적으로 말했다.

"뭐? 날 안다고?"

유빈의 말에 천마는 어이가 없다는 듯한 표정을 지었다. 물론 머리칼이 길게 내려오는 바람에 그의 표정에 대해선 알아보긴 힘들었다.

"백 년간 누구와도 만난 적이 없는데… 날 안다고?"

말도 안 되는 얘기라 치부하려 했지만 유빈의 눈이 반가움마저 보이니 천마로서는 어찌 대응해야 할지 고민이 되었다.

"그렇게 긴 시간인지는 모르겠지만, 우린 이곳이 아닌 다른 곳에서 만났었다."

"다른 곳?"

방금 전까지 산맥 전체를 뒤엎을 것만 같은 투기가 순식간에 가라앉았다.

다른 곳이라는 말에 천마의 온몸이 부들부들 떨리고 있었다.

"그래, 다른 곳. 우리가 원래 있었던 한국 말이다."

"너… 설마?"

천마는 그제야 눈치챈 듯 유빈을 손가락으로 가리키며 입이 큼지막하게 벌어졌다. 그때의 불길함과는 전혀 다른 느낌이 그를 사로잡았다.

두근두근!

'렌과 린아를 잃은 뒤로 이런 감정을 느껴본 적이 없었는데……'

반가움, 기대감이 겹치면서 주체할 수 없을 정도로 떨리고 있었다.

"나 유빈이다. 기억이나 하는지 모르겠다."

"유, 유빈이? 네가 유빈이라고?"

천마는 잠시 할 말을 잃었는지 멍하니 유빈의 얼굴만을 쳐다보았다. 아쉽게도 예전의 유약했던 소년의 모습은 사라지고 훤칠한 은발의 청년의 모습이었기에 과거의 흔적을 찾을 수 없었던 것이다.

"내가 기억하고 있는 유빈은……"

"긴 세월 동안 내가 어릴 때의 모습을 그대로 가지고 있을 거라 생각한 거냐?"

"아아……"

'무슨 표정을 짓고 있는지 알 수가 없군.'

심안과 상관없이 워낙 얼굴이 머리카락과 수염으로 텁수룩해서 무슨 표정을 짓는지 알 수가 없는지라 유빈은 약간 답답함을 느꼈다.

"크… 크크큭. 유빈이라고? 네가 정말 유빈이냐?"

"그래, 내가 유빈이다."

"말도 안 되는 소리 집어치워!"

퍽!

"큭!"

기습적인 주먹에 유빈은 무방비 상태로 그대로 얻어맞고 말았다.

천마는 믿지 않는 기색이 역력했다.

"이게 무슨 짓이냐?"

스윽.

입가에 흐르는 피를 닦으며 유빈이 황당하다는 듯이 말했다.

"유빈의 모습이라곤 일말도 남아 있지 않은 네 말을 믿을 수 있을 것 같나?"

"…날 못 믿는 거냐?"

"그래, 네가 유빈이라는 증거가 어디에 있지?"

얼굴이 기억이 나지 않을지라도 그 분위기만큼은 기억하고 있다고 생각하는 천마. 예전의 유빈은 포근하면서 편안한 느낌이었는데, 눈앞에 유빈이라 주장하는 은발의 청년은 전혀 그렇지 않았다.

"어딜 가나 증거를 항상 찾는군. 제기랄!"

"……?"

"증거라… 아아. 그래, 다혈질 곰탱이."

"에?"

마치 놀리는 듯한 유빈의 한마디에 천마의 두 눈이 동그래졌다.

"그건? 예전의……."

"내가 네게 붙여준 별명이지."

"유빈이만 알고 있는 걸 네가 어떻게……?"

천마는 믿을 수 없다는 듯 유빈을 바라보았다, 아까보다 많이 누그러진 눈빛으로.

"그러니까 내가 유빈이라고."

"정말 유빈이냐?"

"그래. 우현, 이제 믿을 수 있겠냐?"

"아……."

아주 잠깐 동안 둘은 아무 말도 하지 않은 채 서로의 눈을 바라보았다. 그리고는 곧 서로를 와락 끌어안았다. 긴 세월 동안의 헤어져 있던 절친한 친우와의 재회였다.

"정말 보고 싶었다."

"이제야 널 만나게 되다니… 정말 기쁘다."

둘은 만남의 해후로 인해 한동안 서로가 헤어졌을 때의 일들을 비롯해 겪었던 일들을 이야기 나누었다.

우현은 지금 백 년 만에 즐겁게 웃고 있었다. 슬픔에 젖어 살아오며 이렇게 웃을 날이 돌아오리라 생각이나 했겠는가.

"세명이가 계집아이가 되었다니 정말 재미있구나. 크큭."

"뭐, 지금은 거의 여자가 다 됐어."

"하하하. 그 녀석, 지금은 성 정체성을 잃었겠군."

"아마도 그럴지도."

그 뒤 둘은 한바탕 시원스럽게 웃었다. 최근에 들어서 복잡한 일들에 엮이는 바람에 기분이 좋지 않았던 유빈이나 백 년간 슬픔에 젖어 살아온 우현이나 이 순간만큼은 좋은 기분일 수 있었다.

"아, 그러고 보니 네게 묻고 싶은 게 있다."

"뭔데?"

"너… 그렇게 산발을 하면서까지 여길 지키고 있던 이유가 뭐냐?"

"……."

'이 녀석, 갑자기 왜 이러는 거지?

방금 전까지 기분 좋게 웃으며 떠들어대던 우현은 그 물음에 잊고 있었던 렌과 아들이 떠오른 나머지 얼굴이 굳어졌다.

마지막으로 당신을 한 번 보고 싶었지만 하늘이 허락하지 않는군요.

레테우드 산맥에 왠지 모를 쓸쓸한 바람이 숲의 나무들을 흩날리게 하고 있었다. 바람결에 코끝이 시려온다.

우현의 얼굴은 쓸쓸하기 짝이 없었다.

'설마?

우현만큼은 아니더라도 유빈 역시도 오랜 세월을 살아온 경륜이 있기에 상황을 예측할 수 있었다. 물론 전부는 아니지만 렌 시스의 연인이라는 자가 바로 우현임을 알 수 있었다.

'그랬구나. 녀석이 백 년간이나 이곳을 지키고 있었던 이유는…….'

자신 역시도 사랑하는 이를 잃은 고통을 맛보았던 유빈이기에 우현의 슬픔을 알고 있다. 한동안 레테우드 산맥의 한 동굴 앞은 정적만이 흘렀다.

산맥의 수풀에 가려져 붉어진 햇빛이 드문드문 비추고 있었다. 어느새 해가 저물고 있는지 하늘이 붉게 타오르고 있다. 황혼이 지고 있는 것이다.

안타까운 시선으로 우현을 바라보던 유빈이 한 가지 간과한 사실이 있었다.

그것은 바로,

"크윽!"

순식간에 온몸이 차가워지고 뼈마디가 아파왔다. 자신의 몸 상태를 전혀 생각하지 않은 것이었다. 잠시 슬픔에 잠겨 있던 우현은 갑작스럽게 고통에 찬 듯한 신음 소리에 당황한 듯 유빈에게로 달려갔다.

"너, 왜 그러는 거야?"

"크윽! 나, 놔줘!"

유빈이 고통을 호소한다는 것도 망각한 채 놀라서 그 어깨를 꽉 붙잡고 있던 우현은 당황한 듯 얼른 손을 뗐다.

우드득!

순식간에 유빈의 은발이 붉게 물들어갔고 몸의 신장 역시도 줄어들었다. 변하는 유빈의 모습에 적잖게 놀란 우현은 멍해진 채 변화를 지켜보았다.

'어떻게 이런 일이⋯⋯!'

머리를 움켜쥐며 고통의 신음을 흘리던 유빈은 얼마 후 변화가 끝났는지 진정을 되찾았다.

"너, 너 모습이⋯⋯?"

탐스러운 붉은 머리칼의 미녀로 변한 유빈을 보며 우현은 잠시 할 말을 잃고 말았다. 워낙 순식간에 변해 버린 탓이라 영문조차 모를 판국이었다.

"젠장… 별로 보이고 싶지 않았는데, 깜빡했군."

목소리 역시도 여자의 것이었다.

한동안 말이 없던 우현은 터무니가 없다는 듯이 한마디 내뱉었다.

"너… 세명이 어쩌고 할 처지가 아니잖아."

이에 할 말이 없어지는 유빈이었다.

*   *   *

긴 백발을 늘어뜨린 한 미청년이 의자에 기대어 붉은 와인을 머금고 있었다. 열린 창문 사이로 달빛이 살며시 들어와 있었다. 백발의 청년은 의자에서 일어나 창문을 열어젖히고 검은빛으로 물든 하늘에 떠 있는 두 개의 달을 바라보았다.

붉은 달과 하얀빛을 머금은 반달이 떠 있었다.

탁!

달빛에 취한 백발청년의 뒤로 검은 인영이 그림자처럼 소리없이 등장했다. 마치 기다리고 있었다는 듯이 백발청년은 자연스럽게 창문에서 떨어져 몸을 뒤로 돌려 다시 의자에 앉았다.

"늦었군."

"그들이 눈치채지 못하게 시공의 문을 여는 것은 힘듭니다."

"어쨌든 수고했다."

"그분의 존재는… 느꼈습니까?"

검은 인영의 물음에 백발청년은 와인을 단숨에 들이키곤 약간 들뜬 목소리로 말했다.

"느꼈다. 정말 아련한 느낌이었다."

백발청년은 그때를 떠올리며 가슴이 다시 한 번 아련해 오는 것을 느꼈다.

"재회가 멀지 않았군요."

검은 인영 역시도 목소리가 매우 들떠 있었다. 백발청년의 감정에 공감이라도 한 걸까?

"아니, 이제 때가 되었어."

"때… 라뇨?"

전혀 생각지 않은 듯, 검은 인영이 의아하다는 듯이 반문했다.

"이미 그것은 성공했어."

"성공했단 말씀입니까, 정말로 그것을?"

"실험에서 확인했으니… 충분하겠지."

백발청년의 입꼬리가 올라갔다. 고대하던 순간이 다가왔다는 생각에 매우 기뻐하고 있었다.

"네 도움이 없었다면 힘들었을 거다."

"제가 뭘 했다고……."

겸손하게 말은 하고 있었지만 백발청년의 말대로 그 검은 인영의 존재가 없었다면 여기까지 오는 데 힘이 들었을 것이다.

긴 시간을 기다려 왔다. 두 번이나 놓쳐야 했던 그림자를 이제야 찾았다. 다신 놓칠 수 없다는 게 그의 심정이었다.

"머리가… 안 본 동안에 하얗게 세었군요."

"고생이 많았거든."

"이제 종지부를 찍어야겠죠."

"그래, 되찾을 거다."

굳은 결의를 다짐한 백발청년은 무심코 손에 힘을 쥐어버렸다.

쨍그랑!

덕분에 손에 들고 있던 와인 잔이 깨져 버렸다. 백발청년의 손에서는 붉은 핏방울이 흘러내렸다.

깨진 와인 잔의 유리 조각들을 백발청년은 흔들리는 눈으로 멍하니 바라보았다.

"그런 억지 부리지 마. 강압은 서로에게 해가 될 뿐이야."

'제길… 왜 하필 그때가 떠오르는 거지?'

백발청년은 쥐고 있던 유리 조각을 창밖으로 던져 버렸다. 저 하늘에 떠 있는 달을 맞히려는 듯이.

*　　　*　　　*

황혼이 저문 레테우드 산맥은 밤하늘을 수놓은 별과 달에 둘러싸여 있었다.

주위가 난장판이 되어 있는 산맥의 어두운 동굴 앞에는 모닥불의 은은한 빛이 흐르고 있었다. 차가운 밤바람에 모닥불이 흔들릴 때면 수풀들도 반짝이며 고개를 젖히며 흔들렸다.

"그 모습, 정말 예쁘구나."

"별로 고맙진 않지만 고맙다."

'살다 보니 예쁘다 소리도 다 들어보네.'

늦은 밤이라 그와 함께 동굴에 하루 묵기로 한 유빈은 모닥불 앞에 앉아서 우현과 얘기를 나누고 있었다. 워낙 오랜 세월을 만나오지 않은 탓이라 할 얘깃거리들이 넘쳐 났다.

"널 보니까 렌이 떠올라."

"렌?"

"내 아내야. 감정 표현이 서툴렀던 녀석이지."

'역시⋯⋯.'

백 년이나 지난 일이라고 들었는데 여기에 머물러 있는 것을 보니 유빈은 쓸쓸해져 왔다.

'예전에 우현은 정말 밝은 성격이었는데⋯ 안타깝구나.'

아내를 잃은 우현에게 이제 와서 위로를 해봐야 아무 소용이 없다는 것을 알고 있는 유빈은 조용히 그를 바라볼 뿐이었다.

"그때 내가 자리를 비우지만 않았더라도⋯ 그런 일은 없었을 거야."

"세상엔 어쩔 수 없는 일들이 있어. 네 탓이 아니다."

"내 얘기를 들은 거냐?"

우현의 물음에 유빈은 고개를 끄덕이며 긍정했다. 바로 아침에 들은 얘기였으니 말이다.

"소문이 많이 퍼져서 말이야."

"싫군. 한심한 꼴이 소문나서."

"자책하지 마."

"내가 좀 더 강했다면 그런 일은 일어나지 않았겠지."

"넌 충분히 강해."

"그때 난 녀석을 이길 수 없었어."

슬픔에 잠겨 있던 우현의 눈이 어느새 분노로 활활 타오르고 있었다. 영원한 슬픔에 잠기게 한 그를 떠올리며 말이다.

화르륵!

불꽃이 마치 그의 분노에 동조하는 듯 바람에 호응하며 위로 솟구쳤다.

흔들리는 불꽃에 우현의 그림자가 흔들렸다.

"네 아내를 죽인 원흉이 있단 말이야?"

우현의 말에 꽤 놀란 듯 유빈은 눈을 동그랗게 뜨고 물었다. 우현의 태도를 보면 마치 누군가에 의해 아내가 죽었다는 듯했기 때문이다. 물론 그 예상은 맞았다.

유빈과 눈이 마주친 우현은 잠시 인상을 찡그린 채 말하길 망설였다. 순간 과거와 맞물려 현재가 겹쳐져서 보였기 때문이다. 하지만 이내 깊은 심연과도 같은 붉은 눈동자를 보는 순간 자신도 모르게 중얼거렸다.

"…이다."

휘이이이이이—

바람이 세차게 불어와 여인의 절규와도 같은 것이 레테우드 산맥에 울려 퍼졌다. 유빈의 붉고 긴 머리카락이 흩날려 우현의 시야를 가렸다.

"그런……!"

"네가 아는 그놈이 아니다. 녀석은 변했다."

"아, 아니야. 인탁이 녀석이 그럴 리가 없어!"

유빈은 믿을 수 없다는 듯이 얼굴이 하얗게 질려 있었다. 두터웠던 우정이라 믿었던 인탁이 어떻게 그런 짓을 할 수 있단 말인가.

혼란에 빠진 유빈은 고개를 좌우로 절레절레 흔들며 우현의 말을 부정했다. 그에게 있어서 도저히 상상도 할 수 없는 일이었다.

"렌을 살릴 수도 있었다."

"……?"

"녀석이 내 앞을 가로막지만 않았어도."

"어떻게 그런……."

"녀석은 내게 연인을 잃는 고통을 느끼게 해준다고 했다."

"연인을 잃는 고통?"

연인이라는 말에 한순간 유빈의 초점이 흩어지며 과거를 떠올렸다. 자신이 무림에 가게 된 원인, 바로 그날을 말이다.

"…너를 다시 보는 순간 나는 정말로 심장이 멎는 줄 알았다."

"지켜준다는 그 약속을 저버려 너무나도 괴로웠다."

"그가 있는 곳에선 우린 영원히 만나지 못할 거야."

무슨 이유인지는 모르나 갑자기 잊혀졌던 그때의 일이 떠올랐다. 인탁이 했던 말들이 생생하게 기억났다. 당시에는 워낙 터무니가 없는 말이라 여겨 무시했던 그의 말.

'설마… 녀석이 말하는 연인이라는 게……?'

그제야 그 말이 자신을 뜻하는 것임을 깨달은 유빈은 어이가 없어졌다. 녀석은 자신을 과거에 연인처럼 대했던 것이다.

"난… 인탁을 죽일 거다."

"우현아."

"천지신명께… 그리고 내 아내의 무덤 앞에서 맹세했다."

살의가 담긴 눈빛으로 타오르는 모닥불을 노려보는 우현을 보며 유빈은 아무 말도 할 수가 없었다. 아무리 친한 친구라 할지라도 우현에게는 그럴 권리가 있었다. 사랑하는 이를 앗아간 인탁을 향한 복수심을 막는다면 아무리 친한 친구라 할지라도 우현은 자신을 가차없이 베어버릴 것이다.

"녀석도 이곳에 있는 거냐?"

"서쪽에서 음모나 꾸미고 있는 녀석이다. 렌의 마지막 세공품이라느니 말도 안 되는 헛소문을 퍼뜨려 날 괴롭히고 있지."

"이곳에 널려 있는 시신들은 그럼?"

"웃기는 녀석들이더군. 다짜고짜 나타나 렌의 유품을 내놓으라며 칼을 겨누니……."

레테우드 산맥 고처에 있는 시신들의 검혼에 슬픔과 분노가 섞여 있던 것은 바로 그런 이유 때문인 것이다.

"그 소문을 일으킨 자가… 녀석이란 말이냐?"

"그런 자세한 이야기를 알고 있는 녀석은 그놈뿐이다."

렌 시스에 관한 동화나 설화와도 같은 이야기는 생각보다 와전없이 이어지고 있었다. 백 년씩이나 조용했던 그 이야기가 퍼진 것은 다름 아닌 최근의 일이었다. 우현 외에 이 이야기를 아는 사람은 바로 이 비극의 극본을 짠 인탁뿐이었다.

"백 년간 녀석과 나 사이의 공백을 채우기 위해 수련을 했다. 더 이상 녀석에게 만큼은 질 수 없다."

"그때 싸웠었던 거냐?"

"그래. 무림에서조차 느껴보지 못할 절망감을 느꼈던 싸움이었지. 아니, 싸움이 아니라 일방적으로 나 혼자 재롱을 떤 셈이었다."

당시를 생각하면 아직도 분한 마음에 치가 떨리는 우현이었다. 그렇기에 계속 강해지기 위해 노력하는 것이다. 무림에 있을 때처럼 타고난 것이 아닌 스스로의 의지로 말이다.

"재롱? 지금 그게 말이 되는 소리라고 하는 거냐? 생사경의 경지에 오른 네가 절망감을 느낄 정도라니… 이해가 가지 않는다."

일방적으로 당했다는 말에 유빈은 깜짝 놀랄 수밖에 없었다. 적어도 자신과 비교해 뒤처지지 않는 우현이 손발 한 번 제대로 놀려보지 못하고 단순히 재롱 정도로 치부될 만큼 당했다는 것은 믿어지지 않은 것이다.

"당시에 너무 자만심을 가지고 있었지."

"삶과 죽음에 연연해하지 않는 경지라면 충분히 그럴 수 있어."

"아니, 난 그 당시에 깨달은 심검조차 연마하지 않을 만큼 나태해져 있었다. 충분히 가진 힘만으로도 누군가를 지킨다는 것이 가능할 줄 알았지."

패배를 겪긴 했지만 사실 우현의 말은 맞는 말이었다. 무림이나 대륙을 통틀어 우현을 상대할 수 있는 자는 실상 존재하지 않았다. 충분히 그런 마음을 가지게 되는 것도 당연했다.

"인탁이 그렇게까지 강해지다니……."

내색을 하지 않고는 있었지만 우현을 가볍게 이겨낼 정도라는 말에 속으로 겨뤄보고 싶은 마음이 들었다. 하지만 그전에 해야 할 일이 있었다.

"우현아."

"날 말릴 생각 따윈 하지 마라."

"…말리진 않겠지만 그전에 세명이를 만나보는 게 어떨까?"

"세명?"

"그래."

잠시 고민하는 눈치를 보이던 우현은 곧 결정을 내릴 수 있었다.

"뭐, 급한 것도 아니니… 세명이를 보는 것도 좋겠지."

"잘 생각했어. 내일 날이 밝으면 떠나자."

둘은 더 이상 그 얘기를 하지 않고 그동안 겪었던 얘기들을 주고받으며 밤을 지새웠다.

별들은 밤하늘의 강줄기에 흐르듯 그 반짝이는 몸을 맡겨 시간이 지남에 사라져 갔다. 어느새 하늘이 노랗게, 혹은 주홍빛으로 물들어가며 찬란한 아침 해가 모습을 드러내고 있었다.

숲의 울창한 나무들 사이로 햇살이 눈부신 이른 아침이었다.

"신기하군, 아침 해가 뜨자마자 다시 남자로 변하다니."

"퀸의 피는 밤의 저주일 뿐이니까."

붉은 머리칼의 미녀는 온데간데없이 사라져 있었고 유빈은 어느새 긴 은발의 훤칠한 청년으로 변해 있었다. 그 모습이 신기한지 우현은 흥미로운 눈으로 바라보고 있었다.

"지금 모습보다 밤의 모습이 훨씬 보기 좋은데? 크큭."

"왜? 새삼 내가 여자였으면 하는 바람이냐?"

유빈이 부드러운 미소를 지으며 바라보자 우현의 얼굴이 붉어졌다. 농담으로 한 말이었지만 한동안 사람과의 접촉이 없었던 우현은 이런 농담에 익숙하지 않았다.

"무, 무슨 소리를 하는 거야, 임마!"

"왜 그리 흥분하는 게냐? 농도 구분하지 못하는 거야? 하하하하."

"여전하구나, 그 허를 찌르는 말발. 크크큭."

사실 유빈의 말은 그다지 허를 찌르는 것이 아니었지만 워낙 우현의 성격이 다혈질이다 보니 말 한마디 한마디에 쉽게 흥분하게 되는 것이었다.

"하하하, 그런가?"

"예전에 이 근처에 마을이 있었는데 이젠 없구나."

"기억이 나는 거냐?"

"오래전에 렌과 함께 이곳에 가락지를 팔러 왔었거든."

생계를 유지하기 위해서는 어느 정도 돈이 필요했기에 가락지를 만들어 팔았었다. 그 덕분에 인탁에게 그들이 머무는 위치가 노출되었지만 말이다.

"숲을 지나면 마을이 나오니 넌 그곳에 가면 일단 좀 씻어야겠다."

"그, 그렇게 냄새가 많이 나냐?"

백 년간이나 몸을 씻지 않고 관리를 하지 않아서 그런지 우현의 몸에서는 악취가 풍겨나고 있었다. 덕분에 유빈은 약간 떨어져서 걷고 있었다.

"수염도 좀 깎고."

"그냥 다듬기만 하면 될 것 같은데… 나이도 있는 데다가."

"네가 제일 나이가 많아 보이고 싶냐?"

"그렇진 않지만……."

말로는 도저히 당해낼 수가 없는 우현이었다.

레테우드 산맥을 벗어난 그들은 넓은 숲에 들어서 있었다. 이곳은 바로 유빈이 비공정에서 떨어져 부상을 당했던 그 숲이었다. 이곳을 통해 동쪽으로 가면 성도로 갈 수 있다. 하지만 그들이 임시로 향하고 있는 곳은 바로 유빈이 들렀던 그 마을이다.

"흐음……."

"너도 느꼈나?"

"말발굽 소리임이 틀림없는데……."

두두두!

그들이 대화가 끝나기도 전에 말발굽 소리는 점차 가까워져 왔다. 이곳은 숲이었지만 나무들 사이의 틈이 넓어 많은 수의 말들이 다니는 데 지장이 없는 곳이었다.

"워워!"

히이잉!

삼십여 마리의 말이 어느새 유빈과 우현을 둘러싸고 있었다. 절대로 좋은 목적으로 둘러싼 이들은 아니었다. 말 위에 있는 자들은 하나같이 갑옷으로 중무장을 하고 있었고, 전부 뛰어난 기사들인 듯했다.

"이런, 낯익은 얼굴들이로군."

기사들 사이로 유빈이 알고 있는 얼굴들이 보였다.

그를 고용하려 했던 여우 같은 눈매의 베르드 남작과 레테우드 산맥까지 안내를 했던 용병 바트였다.

"남작님, 제 말이 맞지요."

"그렇군. 자네 덕분에 이놈들을 찾았으니 다행이야."

"뭘 그런 말씀을… 다 남작님께서 시키신 대로 한 덕분이죠."

'역시 저놈도 한패였나?

바트는 처음 만났을 때의 그런 호기는 보이지 않았고 베르드 남작의 아첨꾼으로 변해 있었다. 옆에서 베르드 남작의 비위를 맞추는 것이 유빈의 심기에 거슬릴 정도였다.

그들의 눈은 탐욕의 빛이 가득했다. 주위에 기사들을 이끌고 온 것을 보아선 노리는 것은 단 하나였다.

"은발의 제압자께서 왜 그런 살인자와 동행을 하는지 모르겠군요."

전에 지레 겁을 먹고 도망갔던 베르드 남작은 주위에 있는 기사들이란 든든한 후원자가 있어서인지 자신있는 목소리로 유빈에게 트집을 잡았다.

물론 그런 하찮은 도발에 넘어갈 유빈이 아니다. 오히려 비웃음을 흘릴 뿐이었다.

"감히 일개 용병 따위가 귀족인 내 앞에서 웃다니! 건방진 놈!'

분명 유빈의 실력이 대륙에 명성을 떨치고 있는데 저렇게 자신만만하게 구는 이유가 뭘까? 그랜드 소드 마스터라고 한다면 기사가 서른 명이 아니라 천 명이라도 상대할 수 없는 존재이다.

"아는 놈이냐?"

"내게 그 말도 안 되는 정보를 흘렸던 녀석이지."

"웃기는 놈이로군. 고작 저런 간사하게 생긴 녀석 때문에 귀찮은 짓거리까지 했단 말이지."

우현은 무림에서 악명을 날리기는 했으나 쓸데없는 살인을 하는 그런 악랄한 성격의 소유자가 아니었다. 그런데 며칠 전부터 끈질기게 찾아와 렌의 유품을 내놓으라는 터무니없는 말들을 지껄이는 그들에게 화가 나 전부 도살해 버렸다.

너무 많은 이들을 죽였다는 죄책감에 후에 찾아오는 이들에게는 선처를 베풀려 했던 그였지만, 이상하게도 그들 모두가 자신의 과거를 들먹이며 자신들이 무슨 렌의 남편의 후손이라는 말도 안 되는 얘기들을 늘어놓아 우현의 심경을 건드렸던 것이다.

쇄아아!

우현이 가볍게 인마들을 향해 손짓하자 강한 바람이 일어나며 숲이 진동을 했다. 짙은 살기가 섞인 바람에 인마들이 갑자기 날뛰기 시작했다.

히이이잉!

"워워! 진정해라!"

"말들이 말을 듣지 않습니다!"

"제기랄!"

탁!

말들이 날뛰는 것을 진정시킬 수 없다고 여겼는지 베르드 남작을 비롯한 바트와 기사들은 말에서 뛰어내렸다. 그런데 예상외로 그들은 매우 가벼운 신형으로 말에서 내려왔다. 마치 신법이나 경공에 능한 무림인들처럼 말이다.

"네놈들, 보통 녀석들이 아니구나."

그것을 한눈에 눈치채지 못할 유빈과 우현이 아니었다. 이곳 대륙 사람들은 신법이나 경공에 능한 자가 없으니 의심을 피할 길은 없었다.

"이런… 벌써 들킨 겁니까?"

어느새 베르드 남작의 눈빛은 탐욕스러움이 사라지고 마치 암살자와 같은 감정이 없는 그런 눈으로 변해 있었다. 용병 바트 역시도 마찬가지였다.

"녀석의 하수인이 틀림없구나. 그놈의 특유의 기운이 느껴진다."

대충 짐작은 했었다는 듯이 우현은 오른 손목을 가볍게 흔들며 앞으로 걸어 나왔다.

우현이 보통 존재가 아니라는 것을 알고 있는지 녀석들은 긴장한 듯 얼굴이 굳어져 있었다.

"너희들이 누군지는 모르겠으나 녀석과 관련되어 있다면 한 놈도 살려줄 수 없다."

쏴아아!

숲이 너무도 짙은 죽음의 기운으로 드리워졌다. 우현이 한 발자국씩 그들을 향해 걸어올 때마다 그들의 호흡이 거칠어져 가고 있었다.

'이게 우현의 수련 결과인가?'

유빈이 생검을 넘어선 천검의 독자적인 경지에 올랐다면 우현은 백년간의 수련으로 살검을 넘어선 파멸의 검을 익혔다. 그것은 창생의 어떤 것에도 가차없이 죽음을 내린다.

"이제 갈 시간이 되었다."

우현의 눈이 번뜩이는 순간 그의 앞을 막고 있던 열 명의 기사가 뒤로 튕겨져 나갔다. 안광만으로도 상대를 튕겨낼 정도로 우현의 내공은 매우 심후했다.

'엄청난 내공이야!'

유빈은 속으로 감탄을 금치 못했다.

촤아악!

순식간에 기사 열 명의 몸에 날카로운 검기가 쇄도해 가자 그들의 몸이 찢겨져 나갔다.

"크아악!"

"커억!"

끔찍한 비명 소리가 숲 전체로 울려 퍼졌다. 그들 역시도 이런 압도적인 힘을 예상하지 못했는지 몸을 부르르 떨고 있었다.

"죽음 앞에서 두려운 거냐?"

"두렵지 않다고 한다면 거짓말이지요."

바트를 비롯한 기사들과 달리 베르드 남작은 사망의 기운에 전혀 위축되지 않은 듯 오히려 미소를 짓고 있었다.

"네놈, 옆의 버러지들과 다르구나."

겁쟁이에다 간사해 보이는 베르드 남작이 전혀 다른 분위기를 보이자 유빈 역시도 의아해졌다. 분명히 어제 보았던 그 베르드 남작이라는 생각이 들지 않았기 때문이다. 마치 다른 사람을 앞에 두고 있는 느낌이었다.

"생각보다 똑똑하시군요."

스윽.

베르드 남작이 자신의 얼굴을 손으로 스치듯 한 번 가렸다 지나가자

신기하게도 그의 얼굴이 변해 있었다. 짧았던 머리칼이 길어져 등허리까지 내려와 있는 성숙해 보이는 여자로 말이다.

'파란색 머리카락?'

"렌의 파란 머리칼을 볼 때면 마음이 가라앉아."

유빈은 마치 마술을 부리듯 모습이 변해 버린 베르드 남작을 보며 어젯밤 우현이 했던 말을 떠올렸다.

쇄아아아아!

방금 전만 하더라도 보통 사람들은 숨도 쉬지 못할 만큼 죽음의 기운이 주위를 사로잡았었는데 그것마저 가벼이 넘을 정도로 강렬한 죽음이 숲을 움켜쥐고 있었다.

'나마저도 몸이 떨릴 정도로 강렬해!'

우현의 몸에서 폭사되어 나오는 살기와 죽음의 기운은 절정으로 치닫고 있었다. 어떤 것이 그를 이렇게 분노하게 만들었는가.

길게 내려오는 파란 머리카락의 성숙한 여인은 다름 아닌 렌 시스였다.

"죽여 버리겠다."

"글쎄요. 당신이 바라왔던 얼굴을 보여준 것뿐인데… 오히려 감사해야 하는 게…….."

퍽!

언제 다가왔는지 우현은 어느새 렌의 얼굴로 변한 베르드 남작의 얼굴을 주먹으로 쳐버렸다. 괴물과도 같은 우현의 심후한 내력이 실린 주먹에 맞고도 베르드 남작은 입술이 조금 터졌을 뿐이었다.

스슥.

"기분이 나빴다면 죄송합니다."

"가면?"

이번에는 얼굴을 가린 것도 아니었는데 알아챌 틈도 없이 어느새 아무것도 그려져 있지 않은 투박한 회색 가면을 쓰고 있었다.

"생각 외로 전보다 강해지셨군요."

"난 널 본 기억이 없는데?"

"전 단순히 뒤에서 당신을 감시하는 역할이었거든요."

'날 감시해?'

회색 가면을 쓰고 있어 더 이상 무슨 생각을 하고 있는지, 어떤 감정을 가지고 있는지 예측을 할 수 없었다. 하지만 이것만큼은 확실했다.

"그 녀석의 부하가 확실하구나."

"부정은 하지 않겠습니다."

"그럼 죽어도 후회는 없겠지."

쇄악!

우현이 손을 휘두르자 붉은빛의 검기가 회색 가면을 쓴 정체 모를 자에게 쇄도했다. 그것을 피할 의향은 전혀 없는 회색 가면의 존재는 가만히 서 있었다.

파곽!

"이건?"

정확하게 붉은빛의 검기는 회색 가면의 정체 모를 자의 몸을 둘러싸고 있는 무형지기로 보이는 무언가에 가로막혀 부딪치는 순간 소멸하고 말았다.

"내 검기를 막다니! 네놈……."

회색 가면의 사내가 만약 있는 힘을 다해 검기를 막았다면 이해를 하겠지만 단순히 무형지기만을 소멸시키자 기분이 더욱 나빠졌다. 왠지 모르게 인탁과 같은 느낌을 물씬 풍기고 있다는 생각에 더욱 그랬다.

"이화접목과 같은 이치로 막은 거다. 좀 더 강한 내력으로 밀어붙여!"

유빈은 분노에 차서 상대의 허를 눈치채지 못하는 우현에게 소리쳤다.

"이화접목?"

회색 가면의 정체 모를 자가 쓴 것은 이화접목보다 두어 단계 높은 술법으로 자신보다 훨씬 강한 내력을 지닌 자에게 효과적이다.

"내 힘을 이용한 거란 말이냐!"

이에 더욱 화가 난 우현은 더욱 내공을 끌어올려 회색 가면의 정체 모를 자에게 일장을 날렸다. 같은 수법으로 막으려는지 그자의 주위가 은은한 보랏빛을 띠었다. 하지만,

"상대가 틀렸어."

콰직!

보랏빛을 내는 기막을 일그러뜨린 우현은 단숨에 회색 가면의 멱살을 들어올려 그를 바닥으로 내팽개쳐 버렸다.

"커억!"

회색 가면을 쓴 자는 힘없이 바닥을 굴러야만 했다.

"제기랄! 이렇게 된 이상 죽여주마!"

멍하니 방관만 하고 있던 기사들이 검을 빼 들고 우현을 향해 달려들었다. 하지만 이런 그들을 가만히 내버려 둘 유빈이 아니었다.

"어딜 나서는 거냐! 운경장, 운경심쇄!"

휘이이잉!

본래 운경심쇄는 다수를 상대하기 위한 초식은 아니었지만 유빈은 그 한 초식만으로 날카로운 운무를 일으켜 스무 명이나 되는 기사들을 갑옷과 함께 살점이 찢어 저 멀리로 날려 보냈다.

"젊은 녀석들치고 제법 실력이 있어 보이긴 한다만 난 후환거리를 남겨두는 체질이 아니라서 말이지."

─적에는 일말의 자비도 베풀어선 안 된다.

그것이 바로 무림을 살아온 유빈의 신조였다. 적을 믿었다가 두세 번 정도 뒤통수를 맞게 되자 그 이후로 유빈은 누구도 쉽게 믿지 않았다. 적에게는 가차없이, 후환을 남기지 않는 게 버릇이 되었다.

"모를 거라 생각해서 방심했는데… 알아차렸군요."

술법을 깨뜨린 것은 우현이었지만 그것의 허를 한눈에 파악한 유빈의 존재가 더욱 거북스러운지 눈앞의 존재보다 오히려 그를 더욱 의식하고 있었다.

"역시 은발의 제압자, 항상 저희의 걸림돌이 되는군요."

항상이라는 말에 유빈은 의아해졌다. 저놈을 보는 것은 오늘이 처음인데 마치 자신을 여러 번 봤던 사람처럼 말하니 말이다.

'저놈을 사로잡으면 궁금증을 풀 수 있지 않을까?'

"우현아, 놈을 사로잡아!"

사로잡으라는 말에 우현은 본능적으로 회색 가면에게로 빠르게 달려들었다. 그러나 이미 이런 상황 정도는 예상이라도 했는지 회색 가면은 품에서 양피지 조각을 꺼내어 한 치의 망설임없이 찢어버렸다.

"다음에 뵙지요. 오늘은 이만 물러갑니다."

위잉!

순식간에 회색 가면의 몸이 푸른색 빛으로 뒤덮이며 그는 사라져 버렸다. 아쉽게도 한발 늦은 우현의 손이 애꿎은 빈 허공을 갈랐다.

"제기랄! 이건 또 무슨 수작이야!"

텔레포트 마법을 처음 보는 우현은 갑자기 그가 사라져 버리자 빠른 신형으로 몸을 숨겼다고 생각했는지 주위를 둘러보며 기를 파악하려 했다.

"제기랄! 녀석의 기운이 느껴지지 않아!"

"그야 당연하지."

"뭐? 뭐가 당연하다는 거야?"

"마법으로 이곳을 벗어났으니 찾아봐야 아무 소용 없어."

"마법이라고!"

귀청이 떨어질 정도로 큰 목소리에 유빈은 저도 모르게 귀를 틀어막았다. 바로 앞에서 내력이 실린 목소리로 소리를 쳐대니 귀가 울려서 중심을 잡기가 힘들어서였다.

"젠장! 그냥 단숨에 찢어 죽였어야 했는데……."

분노가 사람의 판단력을 흐리게 하는 것일까. 회색 가면의 그자를 잡아 응당 배후자를 알아내야 하건만 우현을 죽이지 못해 안달이 난 듯했다.

'그렇게 분노가 컸던 거냐? 오랜 세월이 흘렀음에도 진정이 되지 않을 정도라니……'

유빈은 숲 전체가 떠나가라 울분을 토하며 광분하는 우현을 안타까운 시선으로 바라볼 수밖에 없었다.

'아까 녀석도 흑색 교단과 관련이 있는 걸까?'

*   *   *

"에안 왕국에서 원군 요청입니다."

"에안 왕국에서도?"

왼쪽 눈 아래에 칼자국으로 보이는 흉터가 있는 중년의 용병이 서류 더미 사이에 묻혀서 피로가 누적되다 못해 초췌해 보이기까지 한 사내에게 보고를 했다.

초췌하면서 심각한 표정을 짓고 있는 이 사내는 다름 아닌 용병 길드장 미하드였다.

"이틀 사이에 다섯 왕국에서 원군을 요청하다니… 골이 띵하군."

불과 이틀 사이에 대륙의 정세가 이상하게 변해가고 있었다. 당금 대륙은 평화 조약으로 인해 전쟁 발발의 위험이 없는 무긴장 상태였다. 그런데 이틀 전부터 누구도 예상할 수 없었던 일이 발생했다.

각국의 주축들이라 불리는 존재들이 반란을 일으킨 것이었다.

살란드 제국의 피화나드 린을 비롯한 실력파 귀족들의 반란으로 인해 대륙이 들썩이는 것이다.

아무리 실력파 귀족이라고 할지라도 민심이 동하지 않으면 반란은 단순한 쿠데타로 남는 법.

그들은 처음부터 민심 따위는 무시하듯 성 하나씩을 함락시켜 가며 각국을 갉아먹는 것이었다.

압도적인 군사력을 가진 것도 아니었다. 거의 소수 정예로 이뤄진, 대개 오백에서 천에 이르는 자들을 이끄는 것 같은데, 그들 모두가 일당 천을 상대할 수 있을 정도의 실력자들이라고 한다.

"어떻게 이런 말도 안 되는 일이 일어날 수 있지?"

"저도 잘 모르겠습니다. 상호 평화 협정 때문에 전쟁이 일어날 일이 없다고 여겼었는데… 이런 일은 누구도……."

흉터의 용병은 뒷말을 흐렸다. 마치 누군가의 각본에 맞춰 움직이는 것처럼 각국에서 반란이 일어나고 용병 길드에 원군 요청이 들어왔다.

서류 더미에 파묻혀 피로에 찌들어 있는 미하드였지만 그 눈만큼은 날카롭게 빛나고 있었다.

"대륙을 농락하려는 자다."

미하드의 의미심장한 말에 흉터의 용병의 눈이 흔들리고 있었다.

이틀 만에 무려 열일곱 개의 성의 반란군의 손에 넘어갔다. 그것도 모자라 그들은 빠른 속도로 각국을 갉아먹고 있다. 이런 속도라면 일주일 안에 각국은 함락당하고 말 것이다.

"일사불란하게 모든 것이 이뤄지고 있다면 하루 이틀 사이에 준비된 것이 아니란 의미다."

"계획적으로 이뤄진 거란 말씀입니까?"

용병인 그는 전장과 같은 곳을 이십 년이 넘게 누벼왔고, 용병이기에 대륙의 정세 따위에는 관심이 없었으나 대륙 전체가 전쟁에 휩싸일지도 모른다는 생각에 저도 모르게 손이 땀으로 젖어들었다.

"누군지는 모르겠지만 위험한 사상을 가지고 있어. 어쩌면 그가 노리는 것은……."

미하드는 서류 더미에 묻혀 있는 책상 서랍을 뒤적거리더니 대륙의 지도를 꺼내었다.

휘르륵!

돌돌 말려진 지도를 편 그는 반란이 일어난 왕국이나 제국 등을 깃펜으로 동그라미 표시를 해두었다.

영문도 모른 채 미하드의 행동을 바라보던 흉터의 용병은 마지막 에안 왕국을 동그라미 치는 순간 놀란 듯 두 눈을 부릅떴다.

"이, 이건?"

반란이 일어난 각 국가들은 정확하게 파무르 제국의 인접해 있었고, 마치 마법진의 모양처럼 오망성의 형태를 띠고 있었다. 만약 각국이 반란군에 의해 무너지게 된다면 파무르 제국은 꼼짝없이 갇히는 형태가 되고 만다.

"목적은 이곳 파무르 제국?"

누가 보아도 고립되는 것은 파무르 제국이었다. 반란군의 의도대로 다섯 국가가 무너진 후 저들이 압박을 가한다면 그대로 무너질 수밖에 없는 것이었다.

"대담한 놈이야. 정말 자신이 있다는 것인가?"

마치 막을 수 있으면 막아봐라라고 하는 듯이 말이다.

"어쩔 수 없군. 최대한 시간을 끌어야 되나."

"원군 요청에 응하실 생각입니까?"

"…그래."

"하지만 지금 용병들을 원군으로 보내서 피해를 입게 된다면 길드에 굉장한 타격이……."

"우린 필요에 의해 움직이는 용병이지, 그 이상이 되어선 안 돼."

흉터의 용병은 길드장의 말에 아무 말도 할 수가 없었다. 용병 길드에서 의뢰를 거절하기 시작하면 그것은 더 이상 길드로서의 가치를 잃어버리는 것이다. 한 국가의 위치가 아닌 이상 거절해선 안 된다.

"오백 명 이하로 이루어진 B급 용병단으로 보내줘."

"좋지도 나쁘지도 않군요."

"도와주되 전력은 아껴야 한다."

길드에는 단순히 개인 용병만이 아닌 대규모의 용병단이 존재하는데, 단을 이루는 데 대개 한 단에 열두 명이다. 용병단이 다섯 단계로 나뉘는데, 열 명 단위의 D급 용병단이 있고, 백 명 단위의 C급 용병단, 그리고 오백 명 이상 단위의 B급 용병단, 그 수가 천 명을 넘어서는 A급 용병단, 마지막으로 길드에 단 하나밖에 없는 만 삼천여 명에 이르는 특급 용병단으로 바슈칼이 존재한다.

그렇게 볼 때 무난할 정도의 도움을 주는 것이라 할 수 있었다. 파무르 제국이 목표일 것을 대비해 전력을 아껴야 했다.

"지금 의뢰 중인 용병들을 제외한 전부 길드로 불러들여."

"알겠습니다. 그럼 길드의 지부에 연락을 넣겠습니다."

"서둘러 주게."

사태가 시급하다는 사실을 아는 흉터의 용병은 별다른 인사도 없이 급히 나가 버렸다. 그런 그의 뒷모습을 보며 미하드는 생각했다.

'제국이 공격받는다면 꼼짝없이 공멸이다. 방법을 모색해야만 해.'

*　　　*　　　*

길고 탐스러운 금발이 찰랑거린다.

"태극선월!"

파곽!

부드러운 장력의 힘에 주위를 둘러싸고 있던 검은 복면 사내들의 몸은 순식간에 공중으로 떠올라 바닥에 곤두박질쳐지고 말았다.

금발의 예쁘장한 이 소녀는 바로 세명이었다. 유빈을 찾으러 나섰던 그녀는 생각지도 못했던 난관에 부딪쳤다. 스무 명 정도 되는 복면의 사내들을 장법으로 날려 보냈음에도 불구하고 그녀의 주위에 복면인들의 숫자는 전혀 줄어들 기미를 보이지 않았다.

"떨어져서 공격해라!"

'에에… 이게 웬 고생이람.'

거의 팔십여 명에 육박할 수의 복면 사내들은 진을 쳐서 공격하고 있었다. 개개인의 능력으로는 세명에게 미치지 못하나 진 자체의 위력이 굉장했다. 한 명 한 명의 공력이 세 배에서 다섯 배까지 상승을 할 만큼.

'진의 핵이라 생각되는 자들을 쳤는데도 와해되지 않는다니…….'

변화를 거듭하는 진은 무림에 있을 적에 한 번도 겪어보지 못했다. 당시 최고의 진이라고 한다면 소림의 백팔나한진과 전진교의 북두칠성진이었다. 그들 진 역시도 워낙 오묘해 한 문파의 장문인조차도 상대하길 꺼려할 정도인데, 이 진은 세명으로서도 이해하기 힘들 정도로 복잡하면서 변화의 양상이 무궁무진할 정도였다.

'으아아악! 내가 대체 이 아이들과 왜 싸워야 하는 거야?'

숨을 쉴 틈을 주지 않을 정도로 몰아붙이고 있었기에 내색은 하지 않고 있었지만 세명은 속으로 절규를 하고 있었다.

정확히 이틀 전, 세명은 엉뚱한 소문을 듣게 되었다. 은발의 제압자가 북서쪽에 있는 에안 왕국에 있다는 말이었다. 어떻게 하다 그런 소문이 났는지는 몰라도 세명은 그 말을 듣고 에안 왕국으로 향했다.

그러나 이틀에 걸쳐 에안 왕국에 도착한 세명이 본 것은 불타는 수도였다. 성벽을 지켜야 할 병사들은 보이지도 않았다.

"이, 이건?!"

"드디어 시작이로군요."

불타는 성을 망연자실한 얼굴로 바라보는 세명에게 마치 이런 일을 예상이라도 하고 있었다는 듯이 훼일리스가 의미심장한 얼굴로 말했다.

"시작이라뇨?"

"흑색교단입니다."

"흑색교단이라면 비공정을 공격했던 그자들?"

비공정에서 흑색교단의 습격을 받은 후 성도에서 훼일리스에게 교단에 관한 설명을 들었다.

"에안 왕국만이 아니라 다른 네 국가도 지금쯤 공격을 받았을 겁니다."

"하지만 어떻게 이런……."

불과 하루 전만 하더라도 평화롭던 에안 왕국이다.

그런 수도가 지금 불에 휩싸여 있었고 이미 함락당한 듯 성벽과 성문이 부서져 있었다.

"어쩌실 겁니까?"

"들어가야죠."

"주인님은 이곳에 없을 것 같습니다만."

"혹시 모르니까요."

화르륵!

유빈이 있다는 소문을 무시할 수 없는지라 전쟁 상황을 무시하고 수도로 들어온 세명은 처참한 광경에 치를 떨 수밖에 없었다. 왕국 내의 건물들은 불에 탄 지 그리 오랜 시간은 되지 않은 듯 완전히 허물어져 있지 않았다. 눈이 따가울 정도의 연기와 함께 검은 재가 심히 흩날리고 있을 뿐이었다.

전쟁의 목적이 단순히 정복이나 반란이 아니라 모든 인간을 멸살하는 것인 양 수도 내에는 시체의 비린내로 진동을 했다.

'죽은 지 얼마 되지 않았어.'

도가의 수도를 닦은 사람으로서 못 본 척 넘어갈 수 없었던 세명은 살아 있는 이가 있을지도 모른다는 생각에 수도를 돌아다녔다. 장삼봉이었을 때와 달리 정말 여자가 되었는지 세명은 짙은 혈향에 속은 울렁거렸고 눈물이 글썽거렸다.

"아아……."

"너무 힘들다면 성에서 나가 있는 것이 좋겠습니다."

"……."

세명은 더 이상 아무 말도 하지 않은 채 고개만 끄덕이고 몸을 돌려 성을 나서려 했다.

사삭!

'응?'

그때 뭔가 재빠르게 움직이는 소리가 세명의 귀에 포착되었다. 끔찍한 광경으로 인해 충격을 받았지만 기척을 느끼지 못할 정도로 정신력이 약한 것은 아니었다. 물론 마법사인 훼일리스로서는 잘 들리지 않는 그 기척을 눈치채지 못했다.

"피해요!"

팍!

세명은 급히 옆에 있던 훼일리스를 밀쳐 냈다. 영문을 모르고 있던 훼일리스는 세명이 갑자기 미는 통에 바닥으로 데굴데굴 구르고 말았다.

"아이구, 허리야!"

'되게 미안하네.'

그때 훼일리스가 넘어지면서 빈 공간을 검은 인영 하나가 육안으로 보이기 힘든 속도로 스치고 지나갔다. 훼일리스를 노린 것이었지만 세명이 밀면서 타킷이 빗나가게 된 것이었다.

"크윽!"

공격이 빗나가는 짧은 찰나의 순간 세명의 일장에 맞은 검은 인영은 부상을 입었는지 자신의 왼쪽 갈비뼈를 붙잡은 채 바닥에 무릎을 꿇었다.

"하아, 하아, 에안의 마지막 생존자."

복면인은 호흡이 거칠어져 있었다. 그는 지금 착각하고 있었다.

"우린 생존자가 아니라 이곳의 방문자예요."

평소라면 특유의 웃음소리와 함께 장난스럽게 얘기를 했겠지만 처참한 광경을 목격했는지라 목소리가 사뭇 차가웠다.

"방… 문자라고?"

"당신 말고 이곳에 동료들이 있나요?"

"동료?"

"설마 혼자서 이런 짓을 벌였다고는 말하지 않겠죠, 흑색교단의 주구 씨?"

"그, 그걸 어떻게?!"

흑색교단이라는 말에 복면인은 매우 당황하는 눈치였다. 대륙에 알려지지 않았기에 이렇게 쉽게 정체를 들킬 거라고는 전혀 예상하지 못한 탓이었다.

"이유를 불문하고 당신을 죽이진 않더라도 이대로 놓아줄 순 없어요."

세명이 검지를 들어 복면인을 향해 긋자, 어느새 복면인의 양팔과 다리의 근맥이 잘려 피가 흘렀다.

무인들에게 있어 가장 치명적인 치욕은 죽음이 아니라 더 이상 무인으로서의 가치를 없애 버리는 것이다. 무공을 완전히 폐해 버리는 것.

본시 세명은 무인들을 존중해 남의 무공을 폐하는 것을 꺼려왔지만 참혹한 살상을 벌인 이자를 용서할 수가 없었다.

슈욱! 쾅!

바로 그때 갑자기 거대한 무언가가 세명에게로 날아왔다.

당황해하지 않고 세명은 신법으로 재빨리 뒤로 몸을 빼 그것을 피했다.

세명이 피한 자리에는 거대한 구멍이 자리잡고 있었다.

"강기?"

깨끗하게 구멍이 나 있는 걸로 보아 분명 그 거대한 무언가는 강기로 이루어진 덩어리였다. 심후한 내공을 없다면 절대로 불가능했다.

"크하하하하! 내 혼의 주먹을 피하다니, 계집애가 제법이로구나!"

정확히 말하면 권강이었다.

권강을 날린 사람이 모습을 드러냈는데 금발의 중년인이었다.

"네, 네놈은?"

아까 전, 넘어지는 바람에 허리의 통증으로 인해 잠시 앉아서 호흡을 가다듬고 있던 훼일리스는 금발의 중년인의 등장에 안색이 어두워졌다.

"오오! 배신자 영감이 이제 보니 계집질이나 하고 계셨소? 능력이 대단한걸."

"닥쳐라! 젊은 놈이 버르장머리가 없기는!"

만나자마자 앙숙인 듯 티격거리는 두 사람을 보며 영문을 모르는 세명이 작은 목소리로 물었다.

"저자가 누구죠?"

"교단의 서열 4위, 광권의 두젠입니다."

"광권?"

미친 주먹이라는 말인데, 확실히 성격을 보자면 그 말이 맞는 듯했다.

광권의 두젠은 속닥거리는 그들의 행동이 화가 났는지 오른손 주먹에 강기를 모아 그대로 내질렀다.

흰 빛의 권강이 세명에게로 강렬히 쇄도했다.

퍽!

하지만 세명에게 아무리 강할지라도 단순한 권강이 통할 리가 만무했다. 단숨에 권강을 그 여린 손으로 움켜쥐어 터뜨리는 신기까지 보여주었다.

"계집애가 재간이 있구나!"

빠직!

'계… 집… 애!'

스스로 여자인 것을 받아들였지만 대놓고 노골적으로 계집애라고 말하는 두젠을 보며 저도 모르게 투기가 치솟아오르는 세명.

오싹!

광권의 두젠은 투기를 느꼈는지 순간 몸이 오싹해져 왔다. 강렬한 투기는 전사의 피를 들끓게 할지 모르나 압도적인 투기는 상대의 전의를 상실하게 만든다.

"제기랄! 이 계집!!"

"입버릇이 안 좋군요."

파각!

정중하게 말을 하고 있었으나 세명의 얼굴은 싸늘하게 식어 있었다. 그녀는 연약한 손으로 너무도 가볍게 두젠의 움직임을 완전히 봉쇄하고 있었다.

퍽!

그의 강권이 부드러운 장법에 휘말려 또다시 가슴에 일장을 얻어맞은 두젠은 내상을 입은 듯 입가로 피가 흘러나왔다.

내상을 입으면서도 나름대로 전투 경험이 풍부한지 뒤로 물러서지 않은 채, 패도있는 강권으로 세명을 뒤로 물러서게 했다. 만약 방어에 임했더라면 오히려 후 일장을 맞고 완전히 뻗었을지도 모른다.

'닿으면 안 돼!'

예전의 장삼봉이었을 적 세명이라면 강권이라고 해도 몸으로 받아내 태극의 묘리로 튕겨내 버렸을 것이다.

두젠에게는 운이 좋게도 세명은 여자가 되면서 남자의 손이 자신의 몸에 닿는 것을 극도로 꺼렸다. 그것은 어쩌면 유빈이나 우현이라고 할지라도 마찬가지일 것이다.

물론 그렇다고 할지라도 발이 놀고 있는 것은 아니었다.

퍽!

"크윽!"

물러서는 순간에 두젠의 가슴에 일퇴를 날려 버렸다. 발이 날아올 것이라곤 예상하지 못했지만 급한 대로 권강으로 맞받아 쳤다.

"마, 말도 안 돼!"

비록 예전만큼은 아니더라도 심후한 내력을 지닌 세명에 비할 바가 아니었다. 그런 두젠의 몸이 포탄처럼 멀찌감치 튕겨 나가 버렸다.

"어라? 기절해 버렸네."

오싹!

'여자의 한이 무섭긴 무섭구나.'

뒷전에서 그들의 싸움을 지켜보던 훼일리스는 오한이 느껴졌다. 평소 밝은 모습을 보이던 세명이 계집애라는 말 한마디에 교단의 서열 4위인 광권의 두젠을 무참하게 무질러 버리는 것을 보며 뼈저리게 느꼈다.

"사사사사삭!"

마무리로 두젠의 근맥 역시 자르려는지 손에 검기를 두르고 다가가는 그녀의 앞으로 기척을 감춘 채 지켜만 보고 있던 이들이 모습을 드러냈다.

"아직 안 끝났는데요."

싱긋.

화사하게 웃는 얼굴로 무섭게 투기를 발산하자 잠시 몸을 움찔하며 반응하던 검은 복면인들은 이내 이성을 찾은 듯 쓰러진 두젠을 들쳐메고 자리에서 벗어나려 했다.

"누구 마음대로 간다는 거죠?"

그들을 보내줄 생각 따윈 전혀 없는 세명이었다. 무섭게 그들의 뒤를 쫓으려 하자 그의 앞을 가로막는 다른 이들이 있었다.

"이런! 세상에나."

많은 수의 이들이 이렇게 그림자처럼 숨어서 대기 중이었다.

그 수만 하더라도 백(百)을 가볍게 넘어서고 있었다.

"흑색마단!"

수많은 검은 복면을 쓰고 있는 자들을 보며 훼일리스가 외쳤다. 긴 시간을 투자하면서 만들어진 흑색교단의 양산형 부대였다.

'저들을 투입하다니… 그렇다면 교주도 움직였겠구나.'

흑색마단이 움직일 날이 멀지 않았다는 말을 자주 들어왔으나 그것을 적으로서 체험하게 되었으니 묘한 느낌이었다.

'나도 전투에 끼어야겠구만. 클클.'

단순히 양산형 부대라면이야 세명이 쉽게 상대를 하겠지만 저들은 교주의 손에 직접 키워진 자들이다. 교단의 일곱 호법들조차 저들의 진정한 능력을 알지 못한다.

'최근에 익힌 마법을 한번 써봐야지. 클클클.'

근래에 들어서 워낙 강적들을 대하다 보니 자신의 실력이 모자란다는 생각에 며칠 동안 새로운 마법 삼매경에 빠져 있었다. 그리고 제법 쓸 만한 공격 마법들을 익힐 수 있었다.

퍼퍼퍽!

훼일리스의 눈에 공중으로 부웅 하고 떠오르는 일곱 명의 인영이 보였다. 세명이 마치 춤이라도 추듯 부드럽게 손을 휘저을 때마다 일곱에서 열 명에 이르는 검은 복면의 자들이 날아가 버렸다.

"전혀 낄 상황이 아닌가……."

나름대로 하수와의 대결에서도 그 수준에 맞춰 상대하는 유빈과 달리 세명은 본래 항상 최선을 다하는 타입이었고, 지금은 에안 왕국의 처참한 광경을 목격한지라 손에 인정을 두지 않았다.

사사사삭!

마구잡이식으로 몰아붙이는 것은 오히려 자신들이 불리해지는 길이라는 것을 깨달았는지 검은 복면인들의 움직임이 달라졌다.

그들은 세명의 주위로 오묘한 진을 쳤다. 진을 치기 시작하자 복면인들은 점차 세명의 공격을 막아내기 시작했다.

'변화만이 아니라 진 자체가 내 공력을 흡수하고 있어.'

개개인의 공력은 세명에게 비할 바가 아니었지만 진의 오묘함으로 인해 그들은 세명과 비견될 만큼 상승했다. 그것은 마치 전진교의 북두칠성진과 같았다. 그리고 한 치의 물러섬이 없고 강맹한 공격을 펼치고 틈을 주지 않는 것이 마치 소림의 백팔나한진과 같았다. 두 진을 음양의 조화로 합쳐 놓은 것도 모자라 공력마저 대기 중으로 흩어지게 만들었다.

'아아… 이들을 죽이지 않고는 진을 상대할 도리가 없겠구나.'

세명은 속전속결로 끝내야 한다는 사실을 인지했다.

검은 복면인들은 한순간 세명이 공수를 취하단 것을 멈추고 가만히 서 있자 그의 꿍꿍이가 뭔지 궁금해졌다.

찰나의 순간 세명의 손에서 빛이 발했다.

우우우웅!

"태… 극… 혜… 검!!"

환한 빛 한줄기가 진을 치고 있는 검은 복면인들의 한가운데를 파고들었다. 진의 힘을 이용해 그것을 막아내려 했지만 지금까지의 공격과는 차원이 달랐다.

"크아악!"

"아악!"

촤촤촤촤악!

세명에게 일장을 맞더라도 비명을 지르지 않던 이들이 태극혜검의 빛줄기가 진을 갈라 버리자 그들 모두는 일체라도 되듯 동시에 피를 토했고, 몸에서 빛줄기가 폭사되어 나왔다. 세명은 태극혜검으로 단순히 진을 뚫은 것만이 아니라 그들의 마음속에 검흔을 새겨 넣은 것이었다. 태극혜검이 진정으로 무서운 것은 마음에 검상을 입힌다는 점이었다.

"후우!"

예전의 몸이 아닌지라 진정한 위력의 태극혜검을 끌어내는 것은 많은 심력을 소모시킨다. 많이 지쳤는지 세명은 바닥에 털썩 주저앉고 말았다.

"무량수불……."

진을 깨뜨리기 위해 저들의 마음에 검상을 내고 말았다. 더 이상 저들은 무인으로 살아갈 수 없을 것이다. 마음이 죽은 이상 폐인이나 마찬가지이다.

'살고자 하는 마음에 몹쓸 짓을 했구나. 과연 내가 전생에 도를 깨달았는지조차 모르겠어.'

나름대로 도를 깨달았다고 생각했지만 처참한 광경에 분노로 물들었던 자신을 떠올리니 가슴이 쓰려왔다.

세명이 어두워진 얼굴로 훼일리스를 올려다보며 물었다.

"대체 이들은 왜 이런 참상을 벌인 거죠?"

목적을 달성하는 데 거침이 없는 교단을 잘 알고 있는 훼일리스조차 반감이 들 정도인데 외인인 세명은 어떻겠는가.

"…흑색교단의 최종 목표가 있기 때문입니다."

"최종 목표가 학살인가요? 이런 무참한……."

"그건 아닙니다."

훼일리스가 단호하게 말했다. 만약 그들의 목표가 이런 학살이었다면 그는 가만히 탑에 틀어박혀 연구만 했을 것이다.

"진정한 그들의 목적은……."

"목적은?"

"저도 모릅니다."

"그런 것도 모르면서 흑색교단의 호법으로 있었다구요?"

장난스러운 듯이 말을 했지만 날카로운 지적이었다. 그러나 훼이릴스는 호기심이 많은 마법사였다. 그는 자신의 호기심을 채워줄 무언가를 원했고 흑색교단은 그것을 해줄 능력을 충분히 갖추고 있었다.

"제 말을 끝까지 들으시지요. 클클."

"해보세요."

"크흠, 어쨌든 저들이 정말로 노리고 있는 것은 파무르 제국의 황성입니다."

"파무르 제국의 황성이라뇨? 제국을 멸망시키는 것이 목적이었나요?"

이제 파무르 제국은 세명에게 있어서 고향이나 마찬가지였고 조국과도 같다. 더 이상 자신은 도인이 아닌 공녀 네이린이었다. 놀라는 것은 당연한 일이었다.

"좀 더 자세한 뭔가가 있는 것 같긴 하지만 대략적인 것밖에 모르겠습니다."

흑색교단의 호법으로 있었긴 하지만 교주나 다른 이들은 훼일리스를 신뢰하지 않는지 명령 체계 하에 두긴 했어도 교단의 목적이나 자세한 것은 전혀 알려주지 않았다. 훼일리스 역시도 교단의 목적 자체에는 관심이 없었다.

"계획이 실행에 이뤄진 것을 보니 아무래도 빠른 시일 내로 파무르 제국으로 흑색마단이 압박을 가할 겁니다."

잠시 동안 세명은 고민에 휩싸였다. 유빈을 찾는 것도 중요하긴 했지만 지금 한시가 시급한 것은 바로 파무르 제국의 안위였다. 그리고 공작을 비롯한 가족들의 안위였다. 단순히 그녀의 부모가 평민이었더라면 피신을 시키는 것만으로 안도할 수 있겠지만 제국의 기둥이라 불리는 공작이 제국이 위험에 빠졌는데 나 몰라라 도망갈 리가 없었다. 분명 목숨을 걸고 막으려 할 것이다.

"죄송해요. 아무래도 유빈을 찾는 건 잠시 미뤄둬야 할 것 같아요."

"죄송할 것까지야 있겠습니까? 아직 주인님께선 살아 계십니다. 후회할 일을 남기지 마십쇼."

살아가면서 사람들은 중요한 기로에 서게 된다. 그곳에서 선택이 미래를 좌지우지한다면 후회없는 선택을 하여야 할 것이다.

"전 일단 성도로 돌아가겠어요."

"당분간은 저도 영애를 따르겠습니다."

"고마워요."

조금 전까지만 하더라도 어두웠던 세명의 얼굴은 다시 평소와 같이 밝아져 있었다.

그들은 불꽃 속에 한 줌의 재가 되어 흩어지는 에안 왕국을 뒤로한 채 파무르 제국을 향해 발길을 돌렸다. 전초의 긴장으로 들끓고 있는 파무르를 향하는 발걸음들이 늘어만 갔다.

■21장■
위기의 파무르 제국

위기의 파무르 제국

파무르 제국을 둘러싸고 있는 다섯 왕국 중 가장 상
대하기 껄끄럽고 국력이 강한 나라를 찾는다면 단연 북령(北嶺)의 테슈
파인이었다.

대현자 살레프가 머물고 있는 그곳은 신성마법 결계가 쳐져 있어 적
의 침입이 불가능하며 성 주위가 온통 눈과 빙산으로 둘러싸여 있어
난공불락의 요새였다. 행군 자체가 힘들기 때문에 북령의 테슈파인은
성임에도 불구하고 하나의 독립적인 왕국령으로 인정받았다.

평화 조약으로 인해 전쟁의 위험이 없을 거라 믿었던 장기적인 평화
는 반란이라는 가면을 쓴 알 수 없는 괴세력에 의해 깨져 버렸다.

파무르 제국은 현재 황실 긴급회의를 하기 위해 전 귀족 관료들이
대전에 모여 있었다. 그뿐만이 아니라 각국에서 겨우 살아남은 문무

관료들 역시 성도로 망명해 와 있었다. 그래서 각국의 대표로 회의에 참석해 있었다.

"복면인들로 이루어진 괴인에 의해 다섯 왕국 전체가 함락되다니… 짐은 이 상황을 이해할 수 없구려."

대전의 옥좌에 위엄있는 얼굴로 앉아 있는 금발의 청년은 바로 파무르 제국의 황제였다. 갑작스러운 사태에 황제 역시 당황스럽고 심기가 불편해 보였다.

"황제께 정말 송구스럽습니다. 쿨럭쿨럭."

황제의 왼편에 앉아 있던 인자해 보이는 노인은 왼쪽 팔을 붕대로 감고 있는 것이 매우 몸이 불편해 보였다.

옆에는 그의 시중을 들기 위해서인지 초점이 없는 붉은 머리카락의 소녀가 서 있었다.

"8써클의 대현자인 살레프 공조차 막지 못한 이들입니다. 전하, 가벼이 봐서는 안 될 줄 사료되옵니다."

부상을 입은 노인은 공식적인 대륙 최고의 마법사인 살레프였다. 그의 옆에는 바로 전에 유빈과의 우연한 만남을 가졌던 소울 아이를 지닌 그 소녀였다.

"흐음."

제국의 문신으로 보이는 한 중년인의 말에 황제 역시도 수긍하는 듯 고개를 끄덕였다. 그가 이렇게 노기 서린 얼굴을 하는 것은 이들의 무능력 때문이 아니라 파죽지세의 기세로 왕국들을 전부 무너뜨렸기 때문이었다.

"믿었던 북령마저 무너졌으니… 이제 저들이 노리는 것은 분명 짐의 파무르 제국이겠구려."

황제의 말에 모든 귀족 관료들은 말없이 눈빛으로 긍정을 표했다. 신하 된 도리로 적을 물리칠 방법을 강구하거나 황제를 안심시켜야 할 테지만 적은 상식을 넘어선 존재였다. 속수무책으로 지켜보는 것만이 능사는 아니지만, 말할 엄두가 나지 않는 것이 현실이었다.

한동안 넓은 황궁 대전에 정적이 흘렀다.

바로 그때,

"폐하!"

정기가 넘치는 목소리로 황제를 부르는 이는 다름 아닌 제국의 기둥이라 불리는 에스트로넨 공작이었다. 근래에 들어 비공정 사건과 더불어 몸이 불편해 자숙하고 있던 그 역시 제국의 존망이 걸린 문제이다 보니 회의에 참석해 있었다.

"할 말이 있는가, 공작."

포기하다시피 한 좌중의 분위기로 인해 황제의 목소리 역시 맥이 빠져 있었다.

"적이 아무리 강할지라도 폐하께서는 만백성의 주군이시고 어버이십니다."

"……."

"폐하께서 직접 군을 소집하고 제국 내의 길드들의 도움을 받는다면 충분히 적을 막을 수 있을 것이라 사료되옵니다."

"짐이 직접 그들에게 도움을 청하란 말인가?"

공작의 말에 젊은 황제가 눈살을 찌푸렸다. 한 제국의 수장인 그가 명령을 내리는 것도 아니고, 부탁을 하라는 것은 귀족이나 황족의 입장으로서는 매우 수치스럽게 여기는 행동이다.

좌중이 공작의 말로 인해 술렁였다. 방금 전의 한마디는 매우 위험 소지가 높은 발언이었다. 조금이라도 황제가 모난 성격의 소유자라면 이것을 문제 삼아 충분히 작위를 강등시킬 수도 있었다.

"그들의 도움이 제국에 도움이 되리라 생각하나, 공작은?"

"용병, 마법사 길드의 도움을 받는다면 충분히 가능하리라 봅니다."

용병 길드와 마법사 길드의 힘은 한 국가의 무력과 맞먹거나 그 이상이다. 제국에선 그것을 인정하지 않았지만 평화로운 이 시기에 가장 전투 경험이 많은 무력 단체는 역시 용병들뿐이었다.

"흐음……."

"그들 역시 제국의 백성들입니다. 부탁을 한다고 해서 위엄에 누가 되는 것이 아닙니다. 그들을 잘 아울러 제국을 위해 싸우게 한다면 만백성이 황제 폐하를 우러러 볼 겁니다."

황제의 자존심을 세 치 혀로 단숨에 아우르는 공작의 놀라운 신위(?)에 대전에 모여 있는 문무 관료들은 내심 감탄을 금치 못했다. 이 정도라면 황제라 할지라도 길드에 도움을 청할 것이다.

"하하하하하! 공작은 항상 사람을 이렇게 무안하게 만드는구려."

일그러지는 듯하면서 호탕하게 웃는 황제의 모습을 보며 공작은 속으로 안도했다. 그라도 황제를 적으로 만들고 싶지는 않았다.

사실 황제는 공작의 의견에 전적으로 찬성했으나 그걸 쉽게 윤허한다면 짐짓 귀족들의 반대가 있을지도 모르기 때문이었다.

"역시 공작은 제국의 기둥이오."

"망극하옵니다."

이날 황제는 친히 마법, 용병 길드에 들러 그들에게 도움을 청했다. 한 길드의 수장이라고 할지라도 황제가 직접 나서서 부탁을 하니 거절할 도리가 없었다. 처음부터 용병들을 모아 규합해 준비 중이던 미하드는 흔쾌히 받아들였고, 대륙 최고의 마법사인 살레프가 황실에 머물고 있다는 말에 마법사 길드장 역시도 못 이기는 척 황제의 부탁을 받아들였다.

파무르 제국의 메마른 하늘이 잿빛으로 물들어가고 있었다.

* * *

어두운 방은 흔들리는 횃불이 아련하게 밝히고 있었다.

평소와 달리 잘 정돈되어 있는 제단이 엉망으로 어질러져 있었다.

쾅쾅!

"커억!"

"멍청한 놈, 고작 계집 한 명에게 흑색마단과 호법이 패배를 했다는 게 말이 되는 소리냐!"

퍽!

검은 흑발의 청년의 인정사정없는 발차기에 가슴을 강타당한 금발 중년인은 흑색교단의 호법인 광권 두젠이었다.

얼마나 심하게 맞았는지 그의 얼굴은 시퍼렇게 멍이 들어 있었고, 간간이 이가 빠진 입 주위는 피로 물들어 있었다.

"하아… 하아."

주위에는 검은 복면인들이 일곱여 명이 있었는데 그들은 얼마나 겁을 먹었는지 몸을 부들부들 떨면서도 꼼짝하지 않은 채 두젠의 맞는 장면을 바라보고 있었다.

"네놈들도 마찬가지다! 동료들이 죽었는데 뻔뻔하게 살아 돌아오다니!"

"그, 그건……."

한 복면인이 떨리는 목소리로 변명을 하려 했다. 그러나 그것은 오히려 흑발의 청년의 화를 돋우는 격이었다.

"이젠 변명까지… 네놈들 따윈 필요없다!"

딱!

흑발의 청년이 가볍게 손가락을 튕기자 그들 중 한 명을 제외하고는 순식간에 사방에 피를 튀기며 '펑' 소리와 함께 터져 버렸다. 실로 잔인하기 짝이 없는 행동이었다.

털썩!

아무리 충성심이 강할지라도 공포가 몸을 완전히 지배하게 되면 서 있기도 힘든 것이 사람이다.

자신의 몸을 적시는 동료들의 피에 죽음에 대한 두려움에 젖어 주저 앉았다.

"두젠! 네놈은 패배를 했지만 물러서진 않았다."

"흐으… 하아."

광권 두젠은 얼마나 많이 맞았는지 거친 호흡을 내뱉으며 흑발의 청년의 말에 귀를 기울였다.

"기회를 주마."

"……?!"

"동료를 버리고 돌아온 저놈을 죽여라."

"그, 그건!!"

두젠은 말도 안 되는 명령에 당황한 듯 얼굴이 붉어졌다. 지친 나머지 목에 힘이 들어가지 않아 뭐라고 말할 수도 없었다.

이곳에 살아 돌아온 흑색마단은 기절한 자신을 데려오기 위한 것이었다. 그런 그들을 직접 죽이란다. 아무리 교단에 충성을 하고 있다지만 이것은 정도가 지나쳤다.

"말할 기운은 없어도 일권은 날릴 여력은 남아 있겠지."

흑발의 청년이 손으로 뭔가를 들어올리는 시늉을 하자 바닥에 엎어져 있던 두젠의 몸이 저절로 들려 올라갔다.

두젠은 고개를 세차게 흔들며 완강히 거부했다.

"네겐 선택권이 없다!"

"으으으……."

흑발의 청년이 손짓을 할 때마다 두젠은 의지를 잃은 꼭두각시 인형처럼 부자연스럽게 겁에 질려 있는 복면인에게로 다가갔다. 두젠은 몸에 마나를 일으켜 대항해 보았지만 아무런 소용이 없었다.

"크으으!"

흑발의 청년이 좀 더 힘을 가하자 두젠의 손에서 흰 빛을 내뿜는 강기가 맺혔다.

"자, 이제 네 손으로 그 한심한 놈에게 안식을 선사해라."

자포자기한 듯 눈을 감아버리는 복면인을 향해 두젠의 권강이 쇄도하려 했다. 바로 그 순간이었다.

퍽!

주먹에 얻어맞는 소리와 함께 두젠이 힘없이 바닥으로 쓰러져 버렸다. 그 광경에 흑발의 청년은 입술을 깨물었다.

"누가 네 멋대로 교인들을 죽이라고 했느냐?"

흑발의 청년은 눈앞에 나타난 자를 두려워하는지 뒷걸음질치며 그에게서 멀어지려 했다.

"왜 나를 피하느냐?"

어두운 그림자에 가려져 있던 자가 앞으로 걸어 나오자 횃불에 얼굴이 드러났다.

한 치에 흐트러짐이 없는 올백으로 올린 백발의 머리카락, 검은 정장을 입고 있는 미청년이 날카로운 눈으로 흑발의 청년을 바라보고 있었다.

'또 저런 눈이야. 제길.'

"변명을 해보려무나."

"동료를 버리고 온 놈을 처벌한 것뿐입니다."

"교인을 죽이는 것이?"

"…그렇습니다."

백발청년의 눈동자는 모든 것을 꿰뚫어 보는 것만 같았다. 피하려고 해도 피할 수가 없었다. 눈을 마주친 순간부터 벗어날 수 없게 만들었다.

백발의 미청년, 인탁은 입술을 깨문 채 아무런 변명조차 하지 못하는 청년을 뚫어지게 쳐다보았다. 냉철하게 키울 목적이었는데 오히려 냉철하다기보다는 냉정, 아니, 잔인하게 성장해 버렸다. 마치 날카로운 모가 난 돌처럼 말이다.

"린아."

"…네."

"그자가 모습을 드러냈다."

린아라 불린 흑발의 청년의 눈에 선홍빛 살기가 감돌았다.

증오로 물든 가슴을 지닌 린아의 모습에 인탁의 입꼬리가 올라갔다. 분노에 젖어 있는 린아의 모습은 그를 너무도 흡족하게 만들었다.

"그자는 어디에 있습니까?"

"글쎄, 정보통에 따르면 파무르 제국을 향하고 있다고 들었다."

"…잘됐군요."

"오망성에 해당하는 국가는 이미 다른 호법들이 함락시킨 채 대기 중이지."

"그건 저도 알고 있습니다."

"그래?"

각 다섯 제국, 왕국을 함락시킨 것은 반란군이라는 명목 하에 있는 흑색교단의 호법들이었다. 훼일리스를 제외한 여섯 호법 중 서열 2위에서 6위까지의 자들은 이미 그곳을 정벌을 끝냈고, 파무르 제국의 멸망을 기다리고 있었다.

인탁이 의미심장한 목소리로 그에게 명을 내렸다.

"교단의 호법 서열 1위인 네가 우리의 최종 목표인 파무르 제국을 멸해라."

린아라고 불리는 이 흑발의 청년이 바로 흑색교단의 호법 서열 1위였다. 실제로 흑색교단의 진정한 실세라고 할 수 있는 자가 바로 린아였다.

"명을 받들겠습니다."

린아는 양손을 가지런히 모아 부복을 취했다. 이어지는 대답을 기다렸지만 아무것도 들려오지 않아 고개를 들어보았지만 백발의 인탁은 이미 사라진 지 오래였다.

쾅!

인탁의 기척이 완전히 사라졌다고 느낀 린아는 멀쩡한 벽을 주먹으로 쳤다. 벽은 그의 감정이 실린 주먹을 이길 수 없었는지 부서져 내렸다.

흑발의 머리카락과 달리 바다와 같은 색을 지닌 린아의 눈에는 의미를 알 수 없는 눈물이 고여 있었다.

*　　　*　　　*

첨벙!

"후아아~"

김이 모락모락 올라오는 뜨거운 물에 몸을 담그는 순간 온몸의 피로가 풀리는 듯한 기분이 들었다. 근 백 년 만에 목욕을 하니 기분이 좋았다. 그러나 이내 물에 들어간 지 불과 5분 만에 역한 냄새가 올라왔다.

"쿵쿵! 이런!"

그 냄새가 얼마나 심한지 우현은 코를 막고 물에서 나와 버렸다.

백 년 동안 씻지 않은 덕에 때가 묵을 대로 묵어 있었다. 물을 순식간에 오염시키는 것은 매우 쉬운 일이었다.

"우웩!"

"이게 무슨 냄새야!"

지독하게 역한 냄새를 맡은 것은 우현만이 아니었다.

물속에 들어가 있던 다른 사람들이 요동치는 냄새에 물 밖으로 뛰어나왔고 심지어는 토악질까지 해댔다.

'무, 무진장 미안해지네.'

유빈이 왜 이곳에 와서 개인 목욕실을 찾았는지 이제야 이해할 수 있는 우현이었다. 마을이 제법 크긴 했으나 도시가 아니다 보니 개인 목욕실이 있는 여관이 없었다. 결국은 공중 목욕실로 들어왔는데 주위 사람들에겐 민폐 그 자체였다.

"에라, 적당히 적셨으니 때나 밀어야겠다."

우현의 그 말은 주위 사람들에게 파문을 일으켰다. 그들의 입에선 상상도 불허할 수 없는 욕들이 난무하고 있었다.

"더러운 놈!"

"구린 놈!"

"xxx하고 xxxx!"

주위 사람들의 살기 넘치는 눈빛이 걸리기는 했지만 애써 무시하며 몸을 닦는 우현이었다.

"크흠!"

우현이 이렇게 사람들의 눈치를 봐가며 목욕을 하고 있을 때, 나름대로 더욱 난감한 상황을 맞고 있는 자가 있었으니…….

김이 뿌옇게 올라오는 이곳은 여성 전용 목욕탕이었다. 여관은 대개 여행자들이 묵는 곳이다 보니 목욕탕에는 사람이 번잡했다.

"어머! 저것 봐. 피부가 정말 뽀얗다!"

"부러워 죽겠어. 몸매가 정말."

목욕탕 내의 여성들의 부러움과 시샘이 가득한 시선을 한눈에 받고 있는 한 미녀가 있었다.

젖은 붉은 머리카락이 묘한 색기를 발하는 이 아름다운 여인은 다름 아닌 유빈이었다. 여자들의 묘하게 따가운 시선에 유빈은 마음이 심란하기 짝이 없었다. 얼굴을 붉힌 채 고개를 들지 못하고 있는 그녀의 모습은 수줍은 여인과도 같았다. 물론 그것은 보는 이들의 착각이었다.

'젠장! 왜 하필 저녁쯤에 목욕 얘기를 꺼내서……'

지금 유빈은 말 그대로 쪽팔림 그 자체였다.

마을의 여관에 도착해 냄새가 진동을 하는 우현을 그냥 두고 볼 수 없었던 유빈은 강력하게 목욕을 권유했다.

우현은 하기 싫다고 거절했지만 유빈은 30분 가까이 쫓아다니며 '목욕해! 목욕해! 목욕해!' 하며 달달 볶아대니 별수가 있겠는가.

그런데 우현은 어이없는 제안을 유빈에게 했다. 어차피 자신도 목욕을 하니 같이 하자는 것이었다. 저녁이라 모습이 변했는지라 망설였지만 이내 유빈은 제안을 받아들였다. 그 당시까지는 여관이 개인 목욕실이 없을 거라곤 생각지 못했기 때문이다.

'목욕들은 안 하고 나만 쳐다보나!'

김이 올라오는 따뜻한 물에 들어가 시선을 피해볼까 해도 어떤 식으로든 그녀들의 눈을 피할 수 없는 유빈이었다.

여자들의 심리란 알 수가 없다. 그녀들은 얼굴을 붉히는 유빈의 모습에서 단순히 수줍어 한다고 판단하곤 그것을 즐기고 있었다.

그렇게 곤욕을 치러가며 목욕을 끝낸 유빈은 먼저 식당으로 나와 맥주를 마시고 있었다.

아직 머리카락이 마르지 않아 물기에 젖어 있는 유빈이 여관 내 남성들의 마음에 불을 지르고 있었다.

'가면을 썼어야 했나.'

식당의 남자들이 음식은 제대로 먹지도 않은 채 정신없이 자신을 바라보자 굳이 여관에서까지 가면을 쓸 필요가 없다고 여겼던 유빈은 점점 후회가 되고 있었다.

탁!

그때 한 호리호리한 중년의 남자가 맞은편 비어 있는 의자에 앉았다. 우현이 오면 앉으라고 비워두었는데 웬 터무니없는 녀석이 떡하니 앉자 느끼하게 쳐다보니 유빈은 어이가 없었다.

"레이디, 혼자 식탁에 앉아 있는 모습이 외로워 보이는군요."

"푸웃!"

"……"

얼마나 황당했는지 유빈은 머금고 있던 맥주를 앞에 앉아 있는 느끼한 중년인의 얼굴에 뿜어버렸다.

중년인은 갑작스러운 맥주 세례에 잠시 당황한 듯했으나 이내 손수건으로 닦고는 다시금 느끼한 얼굴로 돌아갔다.

"축축하군요."

"허허, 이것 참, 미안하군."

앞의 중년인이 마음에 들진 않지만 유빈은 미안하다고 했다. 물론 영락없이 늙은 영감 말투로 말이다.

미성으로 영감의 말투로 말하는 것이 어색하게 느껴졌지만 중년인은 그러려니 하며 유빈에게 다시 한 번 추파를 던졌다.

"정 그렇게 미안하다면 제게 시간을 내주시면 어떻습니까, 레이디?"

이성이라는 것은 유지할 수 있는 한계점이 있다. 그것을 넘어서게 된다면 극도로 흥분하게 되어버린다.

"누가 레이디야, 이놈!"

식탁을 박차고 일어난 유빈은 그 자리에서 곧장 느끼한 중년인을 발로 차버리려 했다. 그러나 그의 발이 닿기 전에 중년인의 몸이 의자에서 떠올랐다.

"으어어어어!"

중년인의 목덜미를 누군가가 고양이 잡듯 들어올린 것이다. 한순간 이성이 끊어진 유빈은 그 광경에 정신을 차릴 수 있었다.

바둥바둥!

중년인은 안간힘을 다하며 벗어나려 하는 모습이 더욱 우습기만 했다.

유빈의 시선은 천천히 목덜미를 잡고 있는 자에게로 향했다.

날카로운 눈매에 종사의 위엄을 가진 짧은 흑발의 훤칠한 사내였다. 주위의 사람들은 바둥거리며 벗어나려 하는 중년인의 모습에 키득거리며 비웃고 있었으나 이 사내의 등장에 어리둥절해하고 있었다.

"누구 여자한테 추파를 던지는 거냐?"

획! 콰당탕!

사내가 중년인을 식당의 한구석으로 던져 버리자 얼마나 세게 던져

졌는지 중년인은 기절한 듯 자리에서 일어나지 못했다.

이에 쓰러진 중년인의 동료로 보이는 이들이 자리에서 벌떡 일어나 사내를 노려보았지만 위엄이 담긴 눈빛에 질려 버렸는지 중년인을 데리고 여관에서 나가 버렸다.

"멋있냐?"

"…너냐?"

"크큭, 수염 좀 깎으니까 한 얼굴 하지?"

짧은 흑발의 사내는 다름 아닌 우현이었다. 텁수룩하던 머리도 깎아서 단정했고 수염을 밀었더니 한결 젊어 보였다.

'나 잘했지?' 하는 만족스러운 얼굴을 하고 있던 우현이 눈살을 찌푸리며 푸른 빛을 내고 있는 유빈의 주먹을 쳐다보았다.

"…누가 네 여자냐!"

퍽! 쾅!

"크억!"

멋있게 등장해서 여자를 구하는 백마 탄 왕자님 역할까지는 좋았지만, 상대는 연약한 공주가 아닌 유빈이었다.

그대로 심후한 내력이 실린 주먹에 맞고 식탁에 머리가 처박힌 우현이었다.

"웅성웅성!"

"애인을 저렇게 때려도 되는 거야?"

"잘생겼는데 정말 불쌍하다."

사정을 모르는 식당에 있는 사람들은 들리지 않을 거라 생각했는지, 유빈을 쳐다보며 속닥거렸다. 이에 심통이 난 유빈은 날카롭게 그들을 노려보며 경고했다.

"그만들 지껄이고 밥들이나 먹지 그래?"

살기 넘치는 유빈의 말에 무안해진 그들은 고개를 돌리고 먹는 것에 열중했다.

한동안 기분이 풀리지 않은 듯 맥주를 연거푸 들이키는 유빈을 보며 미안한지 우현은 머리를 긁적였다.

"화 많이 났냐?"

"별로."

"정말이냐?"

"그래."

"화 많이 난 것 같은데……."

대답하는 것도 귀찮아졌는지 유빈은 맥주 한 잔을 한 번에 들이켰다.

낮에는 인간 남자로, 밤에는 뱀파이어 여자로 지내야 하는 것을 잊으려고 했는데 오늘 각인이 되고 말았다.

"야~ 너, 맥주 들이키는 모습이 섹시한데?"

확실히 유빈의 그 모습은 뭇 남성들의 마음에 불길을 지를 만큼 매혹적이긴 했다.

퍽!

"끄억!"

"네놈이 매를 버는구나."

소리를 지르며 탁자에 머리를 박는 우현이었지만 사실 그것은 아픈 척 엄살을 부리는 것에 불과했다. 예전에도 유빈에게 이런 식으로 장난을 쳤던 적이 있어 그때가 떠올라 한 행동이었을 뿐이다.

"야야, 어차피 밤에는 여잔데 칭찬에 익숙해야 하지 않겠냐?"

"별로 칭찬으로 안 들려."

"여자한테 예쁘다는 말은 칭찬이야."

"칭찬이 아니라 추파를 던지는 것 같은데. 안 그래?"

순수한 의도로 여성에게 예쁘다는 말이야 칭찬일지 모르겠으나 젊은 사내가 '아가씨, 정말 섹시한데'라고 한다면 누가 칭찬으로 들을 것인가. 추파를 던진다는 생각밖에 들지 않을 것이다.

"정말 순수하게 한 말이야, 인마."

"그래그래."

"아쉽네. 차라리 완전히 밤낮으로 여자면 더 좋을 텐데……."

스윽!

"왜? 내가 그렇게 예뻐 보여?"

유빈이 아름다운 홍안(紅眼)을 반짝이며 얼굴을 가까이 하자 우현은 순간 당황한 듯 얼굴을 붉혔다. 분명 마음속으로는 유빈이라고 되뇌고 있지만 그 모습은 너무도 아름다웠고 사람을 혹하게 만들었다.

꿀꺽!

"어이어이, 지, 지금 날 유혹하는 거냐?"

"왜, 유혹하는 것 같아?"

유빈이 매혹적인 눈빛으로 얼굴을 더욱 가까이 하자 우현은 타버릴 듯 얼굴이 붉게 달아올랐다. 피하려고 해도 눈이 저절로 유빈의 탐스러운 앵두 같은 입술로 향하고 있었다.

쿵!

"끄억!"

전혀 예상치 못한 상태에서 기습적으로 박치기를 당한 우현은 이마를 붙잡고 고통을 호소했다.

"거봐! 흑심을 품고 있잖아!"

"니, 니가 얼굴을 그렇게 들이대니까 그렇지!"

"내가 변태냐? 너한테 얼굴 들이대면 무슨 입이라도 맞출 거라는 기대를 한 건 아니겠지?"

"서, 설마!"

사실 한순간이나마 입술을 탐하고 싶다는 생각을 했지만 내력이 실린 박치기에 이성을 되찾았으니 다행이라고 할 수 있었다. 우현은 머리 속으로 렌을 떠올리며 최대한 진정시켰다. 모습이 변했지만 친구를 여자로 생각할 만큼 멍청하진 않았다.

유빈은 모르고 있었지만 뱀파이어들은 흡혈 능력 외에도 매우 특별한 능력을 지니고 있었다. 그것은 바로 매혹(Charm)이다. 그들은 상대방이 자신에게 호감과 성적 매력을 느끼게 하는 능력을 지녔다. 그것을 이용해 사람을 꾀어내어 안전하게(?) 흡혈을 하는 것이었다.

본래의 아름다움도 있었지만 그 매혹의 진정함을 지닌 것은 바로 뱀파이어 퀸이다. 정신력이 강하고 우정이 짙은 우현조차 넘어갈 뻔했으니 얼마나 매혹의 위력이 대단한지 알 수 있었다.

"세명이보고 조심하라고 당부해야겠어."

"어이어이, 이제 그만 하라고. 계속 그러면……."

"그러면?"

"민망하잖아."

호쾌하게 한 번 웃으면서 넘어가면 좋겠는데 이상하게 화를 낸다거나 웃으면서 넘기기가 뭐했다.

"어쨌든 내일이면 세명이를 만날 수 있겠구나. 크큭, 기대되는데? 그 녀석 여전히 웃을 때 헤헤헤거리며 웃냐?"

"뭐, 항상 그렇게 웃어."

"자식, 그 독특한 버릇 좀 고쳐졌나 했더니. 크큭."

'너나 고쳐라.'

세 명은 약간 간드러진 목소리로 '헤헤헤' 하며 웃지만 우현은 말끝마다 '크큭' 거리며 웃는 것이 남을 비웃는 것만 같았다.

식당의 한구석에서 식사를 하는 한 여행 파티들의 심각한 대화 소리에 유빈과 우현은 본의 아니게 귀를 기울여 듣게 되었다.

"그 소문 들었어요?"

"어떻게 다섯 국가에서 동시에 반란이 일어날 수 있는지. 쯧쯧, 말세야, 말세."

"불과 이틀 만에 함락당했다고 하더군요."

여행 파티들의 대화를 듣는 유빈의 얼굴이 굳어져만 갔다.

검은 복면인들에 의해 무차별한 학살이 이뤄진다느니, 흑월이라는 자 역시도 그들 속에 끼어 있다는 등 유빈의 눈살을 찡그리게 만드는 얘기였다.

"어쨌든 서둘러야겠어요."

"얼른 성도로 가야 합니다. 길드장께서 직접 움직이셨으니 대륙의 용병들이 파무르로 모여들겠죠."

"도착하기 전까지 파무르에 전쟁이 일어나지 않았으면 좋겠어요."

"후우, 글쎄 말이오."

파티들은 바로 길드 소속의 용병들이었다. 길드장의 소환으로 인해 대륙의 쉬고 있는 용병들이 전부 파무르 제국의 성도로 모여든다며 자신들도 그곳으로 향한다고 얘기하고 있었다. 곧 파무르 제국에 전쟁이 일어날지도 모른다는 불길한 소문과 함께.

"파무르 제국이라면 세명이 있는 곳이 아니냐?"

"…아무래도 내일 새벽 일찍 서둘러 출발해야겠어."

*   *   *

파무르 제국으로 오는 사람들의 발길은 끊이지 않고 있었다. 그들은 마법사 길드에 속해 있는 마법사들을 비롯해 각 대륙의 용병 길드 지부의 용병들이었다. 불행히 그나마 가장 가까이에 있던 국가들이 동시에 전부 함락당했기 때문에 우방국을 통한 원군 요청은 불가능했다.

"정규군과 근위대를 통틀어 20만 정도 됩니다."

"평화 조약 때문에 발이 묶이는군."

대륙 평화 조약으로 인해 군을 일정 이상 양성할 수 없기에 20만이 한계였다. 다행인 점은 대륙의 중앙 쪽에 위치한 파무르 제국의 성도에 길드들이 자리를 잡고 있다는 것이다. 각 길드들은 스스로를 보호하기 위해서라도 성도를 지킬 수밖에 없는 처지인 것이다.

에스트로넨 공작이 모든 것을 총괄해서 방위 체제를 형성하고 있었다. 마왕이 나타나도 막을 수 있을 정도로 견고한 난공불락의 요새로 성도를 만들어야 했다.

"용병들이나 그 외 마법사들은 어떤가?"

황제의 물음에 공작이 미소를 지으며 답했다.

"용병으로만 이루어진 군이 17만에 이릅니다."

"대단하군. 용병들의 수가 그렇게 많을 줄은 몰랐어."

대륙에 뿔뿔이 흩어져 있던 용병들이 전부 성도로 모인 것이니 당연했다. 용병 길드를 함부로 하지 못하는 데에는 달리 이유가 있는 것이 아니었다.

"용병들 중에 여덟 명 정도의 소드 마스터가 있고, 두 명의 그랜드 소드 마스터까지 있습니다. 더군다나 길드에 속해 있는 고위 마법사들까지 참전해 주었습니다."

"대단해! 정말 멋지구려."

이 정도의 병력이라면 대륙 정벌도 가능했다. 이런 엄청난 전력은 알 수 없는 절대적인 적을 막기 위한 방위군인 것이다. 이들로도 막는 것이 불가능하다면 파무르 제국 앞에는 멸망만이 존재할 것이다.

어전회의실에서 이렇게 젊은 황제와 신료들이 방위 계획을 짜고 있을 무렵, 마법사들은 바쁘게 성도를 둘러싸고 있는 외곽 성마다 빼곡히 심벌을 새겨가며 방어 결계를 만들고 있었다. 건국 초부터 새겨진 방어 결계가 있긴 했지만 적이 너무도 강하기에 이중 삼중으로 결계를 치고 있는 것이었다.

"심벌을 깊게 새겨 넣게나!"

마법사들은 부상을 입었으면서도 쉬지 않고 자신들을 총괄하며 심벌을 새겨 넣는 일을 돕고 있는 대현자 살레프에게 감명받아 그들 역시 쉬지 않고 심벌을 새겨 넣고 있었다.

제국은 알 수 없는 적을 막기 위해 단결하고 있었다.

한편 제국에 도착한 것은 용병들만이 아니었다.

에메랄드 빛깔의 성도의 도개교 앞으로 한 노인과 금발의 소녀가 도착해 있었다.

"늦지는 않은 것 같군요."

"다행이에요."

전쟁은 아직 발발하지 않은 상태였다.

서둘러 와서 그런지 그들의 몰골은 말이 아니었다. 입고 있는 옷이 많이 너저분했다. 덕분에 검문소의 경비병들이 그녀를 단순히 평민으로 여겼는지 신분증 제시를 요구했다. 대개 귀족가의 자제들에게는 신분증을 제시하지 않는다.

"신분증을 확인하겠습니다."

전보다 훨씬 경비가 삼엄하다. 무장한 경비병만 하더라도 백 명이 넘었다. 검문반의 경비병은 세명의 신분증을 확인하는 순간 태도가 180도로 달라졌다.

"성도로의 귀환을 환영합니다, 공녀님."

"아, 네."

"대기하고 있는 마차가 있으니 공작 댁까지 모셔다 드리겠습니다."

에스트로넨 공작의 영애라는 신분은 병사들에게 있어서 황녀와도 같았다. 제국의 기둥이라 불리는 공작의 영애의 너저분해진 옷만을 보고 함부로 대했으니 조심스러워질 만도 하다.

"어떻게 할까요?"

"쉬지 않고 왔으니 마차를 타고 가도 좋을 것 같습니다. 늙은이는 허리가 아파서… 클클."

나이가 지긋한 마법사인 휀일리스가 밤새도록 쉬지 않고 왔으니 몸에 무리가 올 만도 했다. 더 이상 걸어서 갈 수 있을 것 같지가 않았다.

"휴… 그럼 부탁드립니다."

외공을 단련하지 않은 세명 역시도 쉬지 않고 와서 피곤하기는 마찬가지였다.

저택으로 가는 동안에 세명은 마차 안에서 운기조식에 들어갔다. 체력이나 심력을 회복하는 것에 운기조식만큼 좋은 것이 없기 때문이다.

눈을 감고 운기조식을 하느라 마차 밖의 동향을 모르는 세명과 달리 휀일리스는 전초의 긴장으로 인해 조용해진 성도를 볼 수 있었다.

'제국이 긴장하고 있는 건가? 크흠.'

무슨 연유에서인지는 모르나 교단은 파무르 제국을 없앨 준비를 오랫동안 해왔다. 그것이 이뤄지는 것은 이제 시간문제였다. 아무리 발버둥 친다고 하더라도 벗어날 수 없는 것이다.

전초의 분위기로 인해 제국 전체가 긴장감에 휩싸여 있었고, 그 역시도 최악의 경우를 생각하고 있었다. 마음 같아서는 가족들만이라도 피신시키고 싶었으나 자신은 이 제국의 공작이다. 죽는다면 제국과 함께 죽어야 한다.

어전회의를 마치고 잠시 쉬기 위해 본가에 들른 공작은 뜻밖의 손님에 반가워한다.

"네이린!"

"아버지!"

은발의 제압자를 찾기 위해 나간 딸, 네이린이 돌아온 것이다. 다시는 보지 못할 수도 있다는 생각을 했던 공작은 딸을 보는 순간 자신도 모르게 눈물을 글썽이며 그녀를 꼭 안았다.

'눈물?'

그녀의 이마로 뜨거운 눈물이 한 방울씩 뚝뚝 떨어졌다.

세명(네이린)은 공작의 마음속에 불안감과 슬픔으로 가득 차 있다는 것을 알 수 있었다. 전쟁의 최악의 경우를 생각하고 있는 듯했다.

"울지 마세요."

스윽.

세명은 손수건을 꺼내어 그의 눈물을 닦아주었다. 황궁 대전에서는 제국을 받치는 기둥으로서의 위엄을 보였고 모두의 버팀목이 되었지만, 그 역시도 한 사람의 가장이자 아버지로서 불안감은 어찌할 수가 없는 것이다.

"네이린, 지금 제국은 전쟁이 일어날 수도 있단다."

"전쟁이오?"

전쟁이 일어날 것을 알고는 있었지만 세명은 모른 척할 수밖에 없었다. 예전의 그라면 진지해져 사태를 타개할 방법을 찾으려 하겠지만 이곳에선 공작의 사랑스러운 딸이기 때문이다.

'여차하면 나도 나서야 할지 모르겠군.'

그들 정도라면 몰래 도와줄 수준의 상대가 아니다. 어쩌면 공작에게 자신의 진면목을 밝혀야 할지도 몰랐다.

"…한단다."

다른 생각을 하느라 제대로 듣진 못했지만 요약하자면 전쟁이 일어나게 된다면 단순히 폐망하는 것이 아닌 제국 내의 사람들이 모두 죽을지도 모른다는 말이었다.

"그들의 목적이 뭔지는 모르겠지만 단순히 함락시키는 것만으로 끝내지 않겠다니, 이 아비는 네가 걱정되는구나."

끈끈한 부정(父情)을 느낄 수 있었지만 오히려 공작이 더 걱정되는 세명은 씁쓸한 얼굴로 그의 말을 들어야 했다.

"그러니 네이린."

쾅!

공작의 말이 완전히 끝나기도 전이었다.

저택 전체가 흔들릴 정도로 거대한 굉음 소리가 들려왔다.

"벌써? 크으! 네이린, 집에 꼼짝 말고 있어라!"

"아버지!"

굉음에 당황한 공작은 네이린을 보며 당부하듯 소리를 치곤 저택 밖으로 뛰어나갔다.

외부에서 성의 외곽에 쳐져 있는 결계에 강한 충격을 주면 이런 거대한 굉음이 나게 되는데, 그만큼 적의 공격이 크다는 뜻이었다. 일정한 간격으로 성도에는 굉음 소리와 함께 지진이라도 난 것처럼 주위가 흔들렸다.

"결계는 얼마 있지 않아 부서질 겁니다."

잠시 자리를 피해 있던 훼일리스가 모습을 드러냈다. 마도사인 그는 결계가 충격을 받으면서 나는 소리임을 금방 간파한 것이다.

"저들에겐 마법을 무력화시키는 마도구가 있습니다."

"마법을 무력화시킨다구요?"

"성에 결계를 친 덕분에 오히려 저들이 마력을 무력화시키는 데 도움만 되었을 겁니다."

"마법이 무력화되면 어떻게 되는 거죠?"

"크흠, 말 그대로 마법을 쓸 수 없게 됩니다."

마법 중에는 적의 마력을 무력화시키는 주문이 존재한다. 하지만 그것에는 시간 제약과 마나의 소모가 심해 마법사들이 쓰는 것을 피한다. 그러나 과거 마도 시절 때 마도구의 힘을 빌린다면 그런 제약을 없애는 것이 가능했던 것이다.

"가서 막아야겠어요."

"늦었을 수도 있습니다."

"마법으로 성 외곽까지 갈 수 있나요?"

"물론 가능하지요."

성도의 공간 좌표에는 어느 정도 익숙해졌기에 언제든지 텔레포트가 가능했다. 훼일리스 정도의 마도사는 텔레포트 정도는 자주 쓰는 마법이기 때문에 무영창(캐스팅과 스펠을 필요로 하지 않고 마음만으로 쓰는 마법)으로도 가능했다.

우웅!

훼일리스의 손을 잡자 푸른 빛이 잠시 번쩍이더니 주위의 배경이 달라져 있었다. 텔레포트 마법을 처음 겪어보는 세명은 신기한지 눈을 깜빡거리며 주위를 둘러보았다. 그 모습만 본다면 영락없이 소녀였다.

그들이 도착한 곳은 바로 성의 내벽이었다.

에메랄드 빛깔을 머금은 성벽은 성스러운 기운을 풍기고 있었다. 결계로 마기의 침입을 막아놓은 이 성벽에는 이중 심벌이 새겨져 더욱 견고해져 있었다.

"이런……."

세명은 항상 성벽을 볼 때마다 걱정을 하고 있었다. 그 역시도 도가 방통의 대가이다 보니 천 년간이나 자연스러운 기의 흐름을 막아놓은 성벽을 쉽게 알아챌 수 있었다.

'맙소사! 성이 조금이라도 부서지는 순간 제국이 멸망하는 것도 시간문제겠어.'

마기 역시도 자연스러운 흐름을 타고 흘러줘야 하는데 제국의 성벽으로 인해 그것이 막혀 있었다.

호스를 막아놓으면 물은 역류하는 것이 아니라 막힌 곳을 중심으로 부풀어 오르게 된다. 그리고 막은 곳을 푸는 순간 한 번에 물이 쏟아져 내려 입게 되는 폐해는 말로 이를 수가 없다.

이래저래 성을 보호해야만 하는 상황이었다. 성의 결계는 여전히 충격을 받고 있는지 일정 간격으로 굉음 소리와 함께 이젠 진동마저 느껴졌다.

"성벽 가까이에 있어서 그런지 진동까지 느껴지네."

"이중 심벌이라 확실히 견고하기야 하겠지만 시간이 문제지요."

얼마 있지 않아 성벽은 부서질 것이기 때문에 일단은 위로 올라가서 상황을 살펴야 했다.

"먼저 올라가요."

"에?"

휙!

무당의 경공인 제운종이었다.

세명은 경공을 펼쳐 성벽 위로 올라섰다.

훼일리스는 그런 그녀의 모습을 보며 고개를 절레절레 흔들었다.

"어, 엄청 많네!"

세명은 성밖을 쳐다보며 놀라움을 감추지 못했다. 그때 그녀가 상대했던 검은 복면인들이었는데, 그 수가 장난이 아니었다. 수를 헤아릴 수 없을 정도인 것이다.

"이만 명이로군요."

언제 올라왔는지 훼일리스가 그녀의 옆에서 말했다.

"그걸 어떻게 알아요?"

"대략적인 숫자입니다. 클클. 그리고 마단의 수가 이만 명 정도인 것은 교단에 있을 적부터 알고 있었으니 말이죠."

한마디로 알고 있었다는 말이다.

세명은 저들을 보면서 매우 심각해질 수밖에 없었다. 전에 그 숫자만으로도 상대하기가 껄끄러웠는데, 이만 명이라는 적이 진을 쳐서 상대한다면 아무리 그라고 할지라도 당하고 말 것이다.

다행인 점은 이들은 정면 돌파가 목적인지 세 개의 성문 중 정중앙의 문 앞에 마단의 병력을 집중해 놓았다.

"저건 뭐 하는 짓이지?"

삼백 명 정도 되는 검은 복면인들이 진을 세워 한 사람에게 모든 기운을 집중시켜 성의 결계에 일장씩 먹이며 충격을 가하고 있었다.

쿵!

삼백여 명이라는 수의 공력이 모이다 보니 그 위력은 정말 대단했다. 삼중 결계가 쳐져 있는 성벽이 심하게 울릴 정도니 말이다.

바로 그때였다.

검은 복면인들 사이에서 한 회색 가면을 쓴 자가 서서히 공중으로 떠올랐다.

회색 가면의 사내는 마법사라도 되는 것처럼 독특하게 생긴 금색 지팡이를 들고 뭔가를 중얼거리고 있었다.

"아가씨! 저 지팡이가 마도구요!"

회색 가면의 사내가 들고 있는 금색 지팡이는 점점 붉게 물들고 있었다. 세명은 조금의 망설임도 없이 검기를 날렸다.

치치칙!

그러나 세명의 검기는 회색 가면의 사내를 둘러싸고 있는 이상한 막에 가로막혀 그대로 소멸되고 말았다.

파팡!

검기가 통하지 않는다는 생각에 강기를 끌어올리려 했던 세명은 찰나의 순간 세상이 붉은색 빛으로 물드는 것을 볼 수 있었다.

"느, 늦었어!"

훼일리스는 몸속의 마력이 수축되는 것을 느낄 수 있었다. 단순히 사일런스와 같이 영창 마법을 쓰지 못하게 하는 것이 아니라 마력 자체를 완전히 봉해 버리는 주문인 것이다.

빛의 범위는 적어도 성도 전체를 뒤덮을 만큼 밝았다. 이로써 파무르 제국은 힘의 절반가량을 잃었다고 할 수 있었다.

찌릿!

마력이 봉인되는 바람에 혼란에 빠진 훼일리스는 망연자실해졌다.

반면 세명은 회색 가면 속에 숨겨진 날카로운 살기가 자신을 향해 있다는 것을 느꼈다.

"내 존재를 눈치챘구나."

결국 들키지 않고 몰래 도와주려 했던 계획은 무산되었다고 생각할 찰나,

"와아아아아!"

하늘을 찌를 듯한 함성과 함께 흑색마단의 좌우로 엄청난 수의 군이 몰려왔다, 성도 앞 전체가 순식간에 개미 떼로 뒤덮였다는 느낌이 들 정도로.

정식적으로 소집되지 않아서 그런지 일사불란하지는 않았지만 기세만큼은 그런대로 볼 만했다. 아무래도 수적으로 압도적으로 우세하다고 여긴 탓이었다.

"아아, 다행이다."

회색 가면의 신경은 좌우를 둘러싸고 있는 엄청난 수의 제국, 용병군에게로 돌아갔다. 이때까지와 달리 이렇게 많은 수의 군을 접하는 것은 그들 역시도 처음이었는지 긴장한 기색이 역력했다. 아무리 강자라 할지라도 수많은 기세 앞에선 위축되는 것이 당연한 이치였다.

좌우군을 앞장서서 통솔하고 있는 자들은 다름 아닌 전대 용병왕인 갈리온과 제국의 무관 귀족으로 보이는 한 중년인이었다. 두 사람 다 검에 푸른 빛줄기의 검강이 발하고 있었다.

내공 소모가 심한 검강을 발해가며 군을 이끈다는 것은 어떠한 타협도 없이 전쟁을 바로 벌이겠다는 의미이기도 했다.

물론 이것은 군의 병사들의 사기를 높여주는 역할도 했다. 그랜드

소드 마스터들이 앞장서서 나서는데 어찌 기가 살지 않겠는가.

"우리의 조국과 가족을 수호하자! 한 명의 적도 살려둬선 안 된다!"

"와아아아!"

병법을 아는 무관 출신의 장군답게 군사의 사기를 최대한 끌어냈다. 파죽지세의 기세로 단숨에 밀어붙이려는지 수만에 달하는 군마가 뿌연 먼지와 함께 파도처럼 밀려왔다.

이때까진 누구도 그런 엄청난 일이 일어날 거라곤 상상하지 못했다.

군마가 검은 복면인들을 덮치려는 순간 엄청난 살기가 좌중을 휘어잡았다.

군인들의 기세가 실린 군마는 본래 한번 달리기 시작하면 잘 멈추지 않는데, 기세가 얼마나 흉흉한지 군마가 멈춰 선 채 앞으로 가려 하지 않았다.

"아니, 말들이 왜 이러는 거지?"

"워어어! 어서 달리지 못해!"

군인들은 말을 때려가며 재촉했지만 말들은 공포에 사로잡혀서 꼼짝도 하지 않았다. 그때 허공에서 누군가의 외침 소리가 들려왔다.

"아수라참대멸겁!"

콰콰쾅!

이루 말할 수 없이 참혹한 광경이었다.

순식간에 거대한 폭발과 함께 뿌연 먼지가 사방을 뒤엎어 잠시 동안 앞을 볼 수 없을 정도였다. 성벽 위에서 지켜보고 있는 세 명 역시도 놀랐는지 입을 다물지 못했다.

먼지가 가라앉는 순간, 땅바닥에 어마어마하게 거대한 검흔이 새겨진 것을 성벽 위에 있는 세명만이 알아보았다.

"멸(滅)!"

거대한 검흔이 성도 앞에 새겨져 있었는데 다름 아닌 '멸' 자였다. 더욱 참담한 것은 검흔으로 패어 있는 곳에 제국군의 붉은 피가 고여 있다는 점이었다.

"저, 저길 봐!"

"저놈이!"

"괴, 괴물이야!"

"이런 말도 안 되는 일이 어떻게……!"

제국군의 일 할가량을 단숨에 날려 버린 자는 흑발을 등허리까지 기른 한 청년이었다.

그의 손에는 붉은색의 장검이 들려 있었다.

그는 흉흉한 살기로 인해 누구도 범접하지 못하게 만드는 압도적인 공포감을 자아낸다.

흉흉한 살기를 머금고 있는 긴 흑발의 청년은 좌중을 한 번 돌아보고는 마치 관심이 없어졌다는 듯이 붉은색 검신을 지닌 장검을 왼손에 들고 있던 검집으로 집어넣었다.

흑발의 청년은 몸을 뒤로 돌리더니 전혀 예상 못한 행동을 했다. 언제 몸을 움직였는지 어느새 검은 복면인들 사이에 있던 회색 가면 사내의 목을 움켜쥐고 있었다.

회색 가면의 사내는 괴로운지 몸을 부들부들 떨고 있었지만 어떠한 신음 소리조차 내지 않았다.

공포에 질린 제국군은 멍하니 흑발청년이 하는 행동을 지켜볼 뿐이었다.

'전의를 상실했어.'

한번 군의 사기가 꺾여 버리면 되살리기 힘들다. 그런데 그것을 넘어서 적에 대한 공포감이 심어지게 된다면 전의를 상실해 더 이상 전쟁을 치를 수가 없게 된다.

방금 전 끔찍한 참사를 보게 된 것은 제국군들만이 아니었다.

"어, 어떻게 이런 일이……!"

"잔인하기 짝이 없군."

정중앙의 성벽 위에 있던 에스트로넨 공작과 대현자 살레프 역시도 똑똑히 보았다. 그들의 얼굴 역시도 다른 이들과 별반 차이가 없었다. 하얗게 질려서 입을 다물지 못하고 있었다.

파무르 제국은 왜 주위 다섯 국가가 고작 이틀 만에 함락당했는지 그 이유를 실감하고 있었다.

모든 시선은 오직 흉흉한 살기를 지닌 흑발청년에게로 향하고 있었다.

"누가 멋대로 공격하라고 했지? 분명 내가 대기하라고 했을 텐데."

"……."

"교주를 믿고 내게 오만방자한 행동을 하는 거냐, 아일러너?"

회색 가면의 사내, 아일러너는 일체 반항하지 않고 있었으나 교주라는 말이 튀어나오자 은은한 살기가 가면 속에서 풍겨져 나오고 있었다.

"왜, 화라도 났나?"

"…교주님께서 분명 아침 일찍 성도를 함락시키라는 명령을 내리셨습니다."

"그게 어쨌다는 거지? 지금 너의 상관은 나지 교주가 아니야."

으드득!

목을 움켜쥐고 있어도 가만히 있던 아일러녀의 손이 그 말에 흑발청년의 손에 힘을 가하고 있었다. 얼마나 세게 힘을 주고 있는지 뼈가 으스러지는 듯한 소리가 들렸다.

"네가 천방지축으로 구는 것은 참을 수 있으나 더 이상 교주님을 모욕하는 언사는 참을 수 없다."

"크윽!"

흑발청년은 손의 고통이 더욱 심해지자 목을 움켜쥐던 손을 놓아야만 했다.

아일러녀는 더 이상 흑발청년에게 존대를 하지 않았다.

"린아! 교주님의 명령을 이행해라."

"제길! 네놈 마음대로 해라! 난 지켜보기만 할 테다."

"천방지축 애송이 놈… 역시 너 같은 반골 놈은……."

'죽였어야 했는데…….'

뒷말을 이어서 하고 싶었지만 인탁이 당부했던 말이 생각났기에 마음속으로나마 씹을 수밖에 없었다.

제멋대로 진열에서 이탈해 버리는 린아의 뒷모습에 화가 치밀어 오르는 회색 가면이었지만 그에겐 주어진 임무가 있었다. 이럴 경우를 대비해서 인탁이 내린 명령이 있었다.

"만약 녀석이 뜻대로 움직이지 않는다면 네가 나서서 제국을 해결해라."

만약의 상황을 대비한 인탁의 예상은 그대로 맞아떨어졌다. 린아의 관심은 파무르 제국의 멸망이 아닌 전혀 다른 것에 있었다. 그가 나타나기만을 죽치고 기다릴 작정이었던 것이다.

"제국군을 전부 없애라!"

"옙!"

회색 가면의 명령이 떨어지기가 무섭게 짧은 기합 소리와 함께 검은 복면인들이 일사불란하게 단위별 진을 이루며 제국군을 향해 돌격해 갔다.

공포로 질려 전의를 상실해 있던 제국군은 일사불란하게 돌격해 오는 검은 복면인들을 망연자실하게 바라볼 뿐이었다. 거의 포기 상태라고 봐도 과언이 아닌 것이었다.

그러나 어딜 가나 항상 영웅이 존재하는 법.

"군은 동요하지 말고 검을 들고 적을 맞이하라!"

전대 용병왕 갈리온이 장검을 빼 들고 푸른 빛 검강을 발했다. 공포에 질려 있던 제국군들은 강렬한 빛을 머금고 있는 검강에 화들짝 정신을 차린다.

"흐아압!"

촤아악!

갈리온이 검을 휘두르자 강기가 복면인들을 향해 쇄도해 갔다. 아직 진이 가동되지 않아서 그런지 복면인들은 각자 검기를 일으켜 갈리온의 검강에 대항해 갔다.

"어리석은!"

복면인들이 특수하게 키워진 자들이라고 할지라도 갈리온 역시도 오랜 전장을 누벼온 백전노장에 일대 강자였다. 순수한 선천지기만으로 그랜드 소드 마스터의 경지에 올랐기에 그 위력은 복면인들을 상회하고도 남았다.

"우욱! 강하다!"

그랜드 소드 마스터인 갈리온을 우습게 본 복면인들은 순식간에 그의 강기에 휩쓸려 양단되고 말았다.

갈리온이 검을 세워 일직선으로 긋자 거대한 불꽃이 치솟아 복면인들을 뒤덮으려 했다. 대륙 칠대명검 중 하나인 파이론은 불꽃을 다룰 수 있는 갈리온이었다.

화르륵!

비록 흑발청년 린아에겐 미치지 못하지만 갈리온의 신위 역시 매우 놀라웠다.

"나아가자! 우리가 제국을 지키는 것이다!"

이에 힘을 얻은 제국군은 함성을 지르며 복면인들을 향해 달려들었다. 함성 소리에 살기로 인해 한동안 가만히 서 있던 말들도 동했는지 움직였다.

"와아아아!"

드디어 본격적인 전쟁이 벌어졌다. 본래라면 진을 형성해 제국군을 단숨에 밀어버리려 했던 흑색마단은 지금 정신없이 싸울 수밖에 없었다. 제국군과 용병들의 수가 자그마치 30만 명으로 너무 많았기 때문이다.

회색 가면의 아일러너는 다른 왕국들에 비해 저항이 크자 내심 당황스러웠다. 본래 진을 쳐서 파죽지세로 적을 처참히 베어버리는 것이 흑색마단만의 특색인데, 워낙 그 수가 많다 보니 진을 칠 수 있는 틈이 없었고 갈수록 제국군이 강해져 만만히 볼 수준이 아닌 것이다.

한번 용기를 얻어 죽음을 불사하고 달려드는 제국군들의 기세는 가히 절정에 이르고 있었다. 그렇다고 흑색마단이 밀리는 것은 아니었다. 제국군이나 용병들에 비해 실력만큼은 위인지라 수적인 열세에도 불구하고 매우 느리게 전진해 가고 있었다.

'이러다간 오늘 안에 함락시키지 못하겠군.'

"어쩔 수 없군요."

직접적으로 전쟁에 참여하지 않고 지켜만 보던 회색 가면의 아일리너가 드디어 몸을 일으켰다. 그의 양손이 점차 붉은 빛으로 물들어갔다.

성벽 위에서 전쟁의 양상을 지켜보던 세명은 문득 강한 기가 한곳으로 응축되는 것을 느꼈다.

고오오오오!

전쟁의 열기가 한참 오르던 차인지라 세명 외에는 누구도 아일러너의 손으로 집중되고 있는 기운을 느끼지 못했다.

'뭘 하려는 거지?'

단순히 강기를 모으는 것도 아니었다. 조금씩 주위의 투기와 살기를 흡수하고 있는 듯했다. 자신의 손을 매개체로 말이다.

'불길해!'

아일러너의 손에 모이는 붉은 빛은 왠지 모르게 혐오감을 일으켰다.

손이 붉다 못해서 검은빛까지 띠게 되자 아일러너는 그제야 만족하듯 주위의 기운을 모으는 것을 그만두었다.

아일러너가 몸을 낮추었다. 그리고는 주변 상황을 무시한 채 성을 향해 뛰기 시작했다.

'설마 성벽을?'

아일러너가 노리는 것은 다름 아닌 결계가 쳐져 있는 성벽이었다. 몸을 낮추고 전력질주를 하며 성벽을 향해 달려오는 아일러너가 어느 순간 양손을 앞으로 내밀었다.

세명은 더 이상 망설이지 않고 성벽 아래로 뛰어내렸다.

아일러너의 묵빛 양손이 성벽에 닿기 바로 직전이었다.

"십단금!"

우우웅!

세명의 손에서 흰 빛의 구가 생겨났다. 무당파의 장법으로 유일하게 부드러움과 태극의 기운이 조화되지 않은 무공이다.

'뭐야?'

아일러너는 성벽에 닿기도 직전에 갑자기 나타난 금발의 소녀로 인해 당황했지만 멈출 수 없었기에 그대로 돌진했다.

콰콰콰콰쾅!

아일러너의 손에 모인 묵빛 기운과 세명의 손에서 펼쳐진 무당의 비전 장법, 십단금이 부딪치자 그들 누구도 예상하지 못한 거대한 폭발이 일어났다.

굉음이 연속으로 터졌다.

그것으로 인해 잠시 제국군을 비롯해 흑색마단은 전쟁을 멈추고 모든 시선이 성벽 앞으로 향해졌다.

강한 폭발은 성에 쳐져 있는 결계에도 영향을 미쳤는지 성벽 전체가 흔들렸다.

고오오오!

정중앙 성벽 위에서 전황을 지켜보던 공작은 왠지 모를 불길함에 휩싸였다. 멀쩡하던 성벽이 흔들려서가 아니라 막연하게 느껴지는 불길함 때문이었다.

"큰일이오, 공작! 성에 새겨진 결계 중 하나가 깨졌소."

"그래서 이렇게 흔들리는 겁니까?"

직접적으로 부딪친 것이 아님에도 불구하고 폭발의 위력이 얼마나 강한지 성벽의 삼중으로 이뤄진 결계 중 하나가 부서졌다.

다행히 폭발은 조금씩 수그러들더니 완전히 멈췄다.

그을린 연기가 자욱하게 성벽 앞에서 올라오고 있었다.

퍽!

바로 그때 연기 속에서 보랏빛 머리카락의 검게 타 들어간 옷을 입은 한 사내가 튕겨져 나와 처박혔다.

"하아… 하아……."

사내의 입가에선 피가 흐르고 있었다.

투툭!

바닥에 회색 부스러기 같은 것들이 떨어졌다.

얼굴에 남아 있는 회색의 조각들은 그가 회색 가면의 아일러너임을 말해 주고 있었다. 폭발력 때문인지 뭔지는 모르겠지만 가면이 부서지면서 그의 머리카락에서부터 얼굴까지 전부 드러났다.

그때 검은 연기 속에서 한 인영이 뚜벅뚜벅 걸어 나왔다.

얼굴에 그을린 자국이 가득하긴 했지만 본연의 아름다움이 사라지지 않은 금발의 소녀였다.

세명 역시도 강한 폭발력으로 인해 약간의 내상을 입은 듯 속이 더 부룩한 것을 느꼈다.

"네이린?!"

'켁!'

어떻게 나서서 성벽이 부서지는 것을 막긴 했지만 단 한 가지 염두하지 못한 것이 있다면 그 위에 공작이 있다는 점이었다.

새하얗게 질려 버린 얼굴로 밑에 있는 세명(네이린)을 내려다보고 있던 공작은 부르르 몸을 떨더니 그 자리에서 그대로 뒤로 넘어가 버렸다.

"공작! 공작!"

대현자 살레프는 갑자기 성벽 아래를 보더니 쓰러져 버리는 공작을 보며 당황했는지 그를 붙들고 성안으로 내려가 버렸다.

갑자기 폭발 속에서 딸인 세명이 나타났으니 충격이 클 만도 했다.

"이래서 나서길 꺼렸는데……."

세명은 고개를 절레절레 흔들었다.

그때 쓰러져 있던 보랏빛 머리카락의 아일러너가 힘겹게 몸을 일으키며 날카로운 눈매로 세명을 노려보며 소리쳤다.

"네년은 대체 누구냐!"

'네… 년?'

뜻밖의 알 수 없는 운명에 처해졌을 때 세 가지 유형의 인간이 존재한다.

그 운명을 저주하며 비관적이게 살아가게 되는 인간,

그 운명을 처음에는 받아들이지 못하지만 갈수록 수긍하면서 포기하듯 받아들이는 인간,

마지막으로 그 운명을 그러려니 하고 받아들이는 인간.

세명의 경우는 후자에 속하는 유형의 인간이었다. 그는 육신이 부서져 한 줌 재가 되어 네이린이라는 공녀, 즉 여자로서 새로운 인생을 살게 되었다. 백 세가 넘는 나이를 남자로 살아온 이가 여자로 살아간다는 것은 매우 받아들이기 힘든 현실임에도 불구하고 세명은 별다른 불만 없이 스스로의 운명을 받아들였다.

'나 이제 여잔가? 헤헤.'

이런 식으로 받아들인 것이다.

이 유형의 인간은 어떻게 본다면 다른 유형들보다 살아가는 데 정말 편할지 모르나 그에 따른 부작용이 있었다.

상대는 별 뜻 없이 한 말이 자신의 운명을 비꼬는 것처럼 받아들여질 때가 바로 그런 때였다.

여자라는 운명을 받아들인 세명에게 있어 그것을 비하하는 것은 말 그대로 비꼬는 것과도 같았다.

"네… 년?"

눈살을 찌푸린 채 '네년' 이라는 단어를 되씹는 세명을 보며 보랏빛 머리카락의 아일러너가 다시 물었다.

"그래, 계집. 네년은 대체 누구지?"

'네년' 에 한술 더 떠서 '계집' 이라는 단어까지 붙어 있다. 방금 전

까지 눈살만 찌푸리고 있던 세명의 예쁘장한 얼굴이 조금씩 구겨지고 있었다. 매우 험악하게 말이다.

"글쎄, 그 계집이 누구죠? 호호호."

평소 때 잘 쓰지도 않는 웃음 소리였다. 더군다나 목소리에 힘을 주고 있어 화가 났음을 알려주고 있었다.

슥!

세명의 신형이 한순간 사라지더니 어느새 아일러너의 앞으로 다가와 있었다. 남의 어딘가를 움켜쥐고 화를 내는 행동 따윈 평생 해본 적이 없었다.

콱!

물론 멱살은 예외이다.

아일러너의 멱살을 잡고 들어올리는 장면이 어찌 본다면 우습기 짝이 없었다. 금발의 소녀가 다 큰 사내의 멱살을 잡고 들어올리는 꼴이 말이다.

주륵!

입가에서 피가 흘러나왔다.

몸을 조금만 움직여도 내상이 도지는 아일러너였다.

'이런……'

역할이 뭔가 바뀐 듯했지만 세명은 왠지 모르게 자신이 악역이 된 듯한 느낌을 받았다. 그렇다고 해도 어쨌든 적이다.

"당신이 저들의 대장인 것 같은데… 멈추라고 하세요."

"하아… 싫다면?"

"죽지 않을 만큼만 때릴 거예요."

거짓말이 아니라는 것을 증명하기 위해 주먹에 모인 강기를 보여주는 세명의 행동에 아일러너는 어이가 없다는 듯이 눈을 내리깔았다.

펙!

불행히도 세명은 적을 상대로 농담을 하지 않는다. 아일러너가 자신의 말 자체를 무시한다고 느낀 세명은 강기까지는 아니었지만 내력이 실린 주먹으로 뺨을 쳤다. 아프지 않다고 한다면 거짓말일 것이다.

"말리세요."

"전쟁을… 대체 뭘로 여기는 거냐?"

펙!

안 그래도 내상 때문에 속이 끓어오르는데 계속해서 내력이 실린 주먹으로 뺨을 치니 아일러너는 곤욕스러웠다.

"전쟁? 언제부터 학살이 전쟁이 되었지?"

"……."

내력이 실린 주먹을 두 대나 맞아서 그런지 힘이 빠져 있던 그였지만, 지금 세명의 타오르는 듯한 눈빛만큼은 머리에 뚜렷하게 각인될 수밖에 없었다.

그렇게 아일러너가 수난을 당하고 있을 때였다.

"재미있군. 피휘나드 린이 말했던 계집이 바로 너였나?"

아무런 기척조차 느끼지 못했던 세명의 뒤에서 낯선 목소리가 들려왔다.

흉흉하면서 오싹한 살기가 감지되자 세명은 뒤도 돌아보지 않은 채 발로 찼다. 그러나 발에는 뭔가 닿는 느낌이 없었다.

"하마터면 맞을 뻔했어."

소리의 진원지는 이젠 뒤가 아닌 앞에서 났다.

눈매가 날카로운 흑발청년은 아까 전 그 말도 안 되는 초식을 썼던 린아라는 자였다.

'이자, 정말 빠르구나.'

세명은 인정할 수밖에 없었다. 아일러너에게 정신이 팔려 있긴 했지만 기척조차 느끼지 못했으니 자신을 앞선다고 할 수 있었다.

"그럼 돌려받아 보실까."

"응?"

퍽!

"윽!"

갑작스러운 주먹질에 세명은 오른쪽 어깨를 가격당하고 말았다. 그 덕분에 힘이 빠진 그녀는 아일러너의 멱살을 잡고 있던 손이 풀렸다. 그 순간을 놓치지 않고 흑발청년이 아일러너를 빼냈다.

"실컷 잘난 체를 하더니 고작 인질이냐?"

내상이 도진 상태라 정신이 혼미한 아일러너였지만 린아의 말대로 그는 인질이 될 뻔했다.

"도로 내놓으시지요."

어깨에 박힌 그의 내공을 체내 밖으로 튕겨낸 세명은 재빨리 신형을 날려 다시 아일러너를 받기 위해 린아를 향해 일장을 날렸다.

"부드러운 장법이군."

세명이 펼치는 장법은 무당의 면장이었다. 부드러우면서 변화가 두드러진 일장이었는데, 부상자를 안고 있으면서도 린아는 면장을 잘도 피했다.

'신법의 굉장히 기묘하다.'

일장을 날리는 것처럼 하면서 린아가 밟고 있는 신법을 파악하려 했다. 그러나 예상 외로 신법이 기묘하다 보니 쉽게 파악할 수가 없었다.

타타타탁!

더군다나 손을 쓰지 못하는데 퇴법을 써가며 세명을 잘도 견제하고 있었다. 두 사람의 놀라운 신위에 전쟁을 하던 이들의 시선이 한곳으로 모아지고 있었다.

파곽!

세명의 일장과 린아의 퇴법이 부딪칠 때마다 아일러너의 안색은 더욱 창백해져 가고 있었다. 세명의 일장에 실린 공력을 받아낼 때마다 아일러너는 그 충격을 고스란히 받고 있었다.

"하아… 하아."

린아가 정말로 동료로 여기는 마음이 있다면 일단 아일러너의 내상을 치료하는 데 도움을 줄 것인데 오히려 일부러 어깨에 들쳐 메는 바람에 스스로 운기를 해서 치료할 수 없도록 방해하고 있었다.

'반… 골 놈, 날… 죽일 셈인가?'

아일러너는 눈앞이 조금씩 흐릿해져 감에 죽음이 임박해 왔다는 것을 느꼈다. 이제는 내상을 치료한다고 해도 살아남을 가능성은 2할에 불과했다.

"쿨럭!"

아일러너가 각혈을 심하게 하자 세명은 공격하던 것을 멈출 수밖에 없었다.

'더 이상 공격한다면 저자가 죽겠어.'

죽이는 것만큼은 되도록이면 피하고 싶었다.

"잠깐!"

"왜, 돌려받고 싶다더니 마음이 바뀌었나?"

"그건 아니지만… 거기 들쳐 메고 있는 보라색 머리 치료해요."

이참에 눈엣가시 같았던 아일러너를 죽일 작정이었던 린아는 예상치 못한 세명의 말에 내심 당황해했다. 태어나서 처음으로 적을 치료하라는 자를 보았으니…….

'특이한 계집이군. 별수없나?'

린아는 들쳐 메고 있던 아일러너를 바닥에 내려놓고 그의 귓가에 속삭였다.

"내공을 넣어주지. 살아남을지 죽을지는 네 운에 달려 있다."

굳센 정신력으로 버티고 있지만 이미 눈앞은 흐릿하다 못해 보이지 않았다. 아일러너는 자신을 운기하기 편하게 바닥에 내려놓았다는 것을 본능적으로 느낄 수 있었다.

따뜻한 기운이 그의 단전으로 스며들어 왔다.

창백해져 있던 아일러너의 얼굴이 아주 조금이지만 붉게 상기되었다.

"이제 됐나?"

'그가 오기 전에 몸을 풀기에 적당한 상대를 이렇게 놓칠 수야 없지.'

각혈을 심하게 하던 아일러너가 자세를 가다듬고 운기에 들어간 것을 확인한 세명은 고개를 끄덕였다.

'굉장한 집중력이군.'

전장에서 운기를 하는 것만큼 힘든 것은 없었다. 그런데 생각보다 저 아일러너라는 자는 정신력이 강한지 운기함에 있어 한 치의 흐트러짐도 없었다.

"이제 끝을 내볼까?"

"그전에 궁금한 게 있는데요."

"…뭐지?"

린아는 속으로 실소를 했다. 전쟁터에서 상대방에게 아주 공손하게 질문을 하는 소녀의 모습이란…

"왜 성도를 노리는 거죠?"

"글쎄, 나도 잘 모르겠는걸."

"당신이 저들의 대장이잖아요."

"미안하지만 난 호법에 불과하거든."

"호법? 당신 정도의 사람이 호법?"

세명은 놀라움을 감추지 못했다. 무림이었다면 한 일파의 종사로 보이는 자가 호법에 불과하다니, 대체 교주라는 자는 얼마나 강하다는 건가.

"계집이라서 그런지 쫑알쫑알 말이 많군!"

더 이상의 질문을 받아줬다가는 끝도 없을 것 같다는 생각에 린아는 단호하게 외쳤다. 스스로 말이 많다고 생각해 본 적이 없는 세명에게는 그 말이 충격이었다.

'내가 말이 많아?'

"싸울 의사가 없다면 베어버리겠다."

챙!

린아는 허리춤에 꽂아두었던 검집에서 붉은색 장검을 뽑았다. 그러자 날카로운 예기가 바깥으로 뿜어져 나왔다. 분명 심검지도의 경지에 올랐음이 틀림없었다.

'젊어 보이는데 높은 공부라도 익힌 건가?'

린아는 겉모습만 보아서는 이십대 초반 정도로밖에 보이지 않는다. 아무리 깨달음이 나이에 비례해서 얻어지는 것이 아니라지만 젊어도 너무 젊었다.

'그렇다면 반로환동을 했다는 말이로군.'

쇄악!

세명이 잠시 의구심을 가진 사이, 그의 귓가에 허공을 가르는 파공음이 들려왔다. 적은 절대로 그가 생각할 시간 따위를 주지 않았다.

"으아악!"

놀란 세명은 있는 힘껏 몸을 비틀었다. 날카로운 무형의 검기가 그의 코앞으로 스쳐 지나갔다. 조금만 늦게 반응했어도 몸이 두 조각났을지도 몰랐다.

"건방지군. 적을 앞에 두고!"

'어, 언제?!'

어느새 세명의 바로 앞까지 다가온 린아는 붉은색 장검으로 세명을 양단할 기세로 내려쳤다. 당황한 세명은 급한 대로 내력을 끌어올려 강기로 막아보려 했으나 심검의 경지에 오른 자에게 강기란 아무런 의미가 없었다.

세명과 린아의 얼굴에선 대비적으로 희비가 교차하고 있었다.

절체절명의 위기의 순간이었다.

팍!

"크윽!"

란아가 신음 소리를 내며 저 멀리로 튕겨 나가고 말았다. 저도 모르게 눈을 찔끔 감았던 세명은 아직 자신이 죽지 않았다는 생각에 슬며시 눈을 떴다.

"하마터면 늦을 뻔했군."

"그러게 말이야. 크큭."

찰랑이는 긴 은발의 훤칠한 청년, 그리고 짧은 흑발에 날카로운 카리스마를 지닌 사내가 그녀의 앞에 서 있었다.

알아볼 수는 없었지만 세명은 본능적으로 그들이 누구라는 것을 짐작할 수 있었다. 기쁨에 저도 모르게 눈물이 고였다.

일검으로 단숨에 세명의 몸을 양단하려는 찰나, 란아는 가슴이 찌릿해지며 강한 돌풍 같은 것이 몰려오는 걸 느꼈다. 그리고 오른쪽 어깨에 강한 통증과 함께 땅바닥을 구르는 자신을 발견할 수 있었다.

"제길!"

심검의 경지에 오른 무인은 본능적으로 검을 휘두르면서 그 마음을 담게 된다. 그렇게 되면서 그 외의 것에는 정신을 분산할 수 없게 된다. 어떻게 보면 이것이 심검의 약점일지 모른다.

다행히 오른쪽 어깨를 맞는 순간 호신강기가 발동하지 않았다면 내상을 입었을지도 몰랐다. 란아는 몸을 일으켜 세워 자신에게 기습적인 일격을 먹인 정체 모를 자들을 노려보았다.

"이야~ 거참, 예쁘장하네. 크큭."

"너, 우현이구나!"

독특한 웃음소리와 특유의 분위기만으로 단숨에 우현의 정체를 알아맞힌 세명은 눈물을 글썽였다.

"이거 완전히 숙녀가 되었는걸."

금발의 소녀가 얼굴이 상기되어 눈물을 글썽이는 모습은 마음이 누그러지지 않을 이는 없었다. 반가움의 감정도 있었지만 변해 버린 세명의 모습에 왠지 모르게 묘한 감정이 드는 우현이었다.

"난 죽었다가 살아왔는데 아는 척도 안 하냐?"

"에? 너… 유빈이야?"

중년의 모습의 유빈을 기억하고 있었기에 안 본 사이에 바뀐 모습은 생소하기만 했다. 사실 젊어진 것을 제외하고는 썩 많이 바뀐 것도 없었다.

"너… 눈이 빨개."

전에 보았을 때는 분명 흑요석과 같은 검은 눈이 지금은 묘한 매력을 지닌 홍안으로 바뀌어 있었다. 지금의 외모와는 이질적인 느낌마저 들었다.

"아아, 사정이 좀 있어서."

"젊어지니까 한결 나은데? 헤헤헤."

유빈이 얼버무리자 뭔가 사정이 있겠지, 라는 생각에 세명은 더 이상 묻지 않았다.

그렇게 재회의 기쁨도 잠시였다. 만남의 해후를 가진 곳이 피가 넘치는 전쟁터라는 것이 씁쓸하기 짝이 없었다.

찌릿찌릿!

살갖이 따가울 정도로 강렬한 살기가 어딘가에서 풍겨져 나오고 있었다. 흉흉하기 짝이 없는 살기를 내뱉고 있는 이는 다름 아닌 흑색교단의 호법 서열 1위인 린아였다.

　"저 녀석, 흑색교단이지?"

　"그래, 호법 중에서 제일 강한 놈이야."

　"그런 것 같군."

　"흐음, 내가 보기에는 치기 어린 놈으로 보이는데……."

　우현은 의아해했다. 방금 전까지 의식하지 못했었는데, 저 흑발의 청년이 왠지 낯이 익었다. 가슴이 아련해지는 느낌이 그를 사로잡았다.

　"저 검은 복면을 쓴 녀석들의 주인이라 이거지."

　교단의 힘이 예상보다 훨씬 위라는 것을 알게 되자 유빈의 입에선 연거푸 탄성이 흘러나왔다. 이틀 만에 다섯 왕국을 함락시키고 파무르 제국까지 노릴 정도의 규모를 지녔을 거라곤 생각하지 못했었다.

　유빈이 뒤로 몸을 돌리면서 한마디만 남기고 지독한 살기를 내뿜고 있는 린아를 향해 다가갔다.

　"어차피 우두머리만 잡으면 나머지는 저절로 무너지게 되어 있지."

　오만하지 않으면서도 강한 자신감을 내비치는 유빈의 모습에 지켜보는 친구들의 입가엔 미소가 지어졌다.

　'이때까지의 녀석들과는 차원이 다르군.'

　유빈은 겉으로 느껴지는 날카로운 기세만으로도 다른 호법들은 비교도 되지 않을 만큼 강하다는 것을 알 수 있었다.

　"한 번 경고 차원에서 말하지. 곱게 물러날 생각이 없나, 젊은이?"

젊어졌음에도 불구하고 말투는 여전했다. 듣는 사람의 입장에서는 상당히 건방지게 들리기도 했다.

"은발의 제압자라는 게 네놈이로구나."

허리까지 내려오는 은발에 호연지기가 가득한 눈을 보며 유빈의 정체를 바로 알아챈 린아의 입꼬리가 말아 올라갔다.

"피닉스의 불꽃에 맞고도 살아 있다니, 제법이군."

피닉스의 불꽃은 화상을 입게 되면 어떤 식으로든 치료가 불가능하다. 그러나 유빈은 멀쩡히 살아 돌아왔다. 제법이라는 말로 치부하기에는 굉장히 운이 좋다고 할 수 있었다.

"꽤 뜨거웠어."

유빈이 장난스럽게 말하며 피식 하고 웃자 린아는 기분이 상했는지 눈썹이 꿈틀거렸다.

"넌 왠지 마음에 들지 않아."

"나도 마찬가지다, 꼬마야."

으드득!

린아는 화가 났는지 이를 갈았다. 린아의 얼굴에 또한 '나 무진장 화났다' 하고 드러내고 있었다.

'누구랑 닮았군.'

유빈은 뒤에서 세명과 대화를 나누고 있는 우현을 힐끔 쳐다보았다. 이상하게 얼굴에서부터 성격까지 굉장히 닮았다. 겹쳐 보일 정도로 말이다.

"네놈들, 다 죽여 버린다!"

섣불리 다가갈 생각을 하지 못하던 린아는 결국은 참을 수 없는지 붉은색 장검을 치켜들고 그를 베기 위해 달려들었다.

다혈질의 성격에 비해 린아의 초식에는 전혀 군더기가 없었다. 검의 경지에 이른 자는 끝에 와서는 절대로 초식에 의존하지 않는다.

채채챙!

유빈의 손에는 어느새 푸른빛을 머금은 유형검이 발하고 있었다. 맨손으로 상대하기에는 저 붉은색 검은 매우 명검이었다. 어떻게 제련했는지는 몰라도 금강불괴의 선인의 육체를 지닌 유빈이 예기에 한순간 손이 베일 뻔했다.

파팍!

검으로 겨루면서 발 역시도 쉬지 않고 있었다. 린아는 어떻게든 일격을 먹이기 위해 퇴법을 펼쳤지만, 번번이 유빈의 발에 의해 막히고 말았다.

'공수에 능하고 손발을 자유자재로 사용하다니… 경험도 풍부하고… 쉽게 상대할 수 있는 녀석이 아니야.'

린아의 공격을 전부 차단하고 있었지만 상대가 껄끄러운 것은 마찬가지였다.

"좋아! 더 이상 봐주지 않겠어!"

한 대도 맞히지 못했다는 것에 대해 화가 났는지 얼굴이 상기되어 있던 린아는 전력을 다하기로 마음먹었다.

쾅!

오른손으로 빈틈없는 쾌검술을 펼치던 린아는 갑자기 진각을 밟으며 왼 주먹을 뻗었다. 그러자 주먹 형태의 강기가 유빈의 오른쪽 어깨에 강타했다.

픽!

"크윽!"

'이 녀석! 어떻게 양손으로 다른 초식을……?'

예상하지 못한 일격으로 인해 자세가 흐트러지자 린아가 그때를 놓치지 않고 유빈의 복부를 찔러갔다.

푸욱!

유빈의 입에서 피가 흘러나왔다.

"우, 운경심쇄!"

양손으로 초식을 쓰느라 무방비 상태가 된 린아는 회오리치는 흰색 운무를 피하기 위해 아쉽게도 붉은색 장검을 유빈의 복부에서 뽑아야만 했다. 그것만으로도 성과는 매우 컸다.

촤아악!

검에 찔린 상처 부위의 옷이 붉게 물들고 있었다. 만약 여기서 유빈이 운경장으로 물러서게 하지 않았다면 린아는 찌른 그대로 검을 들어 올려 유빈을 베어버릴 수도 있었다.

'양손으로 다른 초식을 쓴 것도 그렇지만 아까의 그 일권은 분명히……!'

꽤 치명적인 상처를 주었다는 점에서 린아는 만족감을 느끼고 있었다. 그러나 이내 린아의 얼굴은 굳어져 버리고 만다.

치이이익!

심한 출혈로 인해 치명상이라고 여겼었는데 찔린 부위에서 흰 연기가 새어 나오며 출혈이 멎은 것이다.

"뭐, 뭐야?"

란아는 모르겠지만 유빈은 퀸의 피를 얻은 이후, 재생력이 상상을 초월할 정도로 높아져 있었다. 그것은 유빈 스스로도 놀라워할 정도였다.

"어떻게 그런 비정상적인 회복력을?!"

"왜, 내가 무서워졌나?"

살기를 비춘 것도 아니었지만 유빈의 붉은 눈을 보는 순간 란아는 오싹해졌다. 눈을 보는 순간 유빈이 인간이 아니라고 느껴졌기 때문이다.

"네놈, 그 백보신권을 누구한테 배운 거지?"

분명히 란아가 썼던 그 일권은 분명 소림의 백보신권이었다. 그렇게 짧은 거리에서 쓰기에는 맞지 않는 무공이어서 맞을 당시에는 알아보지 못했지만 분명했다.

흠칫!

백보신권이라는 말에 란아는 몸을 흠칫했다. 자신조차도 한동안 잊고 있었던 것을 유빈으로 인해 떠올릴 수 있었다.

"이 권(拳)은 내가 소싯적에 창안한 것이지. 익혀둔다면 제법 유용할 거다."

"권의 이름이 뭐죠?"

"백보신권(百步神拳)."

분명 그자가 그렇게 말했었다. 그런데 어떻게 눈앞의 이자가 그것을 알고 있단 말인가. 이자가 자신의 사부인 흑색교단의 교주와 무슨 연관이라도 있단 말인가?

"그, 그걸 네놈이 어떻게 알고 있는 거지?"

"누구한테 배웠지? 묻는 말에나 답해라!"

방금 전만 하더라도 여유있어 보이던 유빈이 한순간 돌변하자 당황한 린아는 할 말을 잃고 말았다.

방금 전까지 세명과 이야기를 나누고 있던 우현은 갑자기 닦달을 하는 유빈의 행동에 의아해하며 쳐다보았다. 그도 그럴 것이, 우현은 가장 먼저 무림에 도착했기에 소림파의 존재를 알지 못한다. 그가 한참 활동할 당시에는 소림이라는 곳 자체가 존재하지 않았기 때문이다.

"그렇게 궁금하다면 날 이기면 가르쳐 주마!"

"뭐?"

잠시 할 말을 잃고 있었던 린아는 한순간 자신이 유빈의 기세로 인해 두려움을 느꼈다는 것에 대해 수치스러워져 분노했다.

"네놈을 죽여주마!"

'이성을 잃었군.'

쏴아아악!

린아는 붉은색 장검을 내팽개치고 검지를 하늘 높이 들어올렸다. 심검이라는 것은 말 그대로 마음의 검이다. 시공에 구애를 받지 않는 검이었다.

날카로운 예기의 바람이 사방으로 몰아치기 시작했다. 성벽의 결계에 금이 가기 시작했고 대지가 진동했다.

쉬지 않고 전쟁을 벌이던 제국군과 흑색마단은 흔들리는 대지에 잠시 싸움을 멈췄다.

"하압!"

란아는 가만히 서 있는 채로 유빈을 향해 가볍게 검지를 휘둘렀다. 아무것도 없었으나 당황한 유빈은 재빨리 몸을 옆으로 꺾었다.

촤아아악!

유빈이 비켜선 곳은 날카로운 검흔이 새겨져 있었다. 땅 깊숙이 베여 있었는데 단순히 검흔에서 흐르는 예기만으로도 사람이 베일 것만 같았다.

무형의 검기가 아니라 시공 자체를 무시한 심검이기에 란아가 조금이라도 살기를 보인다면 그 자리에서 피해야만 했다.

촤아아악!

'심검을 너무 난발하고 있어.'

심검의 경지에 올랐으면서도 그것을 유빈이나 우현이나 세명이 쓰지 않는 이유가 무엇일까? 그것은 심검이 굉장한 심력을 소모하게 만들기 때문이었다.

체력이나 내력의 소모는 회복하는 데 그리 어렵지는 않으나 심력은 전혀 다르다. 벌써 그 부작용이 드러나기 시작했다. 란아의 머리카락이 하얗게 세기 시작했다.

"으아아아아!"

이미 심검의 경지를 넘어선 유빈에게 있어서 그것은 아무 소용이 없었다. 심검이라고 해서 피할 수 없는 것도 아니기 때문이었다.

"많이 삐뚤어진 녀석이로구나!"

유빈의 얼굴에도 땀으로 흠뻑 적셔져 있었다. 심검을 피하는 것은 가능하더라도 시공 자체를 무시하는 검이기에 타이밍에 상관없이 이형환위보다도 빠른 신형으로 끊임없이 움직여야 하기 때문에 체력 소모를 막을 수는 없다.

"좋아! 그렇게 원한다면 이겨주마!"

"네놈은 날 이길 수 없어!"

린아는 절규하듯이 외쳤다. 많은 심력을 소모해서 그런지 얼굴에는 핏줄이 서 있었고 머리카락은 반백이 되어 있었다.

"심검이라고 무적은 아니다."

슈욱!

유빈이 손을 뻗자 그의 손으로 아까 린아가 던져 버렸던 붉은색 장검이 들어왔다. 그 찰나의 순간을 놓치지 않고 린아는 심검을 일으켰다.

"끝이다!"

바로 그 순간이었다. 유빈이 공허한 눈빛으로 검을 일직선으로 허공을 향해 그었다.

촤아악!

심검으로 인해 유빈의 몸이 반으로 갈릴 것이라 여겼던 린아의 얼굴은 경악으로 변해 있었다. 아무 일도 일어나지 않았다. 유빈의 양옆으로 두 개의 검흔이 그려져 있었다.

"시, 심검을 베었어?"

"이럴 수가……!"

놀란 것은 린아뿐만이 아니었다. 우현과 세명 역시도 그들의 싸움을 지켜보고 있었다. 분명 깊게 파여져 예기가 흐르는 갈라진 두 갈래의 검흔은 분명 심검이었다.

유빈은 마음의 검이라 불리는 심검을 베어버린 것이다.

"어, 어떻게 이런 말도 안 되는 일이……!"

린아는 전의를 상실한 듯 털썩 주저앉은 채 멍한 눈빛으로 유빈을 쳐다보았다. 한 번도 심검이 깨질 거라 생각한 적이 없었기 때문에 그 충격은 더 했다.

"무상검도(無常劍道)."

무림에서 유빈을 최강의 길로 걷게 했던 지고무상의 검도가 이실로드 대륙에 모습을 드러낸 것이다.

무림에 있을 때 유빈은 유유히 흐르는 물을 아무 생각 없이 뚫어지게 바라본 적이 있었다. 의문을 가져 본 적도 없었다. 그러다 문득 헤아릴 수 없는 검의 도를 깨우쳤다. 이유가 있던 것도 깨달아야 한다는 신념조차 없었으나 그는 지고무상의 검도인 무상검도를 창안해 냈다.

무상검도에는 초식이 있는 것도 아니었다. 검로가 있는 것도 아니었다. 단순히 휘두르는 것처럼 보이지만 그 일검은 무적이었다.

"무상검도?"

반백의 머리카락이 된 린아는 망연지실한 눈빛으로 유빈을 바라보았다. 붉은 장검에는 어떠한 기운도 느껴지지 않았다. 하다못해 검에 실린 예기조차 느껴지지 않았다. 단순히 자연스럽다는 느낌밖에는 들지 않았다.

"마음의 검은 강한 의지가 깃든 만큼 굉장한 심력을 소모하게 되지."

"크으!"

심력의 소모가 워낙 컸기에 린아는 화낼 기운조차 남아 있지 않았다. 힘을 너무 맹신했다는 것을 뼈저리게 깨닫고 만 것이다.

대장인 린아가 쓰러져 버리자 검은 복면의 흑색마단원들은 동요하기 시작했다. 최강의 호법이라 불리는 린아의 심검을 터무니없이 베어버리고 전의마저 상실하게 한 자를 어찌 상대할 수 있단 말인가.

"이때가 기회다! 놈들을 몰아내야 한다!"

"와아아아아!"

동요하는 흑색마단을 기다려 줄 만큼 호락호락한 제국군이 아니었다. 전쟁의 양상은 한순간에 그 판도가 바뀌고 말았다. 실력 쪽으로 아무리 흑색마단이 훨씬 우세하다고 할지라도 우두머리를 잃고 전의를 상실한 그들은 조금씩 밀려 나갔다.

한편 반백이 되어버린 린아를 안타까운 시선으로 바라보는 한 이가 있었다.

'저 아이… 정말 낯이 익어.'

반백의 청년이 되어버린 린아를 바라보는 우현의 눈빛은 묘하기만했다. 왠지 저 청년을 보는 순간부터 가슴이 아련해지는 느낌을 받았다.

우현은 조심스럽게 바닥에 주저앉아 있는 그에게로 다가갔다.

"젊은이, 혹시 우리가 만난 적이 있던가?"

'내가 지금 무슨 소릴 하는 거지?'

백 년 가까이 누구와도 접촉없이 무공 수련에만 전념했던 우현이다. 스스로 말하고도 멍청한 질문이라 여겨졌다.

충격에 멍해져 있던 린아는 언젠가 들어본 적이 있는 목소리에 화들짝 놀라서 고개를 들어 위를 쳐다보았다.

해를 등지고 서 있어 얼굴에 아련한 검은 명암의 그림자가 드리워진 흑발의 사내가 따뜻한 눈빛으로 자신을 내려다보고 있었다.

"당신!"

"……?"

린아의 눈이 붉게 물들기 시작했다. 알 수 없는 분노가 들끓어왔다. 가슴이 저려오면서 한쪽 끝으로는 살기마저 치밀어 올랐다.

유빈에게만 신경을 쓰는 통에 우현의 존재를 전혀 알아채지 못했던 린아는 감정이 한 번에 폭발하고 말았다.

퍼억!

린아는 있는 힘을 다해 내력을 끌어올려 우현의 가슴에 일권을 질렀다. 기습적인 공격이었지만 우현은 전혀 타격을 입지 않은 듯했다.

"으아아아아!"

린아는 악에 받친 듯 소리를 지르며 다시 한 번 우현의 가슴에 주먹을 날렸다. 심력으로 내력의 소모가 컸지만 억지로 끌어올린 채 쉬지 않고 우현의 가슴을 때렸다.

한참을 그의 가슴을 때리던 린아는 지쳤는지 털썩 주저앉은 채 거친 호흡을 내뱉었다.

주르륵!

우현의 입가에서 피가 흘러나왔다. 얼굴색이 하얗게 질려 있는 것으로 보아 내상을 입은 듯했다. 속이 들끓을 텐데 우현은 인상 한 번 찡그리지 않은 채 씁쓸한 눈빛으로 린아를 바라볼 뿐이었다.

"어째서… 어째서 어머니를 죽게 내버려 둔 거지?"

"……!"

"당신이 자리를 비우지만 않았어도… 떠나지만 않았어도……."

린아의 뺨 위로 눈물이 흘러내렸다. 끝없는 눈물샘이라도 가진 것처럼 린아는 오열을 하면서 울기 시작했다. 이때까지 백 년간 참아왔던 눈물을 한 번에 다 분출시키려는 것일까.

우현은 본능적인 부성으로 린아를 보는 순간 그가 렌과 자신의 자식임을 확신할 수 있었던 것이다.

창백한 얼굴의 우현은 울고 있는 린아를 감싸 안으며 떨리는 목소리로 말했다.

"…미안하구나."

감정 표현이 워낙 서투르다 보니 한마디밖에 할 수 없었지만 그것만으로도 린아는 뜨거운 애정을 느낄 수 있었다.

"…미안하구나, 정말 미안하다, 린아."

연신 미안하다는 말만을 중얼거리며 린아를 감싸 안은 우현의 눈에서도 눈물이 글썽이고 있었다.

'그랬구나.'

어리둥절한 채 둘의 행동을 지켜보던 유빈은 그제야 상황을 이해할 수 있었다. 린아는 다름 아닌 우현의 아들이었던 것이다.

렌의 죽음을 우현의 탓으로 돌린 채 백 년간이나 살아왔지만, 실제로는 그것이 아니라는 것을 알고 있었다. 인탁은 단순히 그를 아이 취급하며 눈과 귀를 가린 채 린아의 분노를 부추겼지만 그것은 오히려 반감을 사는 지름길이었다.

물론 우현을 원망하지 않았다면 그건 거짓말일 것이다. 그 결과 린아의 성격이 잔인하고 냉혹하게 삐뚤어지고 만 것이었다.

"아직 아비도 없는 흰머리가 있다니 불효자식이구나. 크큭."

우현이 쓰다듬는 머리에 린아는 얼굴이 붉어졌다. 물론 아버지인 우현에 비하면 어리기야 하지만 백 세가 넘었고, 저 많은 흑색마단을 책임지고 있는 호법이다.

린아는 한껏 아버지에게 응석을 부리고 울음을 터뜨리고 원망을 한걸로 그를 용서했다.

감동적인 해후가 있으면 반대로 그것을 방해하고 증오하는 악역이 존재한다.

촤악!

날카로운 무언가가 린아에게로 쇄도했다. 아무리 지쳤다고 하더라도 그 정도도 피하지 못할 정도는 아니었다. 가볍게 고개를 젖혀 피한 것은 다름 아닌 검기였다.

"결국 교단을 배신하는 거냐?"

"응?"

언제 몸을 회복했는지 보랏빛 머리카락에 아일러너가 살기 가득한 눈빛으로 린아를 노려보고 있었다. 호법이 아닌 거의 원수로 보는 듯한 눈이었다. 검기마저 날린 것으로 보아 더 이상 상관으로 인정하지 않는 태도였다.

"주둥아리 함부로 놀리지 마라! 내가 굴욕을 참아가면서 원수의 수하로 남아 있었던 것은 이날만을 위해서다!"

다시 만난 아버지로 인해 심력을 회복한 린아는 화가 나 소리쳤다. 그리움을 얼마나 참고 견뎌왔던가.

놀라운 것은 그런 린아의 행동을 이미 예측이라도 한 듯 아일러너가 일말의 동요도 없이 말했다. 오히려 차가운 비웃음을 흘리고서.

"어차피 네 녀석의 반골 정도는 그분께서 이미 알고 계셨다."

"뭐라고?"

"교단에서 널 믿는 자는 전무하지. 뭐, 아무것도 모르는 훼일리스 영 감탱이 정도만이 그렇지 않다고 할까."

'저놈이!'

마법을 쓰지 못한다는 핸디캡 덕분에 성벽 위에서 지켜보고 있던 훼 일리스의 얼굴이 붉어졌다. 영감탱이란 말을 듣고 좋아할 사람이 어디 있겠는가.

"그래서 내게는 임무가 거의 없었던 건가?"

인탁에게 무공을 사사받은 후, 교단의 호법 서열 1위 직책을 얻고 그 들을 통솔하게 되었지만 정작 중요한 임무는 한 번도 맡아본 적이 없 었다. 대개 위에서 내려오는 임무를 전달하는 정도에 불과했다.

"흑색마단이여! 제국군을 단번에 쓸어버려라!"

"와아아아아!"

아일러너의 부활에 사기를 얻었는지 제국군에 밀리던 흑색마단은 분전하기 시작했다. 방금 전까지만 하더라도 전의를 상실했던 이들이 의욕이 되살아나 파죽지세로 밀어오자 제국군들은 당황스러울 수밖에 없었다.

"도저히 종잡을 수가 없는 놈들이로군! 제기랄!"

위잉!

거의 두어 시간이 넘도록 검강을 끌어올리는 것은 전 용병왕인 갈리 온조차도 힘든 일이었다. 이를 악물고 버티고 있으나 이젠 한계에 이르고 있었다.

"그분께서 네놈들을 내버려 두라고 했지만 생각이 바뀌었다. 모두 죽여주마!"

철저히 실력을 숨겼었던 것일까?

아일러너는 왼쪽 팔에 차고 있던 팔찌를 벗어 던졌다. 그러자 방금 전과는 비교도 되지 않는 공력이 그에게서 느껴졌다. 팔찌는 그의 공력을 제어하는 장치였던 것이다.

"너희들과 나의 압도적인 힘의 차이를 느낄 수 있겠느냐? 크하하하하!"

린아는 그렇게 무시해 왔던 아일러너의 공력이 자신을 훨씬 뛰어넘는다는 것을 인지하게 되자 불쾌감이 일었다.

"하하하하하하하!"

그런 린아와는 달리 우현은 뭐가 우스운지 갑자기 미친 듯이 웃는 것이 아닌가. 그 웃음은 통쾌하거나 즐거움에서 나오는 것이 아닌 슬픔에 젖어 있었다.

"네놈이 미쳤구나."

아일러너는 우현이 절망감으로 인해 미쳤다고 생각했다. 하지만 그것은 그의 착각에 불과했다.

미친 듯이 웃어대던 우현이 한순간 웃음을 멈추고 아일러너를 노려보았다. 단순히 노려보는 것에 불과했지만 마치 오장육부를 검으로 찌르는 것과 같은 고통에 아일러너의 몸이 뒤로 밀려나면서 피를 토했다.

"커헉!"

콰악!

어느새 우현의 손이 아일러너의 목을 움켜쥐고 있었다. 그렇게 강한 공력을 지닌 아일러너가 너무도 쉽게 제압당하는 것을 보며 린아는 감탄했다.

"네놈이 천화만변진을 깬 그놈이라는 것을 내가 끝까지 모르리라 생각했나? 공력을 드러내지만 않았어도 아마도 몰랐을 거다, 멍청한 놈!"

천화만변진이 깨진 곳에서 내력은 흔적을 발견한 우현은 그것을 지금까지 기억하고 있었다. 어떤 이든지 내력의 파장만큼은 절대로 변할 수가 없다. 완전히 폐하고 다른 무공을 익히지 않는 이상 말이다.

천화만변진만 깨지지 않았더라도 렌이 죽거나 그들 부자가 헤어지는 일 따윈 없었을 것이다. 아일러너 역시도 우현에게 있어서 원수나 다름이 없었다.

"렌의 원수인 네놈을 내가 살려둘 성싶으냐!"

맹수와 같은 호통에 아일러너의 칠공에서 피가 흘러나왔다. 우현에게 반항하기 위해 내력을 끌어올렸지만 오히려 반작용이 일어나고만 것이었다.

"하악… 하아아……."

목을 움켜쥐고 있어서 그런지 아일러너는 어떠한 말도 할 수가 없었다. 우현의 손에 힘이 들어가자 피눈물을 흘리고 있는 아일러너가 고통에 눈을 부릅떴다.

콰악!

아일러너의 생은 그것으로 마감되고 말았다. 목과 몸이 분리되었으니 어떠한 수를 쓰더라도 부활하는 것은 불가능할 것이다. 우현의 몸은 온통 피로 젖어 있었다. 맨손으로 목에 힘을 줘 그것을 뜯어냈으니 피를 흠뻑 뒤집어쓸 수밖에 없었던 것이다.

"으아아아아!"

광기에 젖어든 사람처럼 우현이 허공을 향해 소리를 지르자 검은 복면의 흑색마단원들이 귀를 틀어막고 고통에 겨워했다.

■23장■
진실

진실

우현의 광기에 젖은 고함 소리에 검은 복면의 흑색마
단원들이 귀를 막으며 고통을 호소하다 한두 명씩 쓰러지자 제국군은
놀라움을 감추지 못했다. 분명 사자후를 듣고 있는 것은 이들만이 아
니었는데 제국군들은 아무런 영향을 받지 않았다.

'내력을 다루는 것만은 나보다 우현이 한 수 위다.'

유빈 역시 그 광경에 감탄을 금치 못했다. 자신도 사자후를 터뜨려
특정한 인물에게만 내상을 입히는 것이 가능했으나 이렇게 많은 수의
사람들에게는 불가능했다.

'이중에서 내 실력이 가장 위라 여겼는데… 실제로 겨뤄보지 않는
한 장담하지 못하겠어.'

내심 무공으로는 최고라는 자부심을 가지고 있던 유빈은 그것이 착

각이었다는 것을 깨달았다.

이렇게 되어 파무르 제국은 무사히 위기를 넘기게 되었다. 불리한 싸움을 하고 있는 제국을 도와 단숨에 적을 해치운 우현의 얼굴은 제국군들과 용병들에게 확실하게 각인되었다. 괴물로 말이다.

이만여 명이나 되는 흑색마단원들은 전부 내상을 입고 쓰러졌다. 제국군들은 그들이 깨어날 것에 대비해 근맥을 잘라 성도로 압송했다.

위기를 넘긴 제국군은 만약의 상황에 대비해 성벽의 수비를 보다 강화했고, 마법사들은 복귀시켜 놓았다.

포로로 호송된 적들 중 정신이 멀쩡한 이가 없었기에 제국군은 이 전쟁의 원흉이 린아라며 그를 인도해 줄 것을 요구했지만, 그것은 우현의 말 한마디에 해결되었다.

"내 목을 벨 자신이 있다면 린아를 데려가라!"

제국을 구해준 은인의 자식이라는 말에 의구심이 들었지만 어느 누구도 그의 말에 토를 달 수가 없었다. 영웅의 칭호만큼이나 최악의 괴물이라는 소문까지 함께 났기 때문이다.

혼자 이만여 명을 고함 소리만으로 쓰러뜨린 존재라면 드래곤과 맞먹을 실력자라 해도 과언이 아닌 것이다.

목격한 증인들이 많은 만큼 틀림없는 사실이었지만 제국의 수뇌부들이 그것을 그대로 믿을 리가 없기에 보고서에 린아에 관한 것은 전부 생략해 버렸다.

다행히 훼일리스의 마력은 아일러너가 죽는 순간 회복이 되었다고 한다. 마력을 억제하는 이 마법은 시전자 본인이 매개체가 되어야 하기 때문에 그가 죽게 되면 마법 역시 자연스럽게 해제되는 것이다.

덜컹덜컹!

일행은 지금 마차를 타고 공작가의 저택으로 향하고 있었다. 단 한 명이 없긴 했으나 절친한 친구들이 모두 모였고, 그 아들도 함께 자리했다.

우현의 옆에는 린아가 찰싹 붙어 있었다. 의외로 소심한 성격이어서 그런지 과묵하기만 했다. 이 점은 항상 말이 많은 부친인 우현보다는 모친인 렌을 닮았다고 해야 할 것이다.

"허허, 정말 많이 젊어지셨군요."

"팔자에도 없는 젊음이지."

"클클, 그런 소리 하지 마십쇼. 허리가 쑤시는 제 심정을 아십니까?"

나이가 든 예전과 달리 젊어진 유빈의 모습을 훼일리스는 부러움에 가득 찬 눈빛으로 바라보았다. 이에 유빈은 가차없이 반격했다.

"그건 운동 부족이 아닌가?"

"크흠."

무안해진 훼일리스는 헛기침을 하며 더 이상 유빈이 젊어진 것에 대해 논하지 않았다.

한동안 호기심의 대명사인 훼일리스가 잠잠해지자 두 번째로 질문 공세에 들어간 이가 있었다.

"아, 맞다! 너 그러고 보니, 눈이 왜 그렇게 빨개진 거야?"

유빈을 바로 마주 보고 앉아 있던 세명이 문득 떠올랐는지 호기심이 가득한 표정으로 물었다. 훼일리스 역시도 홍안으로 변한 것에 대해 궁금했던 터라 눈을 반짝이며 유빈을 바라보았다.

'으으… 부담스러운 놈들.'

같이 지내게 된다면 어차피 자연스레 알게 될 것이다. 지금 알려주는 것이 훨씬 나을 수도 있었다. 괜히 혼란을 주는 것보다는 말이다.

그래서 유빈은 비공정에서 화상을 입고 떨어졌을 때부터 안개의 숲에서 우연히 뱀파이어 퀸의 피를 수혈받아 몸이 회복되었지만 밤에는 어쩔 수 없이 여자가 된다는 것까지 전부 털어놓았다.

피휘나드 린의 피닉스의 불꽃에 화상을 입고도 살아남은 것도 모자라 그것을 치료했다기에 궁금했던 린아는 유빈의 설명에 그제야 납득할 수 있었다.

'어쩐지 흑월 놈이 안개의 숲에서 감쪽같이 사라졌다고 한 말이 바로 이 때문이었구나.'

세명이 말없이 유빈의 손을 꼭 잡으며 동병상련의 애틋한 눈빛을 보내왔다. 유빈은 왜 자신이 이런 위로를 받아야 하는지 이해가 가지 않았다.

"전혀 고맙지 않거든? 응?"

덜컹덜컹!

마차 안에 잠시 정적이 흘렀다.

여전히 세명의 눈은 애틋하기 그지없었다. 결국 유빈은 고개를 돌려 외면해 버렸다. 그 눈빛을 감당할 자신이 없었다.

자신은 세명처럼 그런 사실을 받아들일 수가 없었다. 완전히 여자로 환생한 세명과 달리 유빈은 불완전한 상태였다. 하루에 절반은 건전한 남성인데다가 세명처럼 낙천적인 성격도 아니므로 유빈으로서는 받아들일 수가 없었다.

"있는 그대로가 자신이니, 그것 역시 받아들이는 게 좋지 않을까? 평생 그 모습으로 살아야 한다며?"

"천천히 생각해 보마."

라고 말을 하면서도 얼굴엔 썩 내키지 않는 표정을 짓고 있는 유빈이다.

그런 둘의 대화가 재미있는지 린아는 저도 모르게 쿠쿡 하며 웃었다. 이런 분위기에 익숙하지 않아서일지도 몰랐다.

우현은 그런 린아의 웃는 모습을 흐뭇하게 지켜보았다.

얼마 안 가 그들은 공작가의 저택에 도착했다.

공작가의 저택에서는 웬 고함 소리가 들려오고 있었다. 영문을 모르는 일행은 어리둥절해하며 저택으로 들어갔다.

"당신은 지금 그걸 말이라고 해요! 네이린이 어째서 전쟁터에 있단 말이에요!"

"그, 그게 말이오. 내가 헛것을 본 걸지도……."

공작은 얼굴이 붉어져 화를 내고 있는 부인에게 쩔쩔 매고 있었다. 그도 그럴 것이, 갑자기 기절한 채 저택에 실려 온 공작이 깨어나 전쟁터에서 네이린을 봤다고 말하였으니 타박을 받는 것도 당연했다.

"휴……."

"네가 나서야 하는 거 아니냐?"

유빈의 말에 동의하는 듯 세명이 고개를 끄덕였다. 전쟁터에서 보았다곤 하나 당시에 기절을 했으니 정확하게 기억을 하진 못할 것이다.

"어머니, 지금 뭐 하세요?"

"네이린!"

공작의 말만 듣고 걱정을 하고 있었던 공작부인은 환해진 얼굴로 세 명을 끌어안았다. 괜히 모습을 드러내는 바람에 부모인 그들에게 걱정을 끼쳤다는 생각에 세명은 미안한 마음이 들었다.

"그런데 네 뒤에 있는 분들은?"

"아……."

공작은 딸의 뒤에 서 있는 낯선 사람들을 발견하고 물었다.

유빈의 모습이 바뀌었는지라 그 역시도 낯선 사람으로 인지되고 있었다. 유빈은 전음을 날려 세명에게 은발의 제압자의 제자라 소개시켜 달라고 했다. 괜히 젊어진 모습 때문에 시달리는 것은 귀찮았다. 차라리 젊어진 모습에 걸맞게 대우받는 편이 오히려 나았다. 물론 전에 써 먹던 소드란 이름이 아닌 레이드란 새로운 가명으로 말이다.

"이왕 오신 김에 식사를 대접하고 싶은데……."

"아, 그럼 사양치 않겠습니다."

단번에 대답을 한 사람은 역시나 우현이었다. 다른 이들이라면 겸양으로 한 번은 사양했을 텐데 그 성격이 어딜 가겠는가.

식사가 준비되는 동안 그들은 옷을 갈아입으러 갔다. 피에 흠뻑 물든 우현을 비롯해 일행들의 옷 상태는 말로 이루지 못할 정도로 좋지 않았다.

"흐음, 여긴 볼 때마다 정말 사치스러워."

전에도 진열대에 걸려 있는 옷들을 본 적이 있지만 볼 때마다 감탄을 금치 못했다. 무슨 옷을 입을까 고민을 하던 유빈은 백색 정장을 입었다.

"어허! 밀지 말라니까."

"나도 보고 싶어~"

"계집애 말투 안 어울려, 인마!"

"나 여자 맞아."

문밖에서 요란스러운 소리가 들려왔다. 분명 목소리로 봐서는 우현과 세명임이 틀림없었다. 도대체 뭘 보려고 하기에 요란법석을 떠는 것일까?

"도대체 뭔 짓들을 하는 거냐!"

탁! 우당탕!

살짝 열린 문틈으로 두 명이 서로 엿보려 하니 균형 감각이 무너지는 것은 당연한 이치.

유빈은 앞으로 고꾸라져 바닥에 엎어진 둘을 내려다보며 물었다.

"너희들 대체 뭐 하는 거냐?"

"아니… 그, 그냥 옷을 다 갈아입었나 보러 왔지."

"그, 그래!"

"그럼 그냥 들어오면 되지, 뭘 그렇게 요란을 떨면서 몰래 보려고 하는 거냐?"

그 뒤로 란아가 흑색 정장을 입고 서 있었는데, 아버지의 바보 같은 모습에 고개를 돌려 외면해 버렸다. 어릴 적의 기억에서도 장난스러운 모습을 많이 보여준 우현이 여전히 장난기가 다분했기 때문이다.

"뭐, 옷은 다 갈아입었으니까 식사나 하러 가자."

앞장서 나가는 유빈의 뒷모습을 보며 두 사람은 의아한 듯이 바라보았다. 세명이 조용히 물었다.

"저녁때쯤 분명히 변한다고 하지 않았어?"

"이상하네. 해가 지고 있는데……."

"정말이야? 흐음… 한번 보고 싶었는데… 예쁘다며?"

"내 눈으로 직접 봤는데 못 믿는……?"

우현의 말이 끝나기도 전에 복도를 앞장서 걷고 있던 유빈이 갑자기 가슴을 붙잡고는 바닥에 한쪽 무릎을 꿇고 신음을 흘렸다.

'정말이었나?'

린아 역시도 그들의 얘기를 이미 들었기에 그들이 무엇을 기대하고 있는지 잘 알고 있었다. 유빈이 여자로 변하는 모습을 보고 싶어 하는 것이었다.

뒷모습만 보더라도 변하는 것을 확연히 알 수 있었다. 골격이 급격히 변하고 있었다. 은발의 머리카락이 붉게 물들어가더니 완전히 적발로 변했다.

유빈이 완전히 변하기까지는 오랜 시간이 걸리지 않았다. 날이 저물어 간다는 것을 생각지 못했던 유빈은 갑작스러운 변화에 익숙하지 못했다.

"하아… 하아……."

여자의 몸으로 변하자 옷이 매우 헐렁해졌다. 흘러내릴 것만 같은 옷이 아슬아슬했다.

"거봐! 내 말이 맞지?"

"그… 그래, 정말이네."

그제야 유빈은 이들이 어째서 옷을 갈아입는 것을 몰래 훔쳐보려 했는지 이유를 알 수 있었다.

하도 어이가 없는지라 유빈은 눈살을 찌푸린 채 뒤로 돌아보았다.

과묵하게 지켜보던 린아는 유빈과 눈이 마주치자 얼굴을 붉히며 고개를 재빨리 옆으로 돌렸다. 상당히 귀여운 반응이었다.

"우와~! 유빈아, 나보다 훨씬 예쁜데!"

세명이 부럽다는 듯이 눈을 반짝이며 유빈을 바라보았다. 잠시 그들을 바라보던 유빈은 다시 방으로 들어가 버렸다. 변한 모습으로는 도저히 식사를 할 수 없었다. 우현이야 친우라 그렇다 치더라도 다른 이들은 전혀 모르는 사람들이었다. 완전히 그를 여자로 보는 눈길은 참기 힘들었다.

쿵쿵!

"유빈아! 식사는?"

"너희들끼리 먹어라. 이 상태로는 무리다."

선인의 육체를 지닌 유빈이었기에 굳이 먹지 않더라도 하등 문제가 없었다.

쿵쿵!

그러나 예상외로 세명은 끈질겼다. 계속 문을 두드리며 유빈을 보챘다. 유빈의 의향 따위는 전혀 신경 쓰는 것 같지 않았다. 결국 세명의 끈질김에 지친 유빈은 방문을 열어주었다.

"난 안 먹어도 괜찮다니까."

"간만에 친구들끼리 하는 식사인데……."

"공작이나 다른 사람들은?"

"다른 사람을 일일이 신경 쓴다면 너만 피곤해질걸."

세명처럼 몇 년을 이런 모습으로 살아온 것도 아니었다. 더군다나 밤에만 이런 모습으로 있는 것이니 더욱 그랬다.

"내가 어떻게 해주길 바라는데?"

"어떻게 해주길 바란다기보다는… 있는 모습 그대로 와서 식사하자는 거지."

속이 보일 정도로 눈을 반짝이며 설득해 봐야 믿어줄 유빈이 아니었다. 하지만 유빈은 그렇게 막힌 성격의 소유자가 아니었다. 이렇게까지 하는데 거절만 하기도 그랬다.

"휴, 알았으니 좀 그만해라."

"헤헤헤, 정말이지?"

환하게 웃으며 좋아하던 세명은 옷장으로 달려가더니 드레스를 몇 벌 들고 오는 것이 아닌가.

"어이어이……."

식사를 한다고 수락하긴 했지만 여자처럼 꾸민다고 하진 않았는데, 한술 더 뜨는 세명의 행동에 유빈은 고개를 절레절레 흔들었다.

콩!

세명의 이마에 가볍게 꿀밤을 먹이고는 방에서 내쫓았다. 밤에 여자가 되는 것은 어쩔 수 없다곤 하지만 굳이 이런 옷까지 입을 생각 따윈 없었다.

"간편한 복장이 좋겠지."

란 생각에 남성용 옷들 중에서 사이즈가 작은 것을 꺼내 이것저것 입어보았다. 하지만 최종적으로 유빈은 스스로가 생각했던 극악의 결론을 내릴 수밖에 없었다.

"끄응… 오, 옷이 맞질 않아!"

치수가 작은 옷이라고 할지라도 남성용으로 제작된 옷들이 유빈에게 맞을 리가 만무했다.

골반이 맞질 않다던가, 좁아진 어깨 때문에 남성용 옷들은 거추장스러운 느낌을 주고 있었다. 여행복은 억지로 입다시피 해서 느끼지 못했지만 지금은 그 느낌이 너무 확연했다.

자신도 모르는 사이에 유빈의 눈길은 여성용 옷 진열대로 향하고 있었다. 진열대의 옷들은 확실히 잘 어울릴 것 같았다. 문제는 거의 대부분이 드레스라는 것이었다.

"후우… 좋아. 최대한 무난한 걸로 고르자."

얼굴이 붉어진 채 진열대의 옷들을 둘러보던 유빈은 가장 무난해 보이는 옷을 하나 골랐다. 그의 손에 들린 것은 치렁치렁한 드레스가 아니었다.

"이것도 좀 그렇긴 하지만… 딴 것에 비하면 낫군."

그 시각, 다른 사람들은 식당의 화로 앞에서 유빈만을 기다리고 있었다. 사전에 세명은 공작에게 유빈이 특이한 체질의 소유자라 저녁에는 여자가 된다는 말을 해두었다. 그래야 유빈이 들어와도 복잡한 설명을 피하기 위해서였다.

"이거, 정말 미인이라서 놀랐습니다."

"아, 네."

"특이한 체질이라고 하시더니, 정말 여자일 때도 너무 예쁘네요."

공작과 공작부인은 서로 칭찬을 하느라 정신이 없었다.

그들의 맞은편 식탁에는 청초하며 단아한 드레스만으로도 그 탁월

한 아름다움이 빛을 발하는 긴 붉은 머리카락의 아름다운 여인이 있었다.

그녀는 다름 아닌 유빈이었다. 그렇게 극구 입기를 거부했지만, 결국 드레스를 입고 식당으로 올 수밖에 없었다. 훼일리스를 비롯해 우현, 란아 등은 설마 드레스를 입고 오리라고는 예상하지 못했기에 깜짝 놀랐다.

공작의 아들인 네일은 유빈에게 시선을 떼지 못하고 있었다.

화끈!

유빈은 얼굴이 상기되어 어쩔 줄 몰랐다. 이런 드레스를 입은 것만으로도 상당히 부끄럽고 민망했다. 나이가 있는지라 평정심을 지키기 위해 노력을 했지만 점점 힘들었다.

이런 유빈을 보며 즐기는 이가 있었다. 바로 옆에 앉아 있는 우현, 그는 계속 유빈이 감당하지 못할 말들만 늘어놓았다.

"너무 예쁜걸."

"드레스가 정말 잘 어울린다!"

"이젠 여자로 굳힌 거냐?"

차마 공작과 그 부인이 있는 앞이라 불길로 타오르는 속을 드러낼 수는 없는지라 유빈은 얼굴이 상기된 채 식사에만 최대한 열중하려 했다.

그러나 주위 사람들은 그를 가만히 내버려 둘 생각이 없어 보였다. 그냥 아름다운 여인이었다면 그 자체로 볼 테지만, 식당에 있는 모두가 그가 남자라는 사실을 잘 알고 있다는 게 문제였다.

"좀 더 괜찮은 드레스도 많은데… 코디가 필요하겠네요."

"네?"

"체질적으로 밤에만 여자라서 그런지, 꾸미는 것에 아마 익숙하지 않을 거예요. 안 그래요?"

"그, 그야……."

퀸의 피를 수혈받은 지 얼마나 되었다고 그가 여자로서 치장하는 데 익숙하겠는가. 그냥 고분고분하게 '네네' 하고 대답하는 것만이 무난하게 넘어가는 길이었다.

유빈이 이렇게 공작부인의 한마디 한마디에 전전긍긍하고 있을 때, 공작은 우현과 대화를 나누고 있었다.

"그러고 보니 시스님과 런아님은 많이 닮았군요."

이곳에서 우현이란 발음이 힘들기 때문에 자신을 소개할 때 우현은 아내인 렌의 성을 이름으로 대신했다.

"부자지간이니 닮은 것은 당연한 것이 아닙니까? 하하하하!"

"네? 두 분은 형제가 아니었습니까?"

부자지간이라는 말에 놀란 듯 공작이 눈살을 찌푸리며 반문했다.

우현이 조금은 나이가 더 들어 보이긴 했지만 아무리 봐도 형제 이상으로 보기에는 힘들었다.

"제가 좀 동안입니다. 하하하하!"

"혹여 실례가 되지 않는다면 연세가 어떻게 되시는지……?"

공작이 보기에 우현은 아무리 많이 쳐줘도 이십대 중반에서 후반 정도로밖에 보이지 않았다. 아무리 동안이라고 할지라도 이건 심했다.

'흐음, 오십대 정도면 되려나?'

"이제 막 오십 줄을 넘었지요."

순간 공작의 이마에 핏줄이 올라섰다. 많이 뵈주더라도 삼십대 중반에 불과할 거라 여겼는데 자신보다도 십 년은 더 산 연장자라는 것이었다. 마치 자신을 놀린다는 느낌을 받았다.

"의심스럽겠지만 제 아버지가 맞습니다."

의심의 눈초리로 바라보는 공작의 행동에 린아가 쐐기를 박았다.

이렇게까지 말을 하니 별수없이 믿을 수밖에 없었다.

"것참… 부럽군요."

"하하하, 그렇지요."

전의 공작가를 방문했을 때와 달리 식당의 분위기는 떠들썩하고 활기찼다. 그렇게 메인 식사를 마친 후 후식으로 과일과 차를 내오고 있었다.

공작은 차를 음미할 줄 아는 사람이라 차향이 매우 고풍스럽고 각별했다. 차를 마시며 가벼운 여담을 나누고 있을 때, 그동안 침묵하고 있던 린아가 입을 열었다.

"전장을 책임졌던 사람이 공작님이라고 들었는데, 좀 더 방비를 해야 하지 않겠습니까?"

"음… 그게 무슨 말인가?"

성도 방어의 원수는 아니었지만 사령관을 맡았던 자가 바로 에스트로넨 공작이었다. 적을 물리치긴 했으나 후의 일을 장담할 수 없음을 경고하는 것이었다.

"적들이 고작 한 번의 실패로 멈출 거라 장담하십니까?"

린아가 뜻하는 그 적은 바로 흑색교단의 교주인 인탁을 칭하는 말이었다. 흑색교단의 최종 목표는 주위의 다섯 국이 아닌 파무르 제국의 성도다.

이번 일에 유빈들이 개입해 쉽게 막을 수 있었던 것이지, 실제 파무르 제국의 역량으로는 성도가 하루 만에 함락당했을 것이다.

다섯 국에 비해 전투력이 수배에 달하긴 했으나 적은 고작 백 명에 불과한 마단으로 한 국가를 함락시켰다. 그것보다 훨씬 많은 이만 명이나 되는 흑색마단이 쳐들어왔다. 이백 배에 이르는 전력이라는 소리였다.

이렇게 본다면 굉장히 심각하게 받아들어야 할 문제를 제국에서는 이 한 번의 위기를 끝으로 보고 있었다.

"물론 자네의 말 역시도 일리가 있으나 방비는 충분히 했다고 생각되네."

"그럴까요?"

"성의 결계를 훨씬 견고하게 하고, 방위군을 이참에 다섯 배 정도로 늘렸네."

"적의 힘은 그것을 가벼이 넘습니다. 이전의 전쟁은 요행에 불과합니다."

"크흠!"

아무리 성격이 완만한 공작이라지만 린아의 거침없는 말에 기분이 상하지 않을 수가 없었다. 그렇다고 부정하기엔 성도 방위군을 급하게 만들어진 상태에서 적을 맞은 것이 사실이기에 반박을 할 수가 없었다.

훈련 한 번 제대로 하지 못한 군이 어찌 제 기능을 다할 수 있겠는가. 아무리 수가 많더라도 군율이나 호흡이 맞춰지지 않은 군은 오합지졸에 불과했다.

"흐흠… 물론 자네의 말도 옳긴 하나 아무래도 적에게 이만이라는 수는 적의 전력에 해당할 걸세. 그것이 아니더라도 꽤 치명적이겠지. 솔직히 일당백이나 일당천의 실력을 가진 군이라면, 이만 명 정도를 양성하는 것만으로도 벅찰 테니까."

"그럴지도 모르지요."

말은 그렇게 하면서도 공작의 판단에 린아는 내심 감탄을 금치 못했다.

개개인이 검기를 쓸 수 있을 정도의 마단을 만들기 위해서 많은 시간을 투자한 인탁이다.

그 정도의 전력만으로도 충분히 대륙의 뒤엎을 수 있고, 이 이상의 수는 그 역시도 감당할 수 없다고 여겼기 때문이다.

"내 판단이 틀렸다면 어쩔 수 없겠지만, 지금으로선 최선의 방법이란 없네."

"자자자, 그런 딱딱한 얘기는 그만들 합시다."

좌중의 분위기가 딱딱해지는 것을 느낀 우현이 이들의 대화를 제지했다. 린아 역시 이 정도면 공작이 충분히 알아들었을 거라 여겼는지 더 이상의 이견을 말하지 않았다.

"호호호, 그러고 보니 내일 저녁에 황궁에서 무도회를 개최한다고 하던데요?"

"아아, 그랬었지."

"무도회라니 그건 무슨 말씀입니까?"

무도회라는 말에 유빈이 의아했는지 물었다. 전쟁의 피해가 크지 않다고 하나 부상자들이나 사망자들의 위령제조차 지내지 않았는데, 이런 시기에 무슨 무도회란 말인가.

"아무래도 폐하께서 젊다 보니 전쟁의 위기를 넘긴 기념으로 축하 파티를 열자더군."

이십대 중반에도 못 미치는 젊은 황제의 철없는 결정이었다. 이것을 말려야 할 관료들은 황궁 긴급 비상 대책 회의 때는 입을 꾹 다물고 있더니, 이제는 한술 더 떠서 단순한 파티가 아닌 무도회를 열자고 주청을 올렸던 것이다.

"내가 당시에 황궁에만 있었더라도 이런 일은 없었을 텐데… 휴우."

이미 결정 난 사항을 번복해 봐야 별 소용이 없다는 것을 잘 알고 있는 공작은 한숨만 푹 내쉬었다.

공작이 만약 그 자리에 있었다면, 파티보다는 위령제를 지내는 것과 주위의 멸망한 연합국들에 대한 재건 지원 등을 논의했을 것이다.

"네이린, 이번 황궁 무도회는 성대하게 여는 것이니 폐하께서 귀족가의 젊은이들은 의무적으로 전부 참여하라는구나."

파티를 통한 사교계 자체에 관심이 없는 세명은 그동안 한 번도 파티에 참여한 적이 없었다. 공작 내외가 여러 번 권유해 보았으나 세명은 가려 하지 않았다.

"싫어요."

역시나 세명은 무도회 참석을 거절했다. 그의 성격상 그런 곳은 맞지 않았다.

"네이린! 황명이래두!"

"헤에, 레이드도 같이 간다면 갈게요."

"풋!"

차를 들이키고 있던 유빈은 당황한 나머지 전처럼 차를 뿜어내고 말았다. 다행히 식탁 맞은편까지의 간격이 넓은지라 앞에 앉아 있던 공작은 안도의 숨을 내쉬었다.

"야! 대체 내가 왜 가야 한단 말이냐?"

당황한 유빈은 얼굴이 붉어져 소리를 질렀다. 흥분했다곤 하나 이 자리에는 공작을 비롯한 훼일리스, 린아 등도 있는 자리였다.

또다시 시선을 끄는 행동을 했다는 생각에 유빈은 고개를 푹 숙였다.

"잘됐네요. 남편의 재량 정도면 여러분들도 전부 초대할 수 있답니다."

"그, 그런……."

일부러 거절을 하지 못하도록 일행 전부를 황궁 무도회에 초대하려는 공작부인의 계책에 유빈은 혀를 내둘렀다.

유빈은 고개를 절레절레 흔들며 일행에게 거절하라는 눈빛을 보냈다.

그러나 유빈의 수난기라도 되는 것일까?

"뭐, 좋습니다. 크큭."

"늙은이가 그런 곳에 초대된다는 것만으로도 영광입니다."

린아는 우현이 간다면 어디든지 따라갈 것이다.

거듭되는 배신에 유빈은 속으로 눈물을 머금어야만 했다. 그리고 굳게 결심했는지 거절의 의사를 보였다.

"죄송하지만 저는 그런 자리를 기피하는지라……."

"혼자 궁상맞게 뭐 하려고?"

"크으!"

궁상맞다는 소리까지 듣게 되자 유빈은 뒷말을 이을 수가 없었다. 왜 군이 자신을 파티에 참여하게 하려는지 그 의도들이 궁금했다. 물론 물어봐야 대답들이야 뻔할 뻔 자였다.

—재밌잖아.

이래서 옛 친구가 두 명 이상 모이는 것을 불안해했는데, 결국 그 불안이 들어맞고 말았다.

황궁 무도회가 개최되는 시간은 분명 저녁때라고 하였다. 무슨 파티 시간이 다 늦은 저녁에 하는지 알 수 없다고 유빈은 속으로나마 투덜거렸다.

'젠장! 능구렁이들만 모였나!'

사실 화를 내면서 거절한다거나 무시할 수도 있었지만, 이상하게 뚜렷하게 거절을 할 수가 없었다. 본인 스스로는 느끼지 못하고 있었으나 퀸의 피가 그의 이성에 작용해 여자로서의 감정을 최대한 일으키고 있었기 때문이다.

결국 황궁 무도회에 참석키로 했다. 사실 세명도 있으니 별다른 불만은 없었다.

*　　　　*　　　　*

전쟁의 위기에서 벗어났다는 소문이 나돌면서 성도는 들썩이고 있었다. 축제의 분위기를 만끽하고 있다고 봐도 무방했다.

불과 어제까지만 하더라도 조용하던 거리가 사람들로 북적거리고 있었다. 아직은 한가로운 시간대인지라 유빈은 거리를 돌아다니고 있었다. 혼자서만 공작가를 나와 산책을 즐기고 있었던 것이다.

이곳의 풍경도 이젠 많이 익숙해졌다.

막상 밖을 나와서 걸어보니 이곳에 와서 겪었던 일들이 떠올라 입가에 미소가 지어졌다. 자신을 그렇게 어려워하던 그렌이 생각났다.

'그러고 보니 그렌을 한번 보고 싶네.'

보고 싶단 생각이 들자 유빈은 즉시 용병 길드가 있는 쪽으로 발걸음을 돌렸다.

용병 길드 앞의 길은 다른 거리에 비해 조용하고 엄숙했다. 흰 색깔의 꽃들이 뿌려져 있는 걸로 보아 위령제를 지낸 듯했다.

용병들 역시도 전쟁에 참여했기 때문에 사망자 수가 상당히 많았다. 그들은 이곳 성도를 지킨 영웅으로 남게 될 것이다.

길드 안으로 들어간 유빈은 건물 앞과는 달리 활발한 분위기였다. 동료들의 죽음을 애도하면서도 분위기가 침체되지는 않았다.

'동료들의 죽음에 익숙한 건가.'

항상 전장을 뛰어야 하는 용병이라면 동료들의 죽음을 지켜봐야 했던 적이 많았을 것이다. 동료가 죽었다는 것은 매우 슬픈 일이긴 하나 이들은 침울해하며 안주할 수 없었다. 용병이란 직업을 택했을 때는 이미 목숨을 걸었다는 의미이기 때문이다.

유빈은 창구에 앉아 있는 여직원에게 다가가 물었다.

"사람을 찾고 있네."

"의뢰인가요?"

"길드에 속해 있는 용병이지."

여직원은 훤칠해 보이는 유빈의 모습에 호감이 갔으나 꼭 영감과 같은 말투가 특이하다고 여겼다.

"이름이나 소속을 알고 계십니까?"

"소속은 모르겠지만 이름은 그렌이라고 하네만."

"아! 소드 마스터 그렌님을 말씀하시는 건가요?"

'그렌이 소드 마스터의 경지에 올랐구나.'

전에 깨달음을 주기 위해 노력을 했었는데, 결국 그렌은 스스로 소드 마스터의 경지에 올랐던 것이다. 나름대로 인연이 있는 자가 안배대로 경지에 올랐다니 유빈은 내심 흐뭇해졌다.

"맞네."

"그렌님은 지금 길드장과 대화를 나누고 계시니 조금만 기다리시면……."

"잘됐군. 바쁠 텐데 고맙네."

유빈은 대기실에서 기다릴 필요 없이 곧장 길드장 미하드가 있는 3층으로 올라갔다. 귀가 밝은 유빈은 익숙한 목소리를 알아챌 수 있었다.

달칵!

여전히 미하드의 사무실에는 서류더미들이 높게 쌓여 있었다.

그렌과 여러 사안에 대해서 의논 중이던 미하드는 누군가 갑작스럽게 문을 열고 들어오자 본능적으로 시선이 그쪽으로 갔다.

훤칠한 은발의 청년을 본 미하드는 그가 누군가를 닮았다는 생각이

들었다.

"누구신지⋯⋯?"

미하드의 말에 유빈은 자신이 경솔했음을 알 수 있었다. 유빈은 자신의 모습이 변했음을 순간이나마 잊고 있었던 것이다.

별수없이 정체를 공작에게처럼 속여야만 했다.

"레아드라고 합니다."

"무슨 용무라도 있습니까?"

"용무이기보다는 스승님께서 그렌이란 분을 만나보라 하셔서요."

"에? 날 말인가?"

외눈박이의 사내, 그렌은 관심이 없다는 듯이 뒤도 돌아보지 않고 있다가 자신이 언급되자 그제야 고개를 돌렸다.

'허허, 이 녀석 보게나. 꼴에 소드 마스터가 되었다고 말투가⋯⋯.'

전에는 꼬박꼬박 존댓말을 쓰던 그렌이 처음 보는 자신에게 하대를 하자 유빈은 속으로 반갑다기보다 그렌을 이 자리에서 패대기쳐 버리고 싶다는 생각이 들었다.

"그래, 자네 스승의 존함이 뭔가?"

"세간의 사람들이 스승님을 은발의 제압자라고 한다지요."

"은발의⋯ 제압자? 헉! 으, 은공의 제자이셨군요."

얼마나 놀랐는지 순식간에 말투가 공손하게 바뀌었다. 반면 길드장인 미하드는 뭔가 미덥지 못하다는 눈빛으로 유빈을 바라보고 있었다.

그도 그럴 것이 은발의 제압자가 비공정에서 떨어진 이후 행방불명이 되었고 아직 살아 있다는 소문도 있었지만, 그것 역시도 반신반의하고 있는 터에 갑자기 은발의 제압자의 제자가 눈앞에 나타났으니 미덥지 못한 것은 당연했다.

"소드님의 제자라고요?"

"뭐, 그렇습니다."

"죄송하지만 소드님의 제자라는 것을 증명해 줄 만한 것이 있습니까?"

'…이 녀석들 의외로 사람 귀찮게 만드네.'

미하드가 자신을 의심하고 있다는 것에 짜증이 난 유빈이지만 그것을 내색하진 않았다. 어차피 모르는 자가 찾아와서 뜬금없이 누구의 제자다, 라고 말한다면 자신이라도 믿지 못할 것이다.

"굳이 증명할 물건은 없지만 이 정도면 될까요?"

유빈은 허리춤에 차고 있던 주머니에서 황금색 용병패를 꺼내었다.

"아아……."

미하드는 용병패에 적혀 있는 소드라는 이름을 보고는 유빈이 소드의 진짜 제자라 믿었다.

"번거롭게 해서 정말 죄송합니다."

의심을 받는 상대가 기분이 나쁘다는 것을 잘 알고 있는 미하드는 곧바로 유빈에게 사과를 했다.

"스승님이 말씀하신 대로 두 분은 꽤 높은 경지에 오른 것 같군요."

소드 마스터는 검강을 쓸 수 있는 경지를 뜻한다. 이곳 대륙의 검사들에게 있어서 선망이 대상이 되는 경지를 고작 '꽤'라는 말로 낮춰 버리는 유빈의 말에 그렌과 미하드는 내심 속이 상했지만, 그 말을 한 사람이 은발의 제압자라는 것을 알기에 군말을 할 수가 없었다.

"소드님의 제자라면 당연히 검을 다룰 줄 알겠군요."

'이 녀석, 배알이 뒤틀린 건가.'

나름대로 소드 마스터의 경지에 오르면서 자부심을 가졌던지라 그렌의 말에는 알게 모르게 가시가 박혀 있었다. 퉁명스럽다고 해야 할까.

"스승님께서 제게 부탁을 하더군요."

"네?"

"그렌이 소드 마스터의 경지에 올랐다면 한번 시험해 보라더군요."

"시험이라고요?"

그렌은 젊어 보이는 유빈이 자신을 시험해 보겠다는 말에 의아해졌다. 유빈의 몸에서 풍겨져 나오는 기운만 봐서는 거의 일반인이라 해도 무방했는데, 무슨 수로 자신을 시험하겠단 말인가.

"이곳은 좁으니 밖으로 나갈까요?"

사무실 앞에는 대기실이라 어느 정도 공간이 있었다. 넓진 않았지만 이 정도라면 그렌이 검강을 휘두르는 데 별다른 무리가 없을 것이다.

유빈이 서류 더미로 보이는 양피지 조각 한 장을 들고 나와 바닥에 깔았다. 한 발만 겨우 올려 놓을 수 있을 정도의 양피지였다.

"그건?"

"실력차가 날 테니 어느 정도 핸디캡은 드려야지요."

으드득!

핸디캡을 준다는 말에 그렌은 기분이 최악으로 내려갔다. 이에 유빈은 빙그레 미소 지었다. 유빈이 그렌의 심정을 모르는 것이 아니었다. 하지만 깨달음으로 인해 강해진 이는 그것에 만족하고 더 이상 성장하려 하지 않는 경우가 있기 때문에 일부러 그를 자극하려는 것이었다.

유빈은 양피지 위로 올라가 반대쪽 발을 살짝 들어올린 채 그렌을 향해 공격하라는 손짓을 했다.

'아무리 은공의 제자라지만! 소드 마스터인 나를 너무 우습게 여기잖아!'

"사정을 봐주진 않을 테니 알아서 조심하십쇼!"

그렌은 허리춤에 차고 있던 검집에서 검을 뽑는 동시에 검강을 일으켰다. 푸른빛을 머금은 검을 단숨에 유빈을 벨 듯한 기세로 휘둘렀다.

검강을 맨손으로 막을 수 없다고 여긴 탓이었는지 그렌은 유빈이 양피지를 벗어나 피할 것이라 여겼다.

지켜보는 미하드 역시도 그렇게 생각했다. 소드 마스터의 검강은 맨손으로 막을 수 없다는 것이 일반적인 상식이었다.

그러나 그것은 단순한 이들만의 생각이었다.

유빈에게는 강기와 같은 건 어떠한 것도 보이지 않았지만 너무도 쉽게 검강을 맨손으로 튕겨내 버린 것이다.

챙!

"크윽!"

마치 맨손이 아니라 검에 튕겨 나간 것처럼 오히려 그렌이 세 보 이상 밀려 나갔다.

이들은 모르고 있겠지만, 유빈은 천검의 경지에 올라 있어 굳이 검강을 쓰지 않더라도 유빈 본인이 검 그 자체이기 때문에 그렌의 검강을 튕겨낼 수 있었던 것이다.

유빈의 실력이 보통이 아니라는 것을 깨달은 그렌은 진지하게 임해야 함을 느낄 수 있었다.

'핸디캡을 준다 했을 때 알아봤어야 했는데… 으으!'

소드 마스터라는 것에 너무 취해 있다 보니 상대를 처음부터 무시하는 경향이 생겼던 그렌은 공격 방법을 바꾸었다.

소드 마스터에 오르면서 그렌이 연마한 필살기가 있었다.

"쉐도우 소드!"

쇄쇄쇄쇄!

그렌의 검강이 다섯 갈래로 나뉘며 다섯 방향으로 유빈에게 쇄도했다. 서로 전혀 다른 방향의 공격이라면 막기 힘들다는 것을 잘 알기에 그동안의 경험을 토대로 만든 필살기였다.

'제법인데.'

단순한 휘두르기가 아닌, 검 초식을 사용하는 그렌에게 유빈은 속으로 감탄을 했다. 혼자서 만든 초식치곤 꽤 쓸 만했기 때문이다.

하지만 유빈에게 있어서 그것은 단순하기만 했다.

'좀 더 변화를 준다면 상대를 혼란에 빠뜨릴 수 있을 텐데…….'

유빈이 오른손으로 원을 그리자 다섯 방향으로 쇄도해 오던 검강이 실린 검초가 순식간에 깨지고 말았다.

나름대로 고민 끝에 개발한 필살기가 너무 쉽게 깨지자 그렌의 얼굴은 상심으로 드리워졌다. 한 번 마음이 꺾이게 되면 전의를 상실하게 된다.

"방금 것은 상당히 좋았습니다."

"아! 이렇게 쉽게 깨져 버렸는데……."

상당히 고심해서 만든 검초라 그렌의 상심은 이만저만이 아니었다. 확실히 삼재 검법을 두 단계 진일보시켰다고 해도 무방할 정도의 초식이니 꽤나 고민을 했을 것이다.

이럴 때는 솔직하게 말해 주는 편이 좋았다.

"제 심득이 훨씬 높아서 막은 것뿐이니 그리 상심하지 않으셔도 됩니다."

쉽게 말해 '내가 잘나서 막은 것이다' 라는 의미였다. 유빈의 그 말에 더욱 어이없는 그렌이었지만 확실히 실력의 차가 크긴 했다.

"검에 변화를 준다면 아마 굉장한 초식이 될 겁니다."

이 정도만으로도 그렌에게는 굉장한 도움이 될 것이다. 변화를 주라는 말에 깨달음을 얻었는지, 그렌은 잠시 고민에 빠졌다.

"일부러 그렌에게 깨달음을 줄 목적이었군요."

지켜만 보고 있던 미하드가 유빈의 의도를 눈치챘는지 히죽 웃으며 말했다. 볼 때마다 씻지 않아서 그런지 폐인의 몰골을 하고 있는 미하드가 히죽거리며 웃자 유빈은 한순간 주먹으로 그의 얼굴을 치고 싶다는 충동이 들었다.

"아아… 생각해 보니 스승님께서 길드장에게 전해 달라는 것이 있었습니다."

"오! 정말입니까? 그게 뭐죠?"

"자, 받으십쇼."

"……?"

퍽!

"끄억!"

은발의 제압자(유빈 당사자)가 전해 달라는 것이 있다는 말에 내심 기대를 하고 있었던 미하드는 갑자기 날아오는 주먹에 봉변을 당하고 말

있다.

주르륵!

미하드의 코에서 진한 피가 흘러나왔다.

"이, 이게 무슨… 헉!"

코피를 소매로 스윽 닦으며 미하드는 항의를 하려 했다. 하지만 그의 말이 끝나기도 전에 날아오는 후속타에 기겁을 할 수밖에 없었다.

퍼퍼퍼퍽!

한동안 눈뜨고는 지켜보기 힘든 장면과 함께 둔탁한 소리들이 방 안 전체를 가득 메웠다.

명색이 소드 마스터인지라 마나를 끌어올려 대항해 보려 했으나, 주먹에 맞을 때마다 마나가 흩어지는 바람에 타격을 있는 그대로 받아야만 했다.

얼마나 맞았을까. 미하드는 바닥에 힘없이 널브러져 있었다.

'거참, 볼 때마다 이상하게 때리고 싶네.'

미안한 감정도 별로 들지 않았다. 보면 볼수록 때리고 싶어지는 얼굴이라는 생각밖에 없었다. 그렌은 나름대로 깨달음을 얻은 듯 만족한 얼굴이 되어 있었다.

"엥? 왜 길드장님이 저기 누워 계신 겁니까?"

바닥에 쓰러져 있는 미하드를 발견한 그렌이 놀란 표정이 되어 물었다.

"글쎄요."

사실대로 말하기도 그런지라 유빈은 미소를 지으며 퉁명스럽게 대답했다.

얼굴색 하나 변하지 않고 말하는 유빈을 보며 그렌은 소름이 끼쳐 왔지만 애써 모른 척했다. 왠지 모르게 앞에 서 있는 이 은발의 청년에게서 은공의 모습이 겹쳐 보였기 때문이다.

"스승님의 부탁도 이행했고, 저는 이만 가봐야겠군요."

그렌의 얼굴을 보고, 또 그에게 깨달음을 주었다는 것에서 만족한 유빈은 길드를 나서려 했다.

"아! 잠시만 기다려 주십쇼."

"따로 할 말이라도 있습니까?"

"도… 도움을 받았으니 식사라도 대접하고 싶습니다만."

마땅히 보답할 길이 없는지라 식사라도 대접하고 싶은 것이 그렌의 심정이었다. 그러나 유빈은 고개를 저으며 그렌의 성의에 거절했다.

"마음만이라도 감사히 보답을 받은 걸로 하지요. 더욱 정진해 높은 경지에 오르기 바랍니다."

유빈은 그 말만을 남긴 채 용병 길드를 떠났다. 본래의 모습이었다면 그렌과 식사를 하겠지만, 달라진 모습으로까지 인연을 맺을 필요는 없다고 여겼기에 거절하고 나온 것이다.

'처음 이곳에 와서 자네를 보게 되어 정말 즐거웠다네.'

용병 길드를 뒤로 한 채 속으로나마 그렌에게 은발의 제압자, 소드로서 마지막 인사를 하는 그였다.

*   *   *

"어딜 그렇게 돌아다닌 거냐?"

"그냥 이곳저곳."

저택에 하릴없이 틀어박혀 린아와 대화를 나누고 있던 우현은 산책을 간다며 아침에 나갔던 유빈이 오후가 다 되어서 돌아오자 궁금한지 물었다.

"성의없는 녀석. 크큭."

어차피 유빈이 어딜 갔는지 알아봐야 그곳이 어딘지조차 모를 것이다. 둘 다 그것을 잘 알면서도 그렇게 말하는 게 둘만의 인사법이었다. 대충 '이제 왔냐?' '어, 그래' 이런 식이라고 보면 될 것이다.

"세명이는?"

"아마 꾸미느라 정신이 없을걸."

"에?"

"무도회 준비를 하느라 말이지. 크크큭."

뜬금없이 무도회 준비를 위해 꾸민다는 말에 유빈은 의아한 듯한 표정을 지었다. 아직 저녁이 되기까지 상당히 여유가 있을 텐데, 벌써부터 준비를 한다니 당연한 반응이었다.

"네가 아직 여자를 모르는구나."

"알아서 뭐 하게?"

"상식 정돈 알아야지."

"무슨 상식?"

천생이 호색한지라 무림에 있을 적 많은 여자들을 사귀었던 우현이다. 적어도 여자에 관해서 유빈보다 훨씬 잘 안다고 해도 무방했다.

"여자들은 스스로를 꾸미면서 진가를 발휘하는 거야. 크큭."

"강제로 하는 게 아니라?"

세명의 성격에 꾸미는 것을 좋아할 리가 없었다. 여자라고 하나 타고난 성격이 있는 이상 무리일 것이다.

"글쎄, 그냥 끌려가는 것까지밖에 보지 못했는데……."

정상적인 여자라면 스스로 꾸미는 것을 원하겠지만, 세명이야 그런 것에 관심이야 있겠는가. 보나마나 거의 공작부인에 의해 강제로 끌려갔을 것이다.

"너도 곧 끌려갈 건데, 크큭."

우현은 이 상황을 상당히 즐기고 있었다. 저녁때가 되며 유빈 역시도 변할 테니, 그것을 말하는 것이었다.

"미안하지만 그렇게 여자들이 준비하는 시간이 오래 걸린다면 내겐 힘들겠지."

"뭐?"

"참석한다고 했다지만 내가 굳이 여자로만 참석해야 한다는 이유가 있나?"

성별 자체가 저녁에 바뀌긴 하지만 남장을 해도 상관은 없었다. 유빈은 분명 무도회에 참석한다고만 했다. 여자로서 참석한다는 말은 하지 않았다.

"커억! 안 돼! 여자로 참석해야 돼!"

"싫거든."

유빈의 여자가 된 모습이 상당한 집착을 보이는 우현에게 딱 잘라 거절했다. 그 당시에는 어떻게 분위기에 휩쓸려 무도회 참석 약속까진 했지만, 그 외의 것은 굳이 남이 하라는 대로 해야 할 이유가 없었다.

"내가 꼭 여자로 참석해야 한다는 이유가 있나?"

"당연하지!"

"뭔데?"

"예쁘잖아!"

"…네놈을 여자로 만들어줄까?"

직선으로 발만 뻗으면 우현의 그것이 제 기능을 발휘하지 못하도록 만들 수 있었다.

그때 서재에서 조용히 책을 읽고 있던 훼일리스가 나왔다.

"두 분, 지금 뭐 하시는 겁니까?"

본능적으로 우현은 자신의 그곳을 양손으로 가리며 민망한 포즈를 취하고 있었고, 유빈의 발이 우현의 그곳을 향해 날아가던 차에 훼일리스의 말에 멈췄다.

"헉… 헉…….."

괜히 약 올리다가 여자(?)가 될 뻔한 그 이후로 우현은 더 이상 유빈에게 여자의 모습을 하라는 말을 꺼내지 못했다.

시간이 빠르게 흘러 벌써 해가 저물 무렵이 되었다. 일행들은 무도회에 참여할 옷을 고르고 있었다.

유빈은 방에 앉아 초조하게 기다리고 있었다. 아직은 은발의 훤칠한 청년의 모습을 하고 있지만 해가 지는 순간…….

이윽고 얼마 있지 않아 유빈은 변화의 고통을 느끼며 여자의 모습으로 변해갔다.

"하아… 정말 익숙해지지 않네."

매번 변할 때마다 뼈의 골격의 변화 때문에 마치 분근착골이라도 당하는 느낌이었다.

유빈은 옷 진열대를 향해 걸어갔다.

지금은 남성의 옷이 맞지 않아 불편하더라도 어느 정도 감내하는 것이 좋았다. 치수가 맞는 옷을 고르려던 참이었다.

달칵! 우르르르!

그때 갑자기 방문이 열리며 저택의 시녀들이 우르르 들어왔다. 그 맨 앞에 서 있는 사람은 다름 아닌 공작부인이었다. 그녀는 이 순간만을 기다려온 듯했다.

"걱정 마세요. 레이드 군… 아니, 양."

"이, 이게 무슨?"

"레이드 양이 꾸미는 데 익숙하지 않아 도와주러 왔어요."

"그, 그럴 필요는 없습니다만."

"사양하지 마세요. 화장이나 머리를 손질하는 것 정도는 도와줄 수 있어요."

유빈은 공작부인을 당황스러운 눈초리로 바라보았다.

남장을 할 생각이었는데 갑자기 들어와서 꾸며준다고 하니 청천벽력과도 같은 소리였다.

"고, 공작부인, 저는 그냥 남장을 하고 갈 생각입니다."

어떻게든 공작부인을 설득하지 않고는 이 상황을 타개하기 힘들다고 여긴 유빈은 남장을 하기로 했다고 자신의 뜻을 확실하게 밝혔다.

"레이드 양 정도의 얼굴이라면 남장을 하더라도 사람들이 전부 여자인 것을 눈치챌 걸요."

'차라리 그 편이 훨씬 편한데…….'

"그래도 여자로 꾸미고 간다는 것은……."

"한 번쯤 꾸민다고 해서 잘못될 거 하나도 없어요, 레이드 양."

'크아악!'

유빈은 어떤 식으로 자신이 말을 하더라도 공작부인을 설득하는 것은 무리라고 여겼다. 여러 번 설득조로 남장을 한다고 하더라도 오히려 공작부인은 그를 넘어서 더 설득하려 들었다.

그렇게 되어 유빈은 자신의 몸을 어쩔 수 없이 공작부인에게 맡겨야만 했다.

공작을 비롯한 다른 이들은 이미 준비를 끝내고 황궁으로 향하고 있었다. 공작인 그는 시간을 준수해야 하기 때문에 유빈과 공작부인을 제외한 다른 이들은 그를 따라갔다.

황궁을 향하는 마차에서 타고 있는 우현과 세명은 기대감에 차 있었다.

유빈이 남장을 하고 무도회에 참석하려 한다고 말한 것은 바로 이 두 사람이었기 때문이다. 믿는 도끼에 발등 찍히고만 것이다.

사실 세명 역시도 평소와는 비교도 되지 않을 만큼 굉장히 아름다워 보였다. 스스로가 꾸미지 않아서 그렇지, 그녀는 말 그대로 청초한 미인이었다.

"무도회라… 그거 춤도 못 추는데 가도 상관없나?"

"너 정도면 한 번만 봐도 다 외울걸. 헤헤."

사실 우현이나 린아, 그리고 세명 등은 딱히 무도회용 춤을 배운 적이 없었다. 그러나 이들 전부가 초식을 다루는 데 고수이다 보니 춤의 동작 정도는 한 번만 보더라도 단숨에 외워 버릴 수 있는 것이다.

얼마 후, 그들이 타고 있는 마차는 황궁 무도회장에 도착했다. 백색의 제복을 입은 기사들이 무도회장 주위를 둘러싸 철통같은 경비를 서고 있었다. 마차의 문을 열고 나가자 무도회장의 입구까지 붉은 카펫이 깔려 있었다.

공작이 일행의 대표였기에 앞장서 내렸다. 에스트로넨 공작의 얼굴을 모르는 기사들은 없었다.

기사들이 일제히 검을 뽑아 하늘을 향해 뻗으며 외쳤다.

"제국의 위대한 기둥, 에스트로넨 공작님을 위하여!"

"에스트로넨 공작님을 위하여!!"

제국의 모든 이들은 어제의 전쟁을 무사하게 넘기게 된 것을 전부 공작의 책략에 의한 것으로 알고 있었다. 그래서 기사들은 존경의 의미로 그의 이름을 외치는 것이었다.

"고맙네. 하지만 성도를 지킨 것은 자네들이 있어 가능한 것이야."

공작의 말에 기사들은 감명을 받은 듯 더욱 공작의 이름을 높이 외쳤다. 무노회상의 안에 있는 귀족들은 공직이 왔음을 알 수 있었다.

공작의 옆에는 그 딸인 금발의 청초한 미인인 세명이 있었고, 뒤로는 검은 정장에 푸른색과 흰색이 잘 어울린 파무르의 전통 예복을 입은 우현과 린아 등이 있었다. 물론 휏일리스 역시도 전과 다르게 마도사답게 고급의 장밋빛이 나는 로브를 쓰고 뒤따르고 있었다.

"에스트로넨 공작님과 그 영애인 네이린님이십니다."

그들이 무도회장으로 들어서자 사람들의 시선이 전부 공작과 그 일행에게로 향했다.

"웅성웅성!"

"공녀 네이린이래."

"그 비밀의 공녀있잖아."

"웬일로 모습을 드러낸 거지?"

공작의 옆에 서 있는 것으로 보아 분명 그의 딸임에 틀림없었다. 한 번도 사교계에 모습을 드러내지 않던 그 유명한 비밀의 공녀가 모습을 드러낸 것이다.

얼굴이 못나서라느니, 부끄러움이 많다느니 등의 온갖 소문이 나 있었지만 세명의 청초한 아름다움은 뭇 남성들의 시선을 단번에 빼앗았다.

"흥! 평소 때는 얼굴 한번 보이지 않더니⋯⋯."

"사교계가 그렇게 만만한 줄 알아?"

귀족 남성들의 시선을 한 번에 빼앗아 버린 세명에게 귀족가의 영애들과 부인들은 그녀를 흉보느라 정신이 없었다.

낙천적이고 얼굴에 철판을 깐 세명은 그런 남자들을 보며 싱글벙글 웃고 있었다. 사교계에 처음 오는 이들은 대개 사람들의 시선을 받게 되면 그것을 견디지 못하는데, 마치 세명은 사교계의 베테랑인 듯 미소까지 보이자 영애들과 부인들은 내심 황당함을 금치 못했다.

'저거 무도회장 처음 나오는 거 맞아?'

귀부인들의 속을 아는지 모르는지 세명은 싱글벙글 웃으며 무도회장을 구경하느라 정신이 없었다. 말로만 들어왔던 중세풍의 무도회장을 처음 구경하는 세명이나 우현에게는 이곳이 정말 생소하기 짝이 없었다.

부드러운 음악이 잔잔히 흘러나오는 무도회장 끝의 붉은 융단 위에는 옥좌가 놓여 있었다. 아직 황제는 나오지 않은 듯했다.

"다행이로구나. 폐하께서 오지 않으셨구나."

비어 있는 옥좌를 확인한 공작은 안심할 수 있었다.

"다행이라뇨?"

"폐하보다 연회나 무도회장에 늦는 것은 황궁 예절에 어긋나는 행동이란다. 알겠니?"

"네!"

세명의 밝은 대답에 공작이 미소를 지었다.

얼마 있지 않아 공작은 주위로 몰려드는 다른 귀족들로 인해 세명들과 멀어지고 말았다.

촌뜨기들처럼 멍하니 구경만 하던 훼일리스는 무도회장을 돌아다니며 황궁 요리사들의 솜씨가 담긴 음식을 맛보고 있었다.

잔잔한 음악 소리에 맞춰 무도회장의 중앙에선 남녀 파트너들이 우아하게 춤을 추고 있었다. 이왕 왔으니 춤을 추지 않고 갈 순 없는 노릇인지라 세명과 우현은 그들이 추는 춤 동작 등을 훑어보며 익히고 있었다.

'그리 어렵진 않네.'

음악이 은은하긴 하나 단조로워서 그런지 춤 역시도 어렵지 않았다. 물론 세명이 생각하기에는 말이다. 거의 남자의 리드에 맞추기만 하면 되었다.

"생각해 보니 딱히 춤출 상대가 없잖아."

그때 갈색 머리카락을 뒤로 단정히 묶은 잘생긴 청년이 다가와 세명에게 손을 내밀며 춤을 청해왔다.

"레이디, 한 곡 추시겠습니까?"

모두가 보기에는 매우 자연스러워 보였으니 우현은 속으로 내심 재미있어 하고 있었다. 지금은 여자이긴 했지만 우현이 아는 세명은 남자다. 선입견이란 것은 무시할 수 없는지라 남자에게 춤 신청을 받는 그의 모습이 어색하고 우스웠다.

"네에~"

'네에?'

춤을 익히긴 했는데 문제는 예법을 전혀 모른다는 게 문제였다.

예법대로라면 춤을 청한 남자에게 손을 내민다거나 아니면 '허락하겠어요' 라는 말을 했어야 했다.

다행히 남자는 그런 것은 별로 따지지 않는 듯, 세명을 무도회장으로 이끌었다. 에메랄드 빛깔의 드레스를 입은 금발의 그녀가 무도회장의 중앙으로 나오자 주위 남자들의 시선이 모두 세명에게로 향했다.

하지만 얼마나 철면이 두꺼운지 표정 하나 바뀌지 않는 세명이었다.

'끝내주게 낙천적이라니까.'

우현은 만약 자신이 저렇게 되었다면 세명처럼 자연스럽게 받아들일 수 있을까 고민했다.

그러나 아무리 생각해도 그것 만큼은 무리였다.

파트너와 함께 춤을 추고 있는 세명을 보던 우현은 문득 렌을 떠올렸다. 그녀의 미소 짓는 얼굴이 지워지지 않는다. 가슴속 깊이 멍에가 되어버린 그녀의 마지막 모습이 떠오르자 우현의 눈시울이 붉어졌다.

'아버지……'

애초에 무도회 따위에 관심을 갖지 않았던 린아는 우현의 눈시울이 붉어진 것을 보며 그가 어머니인 렌을 떠올렸다는 사실을 눈치챌 수 있었다.

"황제 폐하께서 납시었습니다."

은은하게 울리던 음악도, 춤을 추던 귀족들도, 바쁘게 움직이며 음식을 나르던 황궁 시녀들도 한순간 멈춰 섰다.

모든 시선이 무도회장에 들어서는 한 제국의 절대자에게로 향했다.

금발의 이 청년은 젊은 나이에 황제가 되었음에도 불구하고 군주로서의 위엄이 가득했다.

젊은 황제는 좌중을 한 번 둘러보고는 아무 말 없이 붉은 융단이 깔려 있는 옥좌로 걸어가 앉았다.

"오늘은 마음껏 즐기세."

단 한마디뿐이었지만 멈춘 것만 같았던 무도회장의 시간이 다시 흐르듯 은은한 음악 소리가 들려왔다.

무도회를 개최한 당사자는 그다지 관심이 없는지 앉아서 와인을 마시며 무도회장을 둘러만 볼 뿐이었다. 여러 귀족들이 그에게 다가가 말을 걸었지만 손만 휘저으며 대화를 피했다.

"그냥 여기서 지켜보는 것만으로도 즐거우니 나를 신경 쓰지는 말게나."

이런 황제의 모습에 모든 귀족들의 생각은 공통될 수밖에 없었다.

'신경이 더 쓰이잖아!'

황제는 아직까지 자신의 어깨에 걸린 무게를 통감하지 못하고 있었다. 적어도 우현이 보기에는 그러했다.

오랜 세월을 살아서 그런지 황제의 태도가 단순히 욕구불만에서 오는 것이란 걸 눈치챌 수 있었다.

찌릿!

갑자기 우현은 가슴이 저려왔다. 이상함을 느낀 그는 천천히 고개를 돌려보았다. 이상하게 그의 눈에는 단 한 사람밖에 들어오지 않았다. 입 주위를 제외하고 가리워진 백색의 가면을 쓰고 있는 자였다.

씨익!

우현이 자신을 쳐다본다는 것을 알아챘는지, 백색의 가면을 쓴 자의 입꼬리가 올라갔다. 단순히 호의로 인한 웃음인지 아니면 비웃음인지는 모르겠지만 이상하게 거부감이 일어났다.

바로 그때였다.

"에스트로넨 공작부인이십니다."

유빈을 챙기느라 뒤늦게 나온 에스트로넨 공작부인이 드디어 무도회장에 도착했다. 공작부인은 사교계에 많은 영향을 주는 사람이 아니어서 그런지 사람들의 반응은 무색하기 짝이 없었다. 하지만 그 뒤를 따라 들어오는 누군가를 보며 모두가 탄성의 신음을 흘렸다.

등허리까지 내려오는 붉은 머리카락이 입고 있는 선홍빛 드레스와 잘 어울리는 아름다운 여성의 등장에 회장의 귀족들이 탄성을 질렀다. 귀족부인들조차도 한순간 시선을 빼앗길 정도이니 얼마나 아름다운지 짐작할 수 있었다.

무도회 자체에 전혀 관심이 없어 보이던 황제조차 유빈에게서 눈을 떼지 못하고 있었다.

무도회장에 있는 모든 시선이 전부 자신에게로 향하자 유빈은 당황스러울 수밖에 없었다. 이런 모습이나 자리가 익숙지 않았기에 그의 얼굴은 화끈 달아올랐다.

"긴장하지 마세요."

유빈의 얼굴이 붉어진 것을 보고 긴장했다고 여겼는지 공작부인이 조용한 목소리로 조언해 주었다. 긴장보다는 쪽팔린다는 생각에 얼굴이 붉어진 것이었지만 유빈은 그냥 고개를 끄덕였다.

"여어!"

우현이 굉장히 반갑다는 듯이 유빈을 향해 다가왔다.

가까이서 보니 유빈의 아름다움은 멀리서 볼 때와는 또 다른 느낌이었다.

화장을 하지 않았을 때도 굉장히 예뻤는데, 화장을 한 지금은 말로 이룰 수 없을 만큼 너무도 아름다웠다.

넋을 잃고 자신을 쳐다보는 우현이 한심한지 유빈은,

"정신 좀 차려라."

"아야! 너 진짜 예쁘다."

"그래?"

이상하게 우현의 칭찬이 듣기 좋았다. 남자일 때 들었다면 소름이 끼치거나 짜증이 났을 말이, 지금은 왠지 기분이 좋아지고 가슴마저 두근거릴 정도였다.

'여자도 아닌데 왜 이런 기분일까.'

남자일 때의 상태와 달리 퀸의 피의 영향을 많이 받는다. 스스로가 남자라는 것을 인지하고 있다 해도 신체 구조나 이성이 여성 쪽으로 기울어지게 되어 있었다.

우현이 있어서인지 주위의 귀족 남성들은 기웃거리며 망설이고 있었다. 춤을 신청하고 싶었는데, 우현이 그 앞에서 얼쩡대니 기분이 좋을 리가 없었다.

"크큭, 이왕 왔으니 나랑 춤추는 게 어때?"

"싫어."

"왜? 그럼 너 뭐 하러 여기 온 거냐?"

"네놈 때문에 이 꼴로 오긴 했어도 내가 그런 춤 따윌 춰야 할 이유는 없다."

유빈은 단호하게 우현의 춤 신청에 거절했다. 비록 지금은 여자의 모습이긴 했지만 남자의 품에 안겨 춤을 출 생각 따윈 죽어도 없었다.

"크흠……."

그래도 자신이 춤 신청을 하면 받아들일 거라 여겼는데, 유빈이 거절을 하자 신음을 내뱉었다.

우현이 거절당하는 것을 확인한 주위의 귀족 남성들은 기회다 싶어 유빈에게 한달음에 달려가 춤 신청을 했다. 물론 전부 거절당했다.

어떤 남자가 오든지 유빈은 고개를 저으며 거절했다. 황궁만 아니었으면 느끼하게 '한 곡 추시겠습니까?' 하는 것들의 허리를 전부 꺾어버리고 싶었다.

멀리서 세명이 춤추는 것을 보며 참 대단하다 싶을 정도였다. 남자의 품에 안겨 춤을 추는데도 싱글벙글 잘도 웃는다.

이렇게 기분 나빠하는 유빈의 뒤로는 아쉬운 얼굴로 다른 파트너를 찾기 위해 떠나가는 귀족 남성들이 있었다.

'당찬 아가씨로군. 어느 가문의 영애이기에 저렇게 도도하게 구는

거지?'

멀찌감치 옥좌에 앉아서 유빈만을 바라보던 황제는 줄줄이 퇴짜를 맞고 씁쓸한 얼굴들이 되어 가는 귀족들을 보며 흥미로워하고 있었다.

'재미있어. 이번엔 내가 한번 도전해 봐야겠군.'

처음 유빈이 무도회장으로 들어섰을 때부터 흥미를 가졌지만 한 제국의 황제인 그가 경망스럽게 나서 관심을 나타낼 수는 없는 노릇이라 참고 잠시 지켜보고 있었던 것이다.

직접 나서 유빈에게 춤 신청을 하기로 마음먹은 황제는 옥좌에서 몸을 일으켜 세워 천천히 무도회장의 우측 편에 있는 유빈을 향해 걸어갔다.

요지부동의 산처럼 옥좌에 앉아 무도회장을 지켜만 보던 황제가 움직이자 귀족들의 시선이 모두 황제가 걸어가는 방향을 향했다.

'에? 왜 나한테 오는 거지?'

유빈은 황제의 발걸음이 자신에게로 향하고 있다는 것을 알 수 있었다.

눈빛만 봐서는 앞서 자신에게 춤 신청을 했던 자들과 전혀 다를 바가 없었다.

바로 그때였다.

황제가 유빈에게 도달하기도 직전에 흰색 가면을 쓴 자가 어느새 유빈에게 손을 내밀고 있었다. 물론 그것은 춤을 신청하는 자세였다.

"나와 춤을 출 수 없겠니?"

'……?!'

마치 친구에게 혹은 연인에게 하는 듯한 그런 친근한 말투에 유빈은 거부감이 들지 않았다. 낯설지 않은 느낌에 자신도 모르게 가슴이 두 근거리고 있었다.

그에 우현은 미심쩍은 눈빛으로 흰색 가면의 정체 모를 자를 노려보았다. 그러면서 내심 유빈이 그것을 단번에 거절할 거라 여기고 있었다.

덥썩!

우현의 바람대로 유빈은 그것을 거절하려 했다. 하지만 갑자기 자신의 손을 잡는 흰색 가면의 사내의 대담한 행동에 당황한 나머지 얼굴을 붉혔다.

'저, 저놈시키!'

이에 우현의 얼굴이 일그러졌다. 처음 볼 때부터 기분이 나빴던 녀석이었는데, 유빈의 손을 대담하게 잡으니 더욱 짜증이 났다.

"너무 부끄러워하지 말고 내가 이끄는 대로 따라와."

유빈은 당혹스러워하면서도 흰색 가면을 쓴 정체 모를 자의 낯이 익으면서도 부드럽고 듣기 좋은 목소리에 묘한 기분이 들었다.

"어엇!"

유빈은 흰색 가면의 손에 이끌려 무도회장의 중간으로 끌려 나왔다. 거절을 한다거나 뿌리칠 수 있었지만 묘한 느낌에 그러지 못했다.

그런 유빈을 보며 황제는 자신의 손끝을 허탈한 듯한 눈빛으로 쳐다보았다. 조금만 더 빨랐어도 잡을 수 있었는데 엉뚱한 자에게 빼앗겼으니 말이다.

주위의 그 귀족들은 뻔히 황제가 노리고 있던 유빈을 단숨에 낚아챈 흰색 가면의 사내를 보며 황당해했다. 뭐라 흉이라도 보려 했지만 황제가 바로 앞에 있어 입들을 꾹 닫고 있었다.

잔잔한 음악에 흰색 가면은 한 팔로 유빈의 허리를 감싸 안았다.

순간 묘한 감정에 취해 있던 유빈은 허리를 감싸는 느낌에 당황스러운 나머지 그를 밀쳐 내려 했다.

몸이 여자라서 그런지 완력으로 벗어날 수 없자 유빈은 공력을 끌어올렸다. 그러나 전혀 예상하지 못한 상황이 빚어지고 말았다.

우우우웅!

"네 공력으로는 내게서 벗어날 수 없으니 가만히 있어줘."

'내 공력을 분산시켜?'

"너, 넌 누구지?"

흰색 가면을 쓴 이자가 자신이 끌어올린 공력을 억지로 분산시키고 있었다.

조용한 목소리로 물은 것이었지만, 유빈의 얼굴이 한순간에 질려 버린 듯 적대감을 보이자 우현을 비롯한 란아는 분위기가 심상치 않게 돌아가는 것을 느꼈다.

황제는 유빈이 당혹스러워하는 얼굴로 보이 강제로 끌려 나와서 유빈이 싫어한다고 여겼다.

"당장 그 손을 떼지 못할까?"

잔잔한 음악을 연주하던 악단은 황제의 호통 소리에 화들짝 놀라 악기에서 손을 뗐다.

"응?"

춤을 추는 데 열중이던 세명은 음악 소리가 그치며 무도회장의 분위기가 싸늘하게 굳어져 있다는 사실을 막 깨달았다. 그 싸늘한 분위기의 중심부에는 여자의 모습으로 있는 유빈이 있다는 것을 발견했다.

"거절하는 상대를 끝까지 붙들고 늘어지다니… 그 손을 떼지 못할까!"

황제가 바로 앞까지 다가와 위엄 서린 목소리로 호통을 치자 흰색 가면의 정체 모를 자는 움직이던 것을 멈췄다.

"너와 춤을 추기도 힘들구나."

"……?"

"귀찮은 날파리가 꼬이니 말이야."

한 제국의 황제가 날파리로 비하되는 순간이었다.

채챙!

무도회장에는 어떠한 귀족들도 검을 착용할 수 없으나 내의 경호를 맡는 근위기사들의 검이 어느새 흰색 가면의 목을 향하고 있었다.

황제를 모독하는 죄는 이 세계에 있어 즉결 처분으로 처리할 수 있다.

더 이상 연회의 분위기를 회복할 수 없을 정도로 좌중은 싸늘하게 식어 있었다. 일촉즉발의 상황 속에서 사람들은 마른침을 삼키며 긴장하고 있었다.

"귀찮게 하지 말고 꺼져라!"

펑!

"으아아악!"

"끄악!"

그 누구도 이런 일이 일어날 거라 예상하지 못했다. 단순한 말 한마디에 흰색 가면의 존재를 둘러싸고 있던 근위기사들이 비명을 지르며 그 자리에서 몸이 터져 죽어버렸다. 사방에 튄 핏자국이 그들을 대신하고 있었다.

"까아아아아악!"

"괴, 괴물이야!"

무도회장은 사람들의 비명 소리로 가득 찼다. 공포가 좌중을 사로잡고 있었다.

황제는 근위기사들을 말 한마디로 해치우는 광경에 소름이 끼치는 전율을 느꼈다. 눈앞의 흰색 가면을 쓰고 있는 사내는 황제의 위엄보다도 훨씬 위험한 기운을 풍기고 있었다.

"황제라고 하였나?"

"가, 감히! 무엄하다!"

그렇다고 제국의 황제인 그가 전혀 모르는 낯선 이의 위압감 따위에 굴복할 수는 없는 노릇이었다.

어느 정도 위압감을 주면 황제라도 겁을 먹을 거라 여겼는데, 의외로 끝까지 황제의 위엄과 체통을 잃지 않았다.

"황제가 그렇게 대단하다면 목숨이 열 개쯤 되려니?"

그렇게 말한 흰색 가면의 사내가 왼손으로 황제를 향해 일자로 그었다. 유빈은 그것이 무형의 검기를 방출하는 것임을 잘 알고 있었다.

팡!

다행스럽게도 흰색 가면의 사내가 일으킨 무형의 검기는 황제의 목을 베기도 전에 상쇄되고 말았다.

황제의 앞을 막아선 사람은 다름 아닌 우현이었다. 한 제국의 황제를 죽게 내버려 둘 수 없는지라 나선 것이었다.

"호오, 제법이로군. 내 무형의 검기를 느끼다니."

"네놈!!"

유빈을 인질처럼 잡고 있는 흰색 가면의 행동에 우현은 얼마나 화가 났는지 얼굴이 벌겋게 상기되어 있었다. 성질 같아서는 당장 강기를 일으켜 공격하고 싶었지만 유빈을 감싸고 있어 이러지도 저러지도 못하는 상황이었다.

갑작스러운 흰색 가면의 이런 행패에 란아는 그 정체를 눈치챘는지 얼굴이 긴장감으로 물들어 있었다. 비록 유빈들에는 미치지 못하는 실력이지만, 이 대륙에서는 열 손가락 안에 드는 강자인 그가 식은땀마저 흘릴 정도의 두려움을 주는 존재는 단 한 명뿐이었다.

"아버지! 그자입니다!"

란아의 외침에 단순히 노기에 차 있던 우현의 얼굴이 딱딱하게 굳어져 갔다. 란아가 말하는 '그자' 가 누군지 깨달았기 때문이다. 무도회장에서 처음 볼 때부터 낯이 익다고 느꼈었는데 역시 그자였다.

"장. 인. 탁!"

"이런 뜻밖의 복병이로군, 일호법 란아."

흰색 가면의 차가운 목소리에 란아의 얼굴이 하얗게 질려가고 있었다. 란아가 받는 심리적인 압박은 그의 호흡마저 거칠어지게 만들고 있었다.

"날 우습게 봤군. 틈을 주다니 말이야."

"응?"

쇄아아아!

유빈의 허리를 감싸고 있던 흰색 가면의 존재는 날카로운 예기에 유빈을 놓아줄 수밖에 없었다.

'단숨에 벤다!'

그의 품에서 벗어난 유빈은 그를 향해 날카로운 예기가 담긴 수도를 날렸다.

흰색 가면의 사내는 날아오는 유빈의 수도를 맨손으로 잡을 수 없었는지 호신강기를 일으켜 그것을 튕겨냈다.

"크윽!"

흰색 가면의 사내의 호신강기에 유빈의 신형을 뒤로 다섯 보 정도 밀려 나갔다.

유빈의 얼굴이 딱딱하게 굳어져 있었다.

'나보다도 내공 수위가 훨씬 높다니……'

흰색 가면의 사내의 내공 수위는 유빈을 훨씬 넘어서 있었다. 아니, 그보다 얼마나 높은지 감이 잡히지 않을 정도였다. 무한한 내공을 지닌 것처럼 말이다.

그러나 검기보다도 훨씬 날카로운 유빈의 수도는 호신강기로는 완전히 막을 수가 없었다.

촤아악! 투툭!

흰색 가면에 금이 가기 시작하더니 이등분이 되어 바닥으로 떨어졌다.

흰색 가면이 떨어지는 순간, 긴 백발이 흘러내리며 남자라고 생각이 되지 않을 만큼 아름다운 얼굴이 드러났다.

"이런… 들켰군."

그는 바로 네 명의 친우 중 한 명이 장인탁이었다. 유빈은 본능적으로 그가 인탁임을 알 수 있었다.

가면이 부서져 정체가 드러났음에도 불구하고 인탁의 얼굴에는 여유로움이 가득했다.

쏴아아아!

엄청난 살기가 좌중을 사로잡았다.

인탁은 자신을 향해 뿜어져 오는 강렬한 살기에 우현을 쳐다보았다. 분노가 극에 달하면 냉철해진다는 것이 정말인지 우현의 얼굴은 매우 신중해져 있었다.

"전과는 비교도 되지 않을 정도로 성장했군."

우현의 기세가 전과는 비교도 되지 않을 만큼 강해졌다는 것을 느낀 인탁이었지만, 그런 것 따위는 별로 신경 쓰지 않는 듯했다.

연회장의 귀족들은 전혀 영문을 모른 채 이 이상한 대치를 쳐다보며 꼼짝도 못하고 지켜만 봐야 했다. 마음 같아서는 무도회장에서 벗어나고 싶었지만 그러기에는 공기가 너무 무거웠다.

'정말 인탁이 맞는 건가?'

마치 한 명의 악마를 눈앞에 두고 있는 듯한 기분이 든 세명은 자문을 해보았지만 도저히 그 옛날의 친구라는 것을 납득하기 힘들었다.

"너… 정말 인탁이냐?"

유빈이 믿을 수 없다는 듯한 표정으로 물었다.

유빈의 물음에 인탁은 이런 무거운 분위기에 어울리지 않는 화사한 미소를 지으며 답했다.

"그래, 유빈아."

자상하면서도 부드러운 목소리였다.

우현을 대할 때와는 너무도 판이했다.

"유빈에게 말도 걸지 마라! 이 악마야!"

우현은 분노에 차 소리를 지르며 신형을 날려 인탁에게 강검을 날렸다. 붉은빛을 내고 있는 수십 갈래의 강기가 쇄도함에도 불구하고 인탁은 전혀 신경 쓰지 않고 유빈만을 바라보고 있었다.

"천공패!"

푸른색 막이 생겨나 우현의 공격을 가로막았다.

파파곽!

그대로 인탁을 꿰뚫을 듯했던 우현의 강검은 갑자기 나타난 정체 모를 인영에 의해 막히고 말았다.

"천공패?"

인탁과 마찬가지로 백색의 머리카락을 지닌 존재였다. 그 역시도 매우 아름답게 생긴 청년이었는데, 인탁과 확연하게 다른 점을 찾으라면 눈조차도 백안(白眼)이라는 것이었다.

"너, 너는?"

우현은 자신의 강검을 막은 존재가 누군지 확인하자마자 놀라움을 감추지 못했다.

그것은 유빈이나 세명 역시도 예외가 아니었다.

"백호?"

그는 다름 아닌 유빈들을 이곳 차원으로 보낸 장본인으로, 사방신 중 한 명인 서(西) 백호였다. 천공패는 더 더욱 그가 백호임을 알게 해주었다.

"전에 보았던 모습들과는 차이가 있지만 오래간만이군."

백호의 시선은 정확하게 금발의 청초한 여성으로 변한 세명과 붉은색 머리카락에 인세의 아름다움을 넘어선 여자의 모습을 하고 있는 유빈을 바라보고 있었다.

"우리들을 알아보는 건가?"

"영혼마저 변하는 것이 아니니 당연하다."

"영혼?"

어떠한 모습으로 변한다고 하여도 영혼 자체는 변하는 것이 아니라는 것이다. 백호는 영혼을 보고 유빈과 세명의 정체를 파악한 것이었다.

"어째서 네가 인탁을 보호한 거지?"

유빈의 날카로운 질문에 백호는 제법이라는 듯이 미소를 지으며 답했다.

"보호를 받아야 하는 분이니까."

"설마… 처음부터 알고 있던 사이냐?"

"더 이상 답을 할 수가 없음을 양해하길 바란다."

더 이상의 질문을 허용하지 않겠다는 듯이 백호는 입을 꾹 다물었다.

백호는 두려움과 호기심에 가득한 눈빛으로 자신을 쳐다보는 인간 귀족들이 마음에 들지 않는 듯 인상을 찡그리며 말했다.

"관객들이 지나치게 많군요."

"나도 그렇게 생각한다, 백호."

이에 인탁 역시 동의했다.

"여기에 굳이 관객이 필요할까요?"

"쓸데없는 관객들을 정리 좀 해야겠군."

인탁의 눈빛에 비친 살심을 느낀 유빈은 그를 견제하기 위해 검의(劍意)를 끌어냈다. 주위의 사람들이 전부 죽게 내버려 둘 수는 없는 노릇이었다.

"그렇게는 안 되지!"

세명 역시도 그의 살심을 느꼈는지 재빨리 공작 부부의 앞을 가리며 내공을 끌어올렸다. 다른 사람들보다도 이들이 더욱 중요했다.

무도회장의 중앙에 있던 세명이 어느새 흐릿해지더니 자신의 앞으로 다가와 있자 에스트로넨 공작은 놀라움을 감추지 못했다. 언젠가부터 세명에게 알 수 없는 힘이 있다고는 느꼈지만, 이렇게 정면으로 확인하기는 처음이었다.

'네이린……'

자식에게서 그동안 몰랐던 면을 발견한 그들 부부는 말로 이루기 힘든 서운함과 배신감을 느꼈다.

"호법들은 관객들을 한 놈도 남김없이 죽여라!"

인탁의 명령이 떨어지는 순간 무도회장 바닥에서 흐물거리는 그림자가 올라오더니 닥치는 대로 귀족들을 공격하기 시작했다. 검은 그림자는 바로 데이워커인 흑월이었다.

촤촤촤촤악!

살이 베이는 소리와 함께 무도회의 한쪽 구석에서 사람들의 팔과 목이 잘려 피분수를 내뿜고 있었다. 그들의 피를 머금은 레이피어를 들고 있는 긴 은발에 백색의 제복을 입고 있는 피닉스의 대리자, 피휘나드 린이 서 있었다.

콰콰쾅!

무도회장의 한쪽 벽에서 폭발음과 함께 뿌연 연기가 올라오며 감정이 없는 듯한 얼굴을 하고 있는 흑발의 미녀 마도사, 루웨르가 나타났다.

"이놈들이 전부 숨어 있었다니……."

낯익은 얼굴들에 유빈은 흑색교단의 교주라는 존재가 인탁이라는 것을 깨달을 수 있었다. 짐작은 하고 있었지만 직접 호법들을 부르는 것을 보는 순간 확신하게 된 것이다.

"네가 교주였구나."

"그래."

"날 죽이라고 명령을 내린 것도 너였냐?"

이때까지 흑색교단은 유빈의 목숨을 거두기 위해 온갖 짓을 다해왔다. 그런 흑색교단의 주구가 인탁이라니 불신의 감정이 생길 수밖에 없었다.

"은발의 제압자라는 게 너인지 몰랐어. 그 점에 대해선 너무 미안하다."

'이 녀석?'

마음의 눈을 지닌 유빈이 보기에도 전혀 흐트러짐이 없고, 정말로 미안한 듯 눈빛이 흔들리고 있었다.

"저놈들이 내 손에 죽더라도 원망하지 마라."

"……?"

유빈의 뜬금없는 소리에 인탁은 선뜻 이해하지 못했다.

흑월은 음침한 기운을 풍기며 닥치는 대로 귀족들을 베어나갔다. 귀족들은 겁에 질려 우왕좌왕 정신이 없었다. 그런 흑월의 앞으로 흐릿한 인영이 갑자기 나타났다.

흑월의 눈앞에는 붉은 머리카락이 흩날리고 있었다. 온몸을 훑고 지나가는 선홍빛 눈에 몸이 떨려왔다.

"다, 당신은… 퀸?"

뱀파이어 퀸의 모습으로 변한 덕분에 유빈을 알아보지 못한 흑월은 당황했는지 뒷걸음질을 하면서까지 물러섰다. 그만큼 퀸을 두려워하고 있었다.

"미안하지만 단번에 죽이겠다!"

촤아악!

"크아악!"

피할 틈도 없이 흑월의 몸이 반으로 갈라졌다. 데이워커라고 할지라도 그 역시도 뱀파이어인지라 죽는 순간 재가 되어 사방으로 흩어졌다. 유빈은 항상 그 적과 대등한 힘만으로 싸워왔지만, 지금은 상황이 전혀 달랐다. 단숨에 죽이지 않는다면 모두가 위험했다.

"예상보다 세구나."

유빈의 움직인다면 다른 호법들마저도 전부 위험하다는 사실을 알기 때문인지 인탁이 나서서 그를 잡으려 했다.

"네 상대는 유빈이 아니라 나다!"

"끈질기군!"

우현이 앞을 가로막고 있었다. 조금이라도 움직이는 것을 허용치 않는 듯 온몸에서 적빛 기운을 내뿜고 있었다. 그의 절학이라 불리는 천마신공이었다.

"실력이 조금 늘었다고 해서 네가 날 어쩔 수 있을 것 같나?"

인탁의 광오한 말에 전과 같았으면 노기에 차 물불을 가리지 않고 강기가 실린 주먹을 날려댔겠지만 백여 년 전과 똑같은 실수를 반복할 만큼 호락호락한 우현이 아니었다.

"렌을 죽인 널 용서할 수 없다."

아내인 렌을 죽인 그때부터 더 이상 인탁을 친구로 받아들일 수 없었다. 우현에게 있어서 그는 반드시 죽여야만 하는 원수에 불과했다.

슈욱!

인탁이 손을 내밀자 기사들이 튕겨져 나가면서 떨어뜨렸던 검이 그의 손으로 빨려들어 왔다. 생사경의 경지에 오른 자가 검을 쓴다는 것은 새로운 경지를 맛보았다는 의미였다.

'백 년 만에 괴물같이 성장했군.'

겉으로는 그의 실력을 비웃었지만 불과 백 년 만에 이 정도까지 실력을 쌓은 우현에게 내심 탄성을 금치 못했다.

"천마삼검! 참즉살(慘卽殺)!"

백 년간 연마한 우현의 새로운 검법이었다.

검이 마치 깨끗한 달이라도 되는 듯 원을 그렸다. 느린 것도 아니고 빠른 것 같지도 않은 검결이었다.

'엄청난 쾌검이로군.'

하지만 인탁의 눈에는 평범하게 원을 그리는 것처럼 보이는 우현의 검결이 상상을 초월하는 쾌검임을 알 수 있었다.

끼리리릭!

공기에 마찰음마저 들릴 정도로 빠른 쾌검에 대응할 수 있는 방법은 단 두 가지뿐이다.

첫 번째는 그것보다 훨씬 빠른 쾌검을 시전하는 것이고, 두 번째는 압도적인 공력으로 쾌검을 눌러 버리는 것이다.

"제법이지만 약점이 없진 않아!"

하지만 인탁은 얼마나 많은 세월을 살아왔는지 우현의 이백 년의 경험마저도 쉽게 능가하고 있었다. 인탁은 바닥을 향해 일권을 내려쳤다.

쾅르르르!

상상을 초월하는 인탁의 공력이 실린 일권에 바닥 전체가 심하게 흔들리더니 지진이라도 일어난 듯 바닥이 갈라지며 거동이 힘들 정도로 땅에 틈이 생겨 버렸다.

"이런 제기랄!"

진동으로 인해 균형감을 잃은 우현은 갈라진 바닥의 틈 사이로 한쪽 발이 빠지는 바람에 초식이 인탁에게 닿지 못했다. 조금의 틈조차도 허용하지 않는 인탁은 그런 우현에게 재빨리 달려가 그의 혈을 누르려 했다.

"제기랄!"

타타탁!

혈도를 제압당하지 않기 위해 우현은 굉장한 손놀림으로 인탁을 막아냈다. 그러나 인탁의 공력은 여전히 그를 상회하고 있었기 때문에 부딪칠 때마다 강기로 손을 보호했지만 고통까진 참을 수가 없었다.

'크으윽!'

우현의 안색이 나빠지는 것을 확인한 인탁은 아직 공력으로는 자신이 한참 위라는 것을 알 수 있었다.

"미안하지만 여기까지다!"

타타타탁!

초식 면에서 굉장히 발전한 우현이었지만, 내력에서 너무 밀리다 보니 쉽게 제압당하고 말았다. 단번에 죽일 생각 따윈 없는 듯 인탁은 바닥의 갈라진 틈새로 발이 빠진 우현의 몸을 들어올려 빼냈다.

"무림에서는 어땠을지 몰라도 네 실력으로는 무리다."

그리고는 우현을 무도회장의 한쪽 구석으로 던져 버렸다.

또 한 번의 어이없는 패배로 우현은 수치스러웠지만 그것보다는 렌의 복수가 우선이라 여겼는지 이성을 되찾고 혈도를 풀려 했다.

'마, 말도 안 돼!'

우현은 막힌 혈도를 풀 수가 없었다. 인탁이 혈도에 심은 공력은 상상을 초월했다.

한편, 우현이 시간을 끌어준 덕분일까.

유빈은 루웨르를 비롯한 피휘나드 린을 인정사정 볼 것 없이 일검에 죽여 버렸다. 피닉스의 대리자인 피휘나드 린의 힘이 아무리 강하다고 할지라도 그것을 쓸 틈조차 주지 않고 베어버리는데 별수가 있을 리가 없었다.

털썩!

"태, 태극혜검을 막아내다니⋯⋯."

세명은 경악에 찬 표정으로 바닥에 털썩 무릎을 꿇었다. 우현이 너무 쉽게 제압당하기에 그가 나서 인탁을 상대했지만, 오히려 우현보다도 쉽게 깨지고 말았다.

대부분의 초식은 거의 통하지도 않았고, 내력으로는 승산이 없다고 여길 만큼 상대가 되지 않았다. 최후의 수로 태극혜검을 날렸지만 인탁은 그것을 파훼해 버리고 말았다.

"시시하군. 조금 더 버텨주길 바랐는데……."

싸울 수 있는 사람들 중에서 훼일리스와 린아가 있었지만 그들은 백호의 기이한 술법에 갇혀 있었다. 허공에 떠 있는 것처럼 보였지만 바람의 감옥에 갇혀 있었다. 아무리 백호가 신인이라고 하지만 이건 너무 차이가 심했다.

"어, 어떻게?"

호법들을 죽이는 그 짧은 사이에 절세 강자라 불리던 친우들이 전부 제압당한 것을 본 유빈은 참담함을 금치 못했다.

비참하게 무릎을 꿇은 채 고개를 숙이고 있는 세명.

혈도를 제압당해 무도회장을 엎어져 있는 우현.

바람의 장벽에 갇혀서 꼼짝도 하지 못하고 있는 린아와 훼일리스.

"그러고 보니 언제 사람들을?"

어떠한 술법을 썼는지는 몰라도 황제를 비롯한 무도회장에 있던 사람들은 바닥에 곤히 잠들어 있었다.

"대체… 대체 왜 이러는 거야?"

친한 친구라 믿어왔던 인탁의 행동은 유빈에게 큰 배신감을 안겨주었다. 그의 가슴이 쓰렸다. 가슴의 쓰라림은 슬픔으로 적셔지고 있었다.

주륵!

유빈의 뺨 위로 눈물이 흘러내렸다. 그런 유빈에게 인탁이 다가와 그의 뺨에 흘러내리는 눈물을 손으로 닦아내며 말했다.

"네가 눈물을 흘릴 만큼 저들이 가치가 있단 말이냐?"

"지금 내게 친구 이상으로 소중한 이들은 없어."

유빈의 그 말에 인탁은 씁쓸한 얼굴이 되었다.

아직까지 유빈은 인탁을 원망스러워하진 않았다. 단지 무엇이 그를 이렇게 변했는지 알고 싶을 따름이었다.

"왜? 왜 변한 건지 가르쳐 줄 수 없니?"

눈물을 머금고 묻는 유빈에게 마음이 약해졌는지 인탁은 잠시 머뭇거렸다.

지금까지 자신이 왜 이렇게까지 해야 했는지 생각해 본 적은 없었다. 오직 한 가지 이유에서 비롯되었기는 했지만 말이다.

"…네가 천류이기 때문이다."

'천류?'

분명히 과거 환인의 제단에서 공간의 왜곡으로 인해 빨려들어 가기 직전에 인탁이 자신에게 했던 말이었다.

"천류? 내가 왜 천류라는 거지?"

"인간에게는 전생이라는 것이 있다."

"전생?'

"그래, 전생이 없는 자도 있긴 하지만 대개는 전생이 있지. 영혼이라는 것은 끊임없이 순환하기 때문에 죽은 자는 새로운 운명을 위해 그 영혼이 새로운 몸을 찾게 되지."

유빈은 인탁의 뜬금없는 말에 이해할 수 없다는 표정을 지었다. 전생이고 뭐고 자신은 유빈 그 자체였다.

"너와 나는 전생의 연인이었지."

"그, 그런 말도 안 되는?!'

우현에게 들은 연인과 헤어졌다는 말에 혹시 하는 마음을 가졌던 유빈은 전생에 연인이었다는 소리를 당사자의 입에서 들으니 당황스러웠다.

"믿어지지 않겠지. 하지만 사실이다. 백호가 그 증인이다."

인탁의 말에 동의하는 듯 백호가 고개를 끄덕였다.

"뭐가 증인이라는 거지? 인탁! 헛소리 좀 작작해!"

그가 증인일지 유빈이 어떻게 안단 말인가. 신뢰가 가지 않는 말을 믿을 수가 없었다. 어떠한 원한에서 비롯됐는지는 몰라도 인탁은 확실히 변한 것 같았다.

그것을 전혀 신경 쓰지 않는지 인탁은 계속 자신의 말을 이어갔다.

"내 전생의 이름은 환선, 환인의 막내아들이지."

"환인? 환인이라면……?"

환인이라는 말에 유빈은 깜짝 놀랐다. 단군 설화에 나오는 환웅의 아버지이자 하늘을 다스리는 왕의 이름이 바로 환인이었다.

"시공간이 왜곡되었던 그날을 기억하지?"

"……."

시공간이 왜곡되었던 장소는 분명 환인의 제단이 있는 곳이었다. 유빈이 여기까지 오게 된 가장 큰 원인이 바로 인탁이었던 것이다.

"아버지인 환인께서는 천계의 상제의 자리에서 물러나 환가의 영토인 에덴에 계셨기에, 그때 난 널 그곳으로 데려가려 했다. 전생의 기억이나 육체는 그곳에서 되찾아주면 된다고 여겼기 때문이었지."

"어째서 나를?"

"넌 전생에 현 옥황상제의 딸인 천류였다."

'전생에 여자였다고?'

전생에 여자였다는 말에 유빈은 소름이 돋았다. 전생의 연인이라고 하더라도 자신이 남자였다면 좀 더 편하게 들었을 것이다.

"네 아버지는 무척이나 날 싫어했다. 오죽 했으면 날 함정에 빠뜨려 죽일 생각까지 했으니 말이야. 엉뚱하게 함정에 빠진 것은 너였지만 말이야."

"그래서 어떻게 되었다는 거지?"

마치 한 편에 동화를 읽는 것 같은 느낌에 유빈은 뒤의 이야기가 궁금해져 인탁을 재촉했다.

"날 죽일 목적으로 만든 함정이었기 때문에 너라고 해서 그것에 벗어날 순 없었어. 네 죽음에 분노한 나는 천계를 상대로 단신으로 전쟁을 일으켰다. 당시에 천계에서 가장 강했던 무장이 나였으니 혼자서 쓸어버릴 자신도 있었지만… 천계의 대군 앞에 난 무릎을 꿇고 말았다. 결국 반란죄로 참수를 당했고, 혼은 지옥으로 보내져야 했으나 백호의 도움으로 너의 곁에서 환생할 수 있었지."

짧게 간추려서 한 말이었지만, 정말 그런 것이라면 인탁의 심정을 이해하지 못할 것도 아니었다. 전생을 처음부터 기억하고 있었다면, 아무리 새로운 생을 살더라도 전생에 집착하게 되는 것은 당연할 것이다.

"힘들었겠구나."

유빈에게서 진심 어린 동정의 말을 듣자 인탁은 기뻤는지 화사한 미소를 지었다. 이렇게 미소 짓는 모습은 보기 좋았으나 전생에 집착해 친구들을 저버리는 행동은 이해할 수가 없었다.

인탁은 품 안에 갈무리해 두었던 무언가를 꺼내 들었다.

작은 옥병이었는데 그 안에는 검은 환단이 한 알 들어 있었다.

"그게 뭐지?"

"이건 전생의 기억을 찾아주는 약이야."

"전생의 기억?"

"그래. 내가 이 대륙에 와서 연금술을 연구했던 것도 전부 이것 때문이지."

인탁이 상회를 만들고 연금술사가 되었던 것은 오직 단 하나의 연구를 완성하기 위해서였다. 전생의 기억을 되찾아주는 약을 만들어 천류와의 재회를 위해서 말이다.

'천류라는 내 전생을 만나기 위해 이 모든 일을 꾸몄다는 건가?'

"그렇다면 왜 흑색교단을 만들어 여섯 국을 공격한 거지?"

그것은 도저히 이해할 수가 없었다. 다섯 국을 단순히 함락시킨 것만이 아니라 한 사람의 생존자조차 두지 않고 죽여 버렸다. 단순히 변덕에 의해서라고 보기에는 힘들었다. 뭔가 모종의 이유가 있어서가 아니고는 힘들었다.

"과거 이곳의 신은 신계가 아닌 하계인 이곳에서 인간들을 다스리며 살았었지."

"신이 인간들과 함께 살아?"

"대륙에 처음으로 인간을 만들었을 때 그들은 매우 순수한 존재였지. 창조주인 신을 존경하고 서로를 위하며 살아가던 그들이 언젠가부터 변했어. 욕심과 이기심이라는 감정이 생겨나기 시작하면서 서로를 헐뜯고 미워하게 되었지. 처음에 신은 자비로운 마음으로 그들을 타이르고 용서해 주었지만, 어느 순간 인간들은 살인이라는 것을 하게 된 거야. 인간은 적응을 빨리하기에 살인을 하면서 점차 무감각해져 갔지. 신은 사태가 이 지경으로까지 가리라 상상하지 못했어. 결국 신은 처음의 순수함을 잃은 인간들을 버리고 신계로 가버렸지."

"그것과 여섯 국을 파멸로 몰아넣으려는 행동이 뭐가 옳다는 거지?"

"고문서에 남겨진 신의 이름을 보고 난 확신할 수 있었다. 그가 나의 아버지였음을 말이다."

"환인?"

이 대륙의 신이 단군 신화에 나오는 한족의 신인 환인이라는 말에 유빈은 놀라움을 감추지 못했다.

"아버지께서는 상제가 되기 전에 창조의 능력을 사용해 다른 차원에 이 세상을 창조했다고 했었지. 하지만 아무리 신력이 대단한 아버지라고 할지라도 다른 차원계에서 천계로 가기 위해서는 많은 신력을 소모로 하기 때문에 환인의 제단과 같은 이동진을 만들어야만 했어."

"계속 엉뚱한 얘기로 벗어나는 것 같은데……."

여섯 국을 왜 파괴했는가에 대한 진정한 이유는커녕 동문서답 식으로 말을 하니 유빈은 답답하기 그지없었다. 하지만 그것은 유빈의 착각이었다.

"…다섯 왕국은 정확하게 오망성을 이루고 있고, 이곳 파무르 제국은 그 진의 주축을 이루는 곳이지."

"서, 설마?"

이동진의 가장 기초적인 요건은 바로 오망성이다. 굳이 이동진만이 아니더라도 어떠한 진이든 그것이 발동되기 위해서는 오망성의 힘을 빌려야만 한다.

"그래, 네 짐작대로다. 차원이라는 경계를 넘기 위해선 그만큼 거대한 진이 필요하지."

"대체 뭐 때문에 차원을 넘으려는 거지?"

"이곳에서 에덴까지 가는 방법은 그것밖에 없다. 에덴은 단순히 힘만이 아니라 이동진의 도움을 받아야만 갈 수 있거든."

그가 다섯 국을 멸망시킨 이유는 진의 흐름을 위해서였다는 것이다. 다른 국들은 오망성 그 자체이기 때문에 전부 죽여야만 했지만 주축은 황궁의 대전뿐이었다고 한다.

"사실 전처럼 진에 누군가가 끼어드는 불상사를 막기 위해 성도 전체를 멸하려고 했지만, 예상 밖에 너희들이라는 복병이 나타나 그 작전은 물 건너갔지."

최종 목표인 파무르 제국마저 무너뜨리려는 결정적인 이유는 바로 인탁의 한 때문이었다. 환인의 제단에서 시공간이 왜곡되어 각자 시간대가 다른 중원으로 넘어가게 된 것도 이동진에 우현이 끼어들었기 때문이었다.

한 번 그런 실수를 하게 된다면, 그것을 시정하기 위해 진에 조금이라도 오차나 위협이 될 만한 것들을 전부 제거하려는 목적을 세운 것이었다. 확실하고 치밀하지 않으면 어중간한 상태가 되거나 실패한다는 것을 몸소 깨달았기 때문이다.

"하압!"

쾅!

인탁이 천장을 향해 손을 들고 기합을 넣자 천장 전체에 큰 구멍이
났다.

어두운 밤하늘에는 붉은 달과 반달이 떠 있고, 반짝이는 별들이 흐
르고 있었다. 평소 때의 밤하늘이라면 달과 별 외에는 아무것도 보이
지 않겠지만 오늘밤의 하늘은 너무도 달랐다. 다섯 방향으로 빛의 기
둥이 하늘 높이 솟아 있었다.

"보이나? 저것이 오망성 진의 빛 기둥이다."

빛의 기둥이 솟아올랐다는 것은 진이 발동할 준비가 되었다는 의미
였다. 일부러 수하들을 남겨놓은 이유는 진을 발동시키기 위해서였다.

"모든 상황은 이렇다."

확실히 더 이상 궁금한 것은 없었다.

"친구들을 구하고 싶나?"

"네게도 친구잖아!"

상황이 모든 것을 서먹서먹하게 만들었지만 유빈은 전생의 그가 누
구라는 것은 중요하지 않았다. 과거의 친했던 네 명의 친구 중 한 명일
뿐이었다.

"그랬겠지. 하지만 더 이상은 아니야."

인탁의 얼굴에는 어떠한 동요도 보이지 않았다. 완전히 정이라는 것
을 끊어버린 듯했다.

잠시 인탁과 유빈은 아무 말 없이 서로를 바라보았다. 그러다 인탁
이 입을 열었다.

"좋아, 그렇다면 네게 기회를 주도록 하지."

"기회?"

"그래. 어차피 내가 원하는 것은 천류이지, 유빈이 아니야. 비록 영혼이 하나라고 할지라도 말이야."

유빈을 그녀 대하듯 하지만 인탁에게 소중한 사람은 그 전생의 연인이었던 천류다. 인탁 본인도 그 사실을 뼈저리게 느끼고 있었다.

"나와 겨루자."

"그건 또 무슨 말이야?"

"이 녀석들의 목숨 값으로 널 데려가려 했지만, 그렇게 된다면 난 천류에게조차 미움을 받겠지."

사실 인탁이 친구들을 죽이지 않고 제압만 해두었던 이유는 그들을 살려두는 대가로 유빈에게 전생의 기억을 살려주는 환단을 먹일 생각이었다. 그러나 천류가 그런 것을 원하지 않을 거라 여긴 탓이었다.

"좋아! 한번 겨뤄보자!"

나름대로 배려를 하는 인탁의 호의를 유빈은 흔쾌히 받아들였다. 지금으로서는 이 방법밖에 없었다.

"그렇게 좋아할 필요 없어. 우현이나 세명이조차 십초식 이내로 제압당했으니까."

'내공으로는 내가 현저히 밀린다. 그렇다면······.'

인탁의 말에 유빈은 일반적인 무공이나 내공만으로는 절대로 이길 수 없었다. 그를 이기기 위해선 자신 최고의 절기에 절대적인 신념을 실어 전력을 다하는 수밖에 없었다.

"와라!"

"조심해라! 내 최고의 무공이다. 무상검도!"

유빈이 수도를 들어올렸다. 그리고 수직선으로 인탁을 베려는 듯 그었다.

유빈의 수도에는 특별히 어떤 것도 느껴지지 않았다.

하지만 그 일검이 자신을 단숨에 벨 것이라는 걸 인탁은 의심치 않았다. 그는 필생의 공력을 끌어냈다. 그리고 전력을 다해 일권을 내질렀다.

콰!

"하아… 하아……."

황궁 무도회장의 건물은 온통 검혼들로 가득했고, 거의 다 부서져 있었다. 격렬한 싸움의 흔적을 말해 주는 것이다.

거친 호흡 소리가 넓고 조용한 무도회장을 울리고 있었다.

"정말 대단하군요. 천계의 최고 무장인 당신을 이 지경으로 만들다니……."

"하아… 나도 놀랐어."

인탁은 진정이 되지 않는지 호흡을 가다듬지 못하고 있었다. 그만큼 그의 부상은 심각했다. 마땅히 있어야 할 인탁의 오른팔은 무도회장의 차가운 대리석 바닥을 뒹굴고 있고, 그는 계속해서 피를 토하고 있었다.

"천계의 힘을 사용하는 나를 이렇게까지 몰아붙이다니… 후우."

인탁의 상식을 넘어서는 강함은 바로 중원의 무공을 쓰는 것이 아닌 천계의 힘을 사용해서였다. 처음에는 자신이 창안한 소림 72절예로 상대하려 했으나, 무상검도의 위력에 팔 한쪽을 잃고 나서 곧바로 생각을 바꿔야만 했다.

차가운 대리석 바닥 위로 유빈은 힘없이 쓰러져 있었다. 아무리 지고무상의 검도인 무상검도라고 할지라도 천계의 신인의 힘을 이길 수는 없었다.

"어떻게 하실 겁니까?"

아무리 천계의 힘을 사용했다고는 하나 분명 승리를 한 것은 인탁이었다. 백호가 묻자 인탁은 잠시 쓰러져 있는 유빈에게로 다가갔다.

몸을 숙여 쓰러져 있는 유빈의 식어버린 뺨을 손으로 어루만지던 인탁은 품에서 전생의 기억을 떠올리게 한다는 환단을 꺼내 들었다.

'천류님을 되찾을 생각이시구나.'

어차피 승자는 인탁이었기 때문에 굳이 깨어나지 않은 상태에서라도 환단을 먹이려는 것일까. 그러나 그 예상은 보기 좋게 빗나가고 말았다.

우드득!

인탁이 손에 힘을 주자 검은색 환단이 으스러져 가루가 되어버리고 말았다.

알 수 없는 인탁의 행동에 당황한 백호가 물었다.

"그, 그게 무슨 짓입니까?"

"내가 멍청한 짓을 한 것 같다."

"네?"

"이런 식으로 천류의 기억을 살린다고 해봐야 그녀가 좋아하지 않겠지."

인탁은 씁쓸한 얼굴로 잘게 부서진 환단 가루를 바닥에 뿌렸다.

"그녀의 말대로 난 너무 집착을 했나 봐, 백호."

"환선님……."

후회하는 인탁의 쓸쓸해하는 얼굴을 백호는 안타까운 시선으로 바라보았다.

환생을 하면서 유빈을 지켜만 봐도 좋다고 여겼던 인탁이 자신에게 도움을 청했다. 다시 천류를 되살리고 싶다고.

천계의 법도에 어긋나는 행동이었지만 그의 애틋한 사랑을 잘 알기에 백호는 인탁을 도왔다.

"바보 같애."

인탁의 뺨 위로 뜨거운 눈물이 흘러내렸다. 그 스스로가 정말로 바라는 것이 천류와의 재회가 아니란 것을 깨달았기 때문이다.

"그냥 너를 지켜보는 것만이 내 낙이라는 것을 잊었어."

모든 법도를 어겨가면서 천류를 되살려봐야 또다시 슬픈 이별만이 기다릴 것이 뻔했다. 그녀에게 두 번 다시 슬픔을 주고 싶지 않았고, 자신 역시도 그것을 바라지 않았다.

"백호."

"네."

"네 신력으로 모든 것을 원상태로 만들 수 없겠어? 물론 나 역시도 말이야."

"진정으로 하시는 말씀입니까?"

인탁의 말에 백호가 눈살을 찌푸리며 물었다. 천계의 서쪽을 지키는 사방신 중의 한 명이긴 하지만 그 역시도 엄연히 신이었다. 창조는 힘들더라도 자신에게 주어진 신의 권능으로 그 정도는 가능했다.

"그래."

"…당신이 그것을 원한다면 들어드리겠습니다."

"그래, 슬픔보다는 웃음을 주고 싶어."

"그렇군요. 알겠습니다."

"그동안 고마웠다, 백호. 내 마음 속 깊이 잊지 않겠다."

한 번도 고마움을 표시하지 않던 인탁이 진심을 담아 하는 말에 백호의 입가에 미소가 피어올랐다.

에필로그

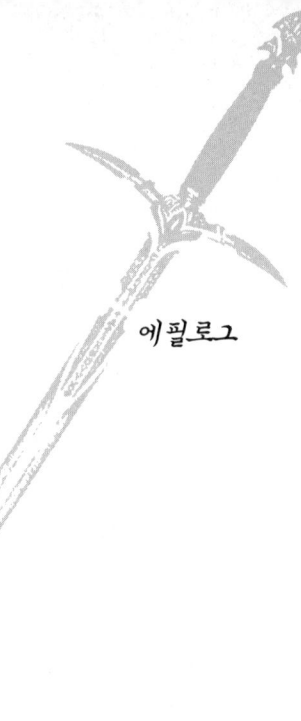

정말 이상한 꿈이었다.

내가 무림인이 되어 중원 무림을 제패하고, 환상과도 같은 세계에서 모험을 하는 그런 꿈이었다. 심지어는 여자가 돼서 무도회장에 참석하는 말도 안 되는 소름 끼치는 일도 겪었다. 너무 선명하게 떠올라 그것이 현실이라고 느껴질 정도였다. 그 꿈에서 영원히 깰 것 같지 않았다.

콩!

으으… 누군가 내 이마에 인정사정없이 꿀밤을 먹였다. 그 덕분에 잠이 확 달아났다.

"야야, 좀 일어나라!"

"헤헤헤, 그냥 자게 내버려 두고 업어서 가면 되잖아."

"내가 그런 피곤한 짓을 왜 하냔 말이야!"

반가운 목소리들에 나는 살포시 감았던 눈을 떴다. 주위가 환해지며 내 눈앞에 티격태격하는 얼굴들이 보였다. 항상 보던 얼굴들인데 오늘따라 왜 이렇게 이들이 반가운 걸까?

"네가 우리 중에서 제일 힘이 넘치잖아~!"

"크크큭. 어이, 원세명! 너 한 대 맞아야 정신을 차리겠구나."

"으아악! 폭력 결사 반대!"

누가 다혈질이 아니랄까 봐 결국은 머리끝까지 달아올라 주먹을 들고 일어나는 우현을 보며 화들짝 놀란 세명이 멀찌감치 도망치며 소리쳤다.

쯧쯧, 매일같이 손해를 보면서 왜 우현을 화나게 하는지 모르겠다.

"너 인마! 거기 안 서!"

"너 같으면 서겠냐?"

원래 밖에서 잠드는 체질이 아닌데, 많이 피곤했나 보다. 주위를 둘러보니 온통 나무들로 가득했다. 내가 누워 있는 곳은 돌을 쌓아 만든 제단인 참성단이었다. 여기서 잠이 들 생각을 하다니… 쩝. 그런데 머리 속에서 왜 환인의 제단이라는 말이 생각나는 걸까?

"잘도 자더구나."

뒤에서 익숙한 목소리에 나는 재빨리 고개를 돌려 그 주인을 쳐다보았다. 뿔테 안경을 끼고 지적인 기운을 물씬 풍기고 있는, 우리 학교를 빛내는 장인탁이었다.

인탁을 보는 순간 나도 모르게 숨을 내쉬며 이상하게 안도의 마음이 들었다.

"후우, 피곤한 걸 어떡하라고."

"누가 업어 가는 것도 모르겠다."

"그래그래, 미안하니깐 그만 해라."

평소 수업 시간 때도 졸지 않는 나인데, 왜 참성단 위에서 자고 있었는지 모르겠다. 인탁의 소개로 이곳에 올라올 때까지는 기억하고 있었는데 마치 술을 마셔 필름이 끊기는 것처럼 잠이 들 때부터의 기억이 삭제된 것만 같다.

"니들도 그만 해라. 안 지겹냐?"

"인마! 너 같으면 약 올리는데 가만히 듣고 있겠어!"

"헤헤헤, 약 올린 게 아니라 사실을 말한 것뿐인……."

쿵!

"으아악!"

결국은 잡혀서 맞을 것을 왜 도망간 것이란 말인가.

항상 봐오던 이런 모습이 정겹게 느껴졌다. 세명이 혹이라도 났는지 머리를 잡고 데굴데굴 바닥을 구르고 있을 때 우현이 속이 시원하다는 듯이 명쾌한 얼굴이 되어 내 앞으로 왔다.

"크큭, 이제 여기 구경도 충분히 한 것 같으니깐 내려가는 게 어때?"

"내려갈 궁리만 하더니 이젠 못 버티겠냐?"

"그래, 인마! 지겨워서 죽겠다."

하긴 산에 올라올 때부터 투덜댔으니 참 많이 참은 셈이었다. 인탁역시도 그것을 느꼈는지 고개를 절레절레 흔들며 알았다고 말했다. 산에 내려간다는 말에 기뻤는지 우현의 얼굴이 한층 더 밝아졌다.

"그렇게 좋아?"

"당연하지! 엥? 그런데 유빈이 너 혹시 렌즈 꼈냐?"

"렌즈라니?"

유약해 보이는 체구의 나이지만 건강만큼은 좋다고 자부한다. 양쪽 눈 시력이 1.5인 나는 안경이나 렌즈와는 거리가 먼 사람이다.

"내가 안경 끼는 거 봤냐?"

"이상하네. 너 눈이… 뭐라고 해야 하나? 그래, 빨개!"

"눈이 빨갛다고?"

인탁 역시도 그 말에 흥미를 느꼈는지 내 얼굴을 턱 잡더니 눈을 관찰하기 시작했다. 동물원의 원숭이가 된 기분이다. 그냥 보면 되지, 왜 얼굴까지 잡고 보는 거냐!

"선홍빛 눈동자라… 왠지 소름이 끼치는걸."

"너 혹시 모르니까 안과 가봐라. 혹시 병일 수도 있잖아."

"야야, 겁주지 말라고."

주위에 거울이라도 있으면 좋을 텐데, 내 눈을 볼 수가 없으니 영 찝찝했다.

"걱정마. 뭐 낫겠지. 이제 내려가자."

처음에는 신기한 듯 내 눈을 바라보던 인탁이 더 이상 관심없다는 듯 걸터앉아 있던 참성단에서 일어나 제단의 계단을 밟고 내려갔다.

그 뒤로 우현이 특유의 웃음소리를 내며 따라갔다. 그들의 뒷모습을 보며 나도 모르게 입가에 미소가 걸렸다. 다신 잃고 싶지 않다는 느낌이 머리 속 깊이 박혀 있었다.

"야야, 명상이라도 하는 거냐? 버스 놓치기 전에 빨리 가자!"

나를 부르는 소리가 들려왔다. 내가 잠시 생각에 잠긴 사이에 저렇게나 멀리 내려가다니, 무진장 산이 싫었나 보다.

"기다려! 치사하게 먼저 가는 거냐!"

잠에서 깬 이후로 이상하게 잡념이 많아진 것 같다.

이러다 내가 제일 뒤처지겠다. 나는 멀어져 가는 그들의 뒷모습에 놀라 얼른 따라 뛰어 내려갔다.

"나도 데려가!"

파랗던 하늘이 어느새 황혼으로 붉게 물들어가고 있었다. 그런데 해가 지려 하는데, 왜 이렇게 불안해져 오는 걸까.

[完]

선도계능이 드디어 4권에서 완결이 났습니다.

아쉽게도 본래보다 서둘러서 끝내게 된 것을 독자 분들께 진심으로 사죄
드립니다.

수험생이라서 그런지 공부와 집필을 겸해서 하는 것이 힘들더군요. 원고
도 다른 작가들에 비해 항상 밀려서 내다 보니—서지현 담당자님 정말 죄송합
니다!!—4권으로 완결 짓는 것으로 일단락 하게 되었습니다.

좀 더 많은 에피소드를 보여드리고 싶었는데 그 점에 대해서는 저도 정말
아쉽게 느껴집니다.

첫 소설이라서 그런지 굉장히 미숙한 점이 많았습니다.

개인적인 아쉬움이 있다면, 우현과 인탁이라는 캐릭터를 제대로 살리지
못했다는 것입니다. 4권에서만 등장시켜서 그런 것일지도 모릅니다(웃음).

개인적으로 기억에 남는 일도 많았습니다.

리플들을 보면 웃음 반 울음 반이었습니다. 마지막에 와서는 리플들의 절반 이상이 유빈을 여자로 만들라고 하여 난감하기도 했습니다.

제게 힘이 되어주는 리플을 달아주신 모든 분들께 감사의 말씀 올립니다.

그리고 글을 쓰는데 도움이 되어준 제 절친한 친구인 조현철, 김정호, 정말 고맙다.

선도계능은 아쉽게 완결을 내게 되었지만 많은 것을 배웠습니다. 다음 작품 때는 좀 더 괜찮은 소설이 될 수 있도록 최선을 다하겠습니다.